ちくま文庫

上方落語

桂枝雀爆笑コレクションⅠ

スビバセンね

桂枝雀

筑摩書房

目次

上方落語

桂枝雀爆笑コレクション1

スビバセンね

監修・解題　小佐田定雄
企画・編集　中野晴行
写真　宮崎金次郎

くしゃみ講釈

我々のほうは落語でございまして、いつも申しておりますようにこの緊張の緩和でございますね。えー、緊張がありまして緩和がある、そこに笑いが生じるというようなことでございますが……。同じような芸にこの講談・講釈というものがございまして、同じように我々でもこの見台というものをまぁ置いたり置かなんだりしますが、講釈師のほうは必ずこれがこうございまして。こっちのほうはまぁ我々落語と少ゥし比較いたしますというと、あんまりその笑いの多いもんではございませず、ま、いわば、快い緊張をしばしが間《あいだ》楽しむというような性質のもんではないかと思うのでございます。これが一時《いっとき》はまことによく流行《はや》りましたんやそうで、大阪なんかではもう、一町内に一軒ずつぐらいの講釈小屋があったと申しますが。

○「なら何かいな、政《まさ》やん。わいらがあの化《ば》け物《もん》屋敷や化け物屋敷や言うてたとこ、あれ、講釈小屋になったんか」

政「そうや。おまえら若いもんが寄って、化け物屋敷やてなことを言うさかいに誰も嫌

がって向こうに住まんで。ああいうところは人寄り場所にしたらええやろというので
な、向こうへ、講釈の新席が出来たんや。お前が見たんはその果て※と違うか」
○「そうか。わい、それ知らんもんやよってにね、ゆんべの晩、向こうの前通ってん、久しぶりに大阪へ帰ってきてね。あん中からゾロゾロゾロゾロ出て来よったんやで。わい化け物屋敷やとばーっかり思うてるよってにね、こらもう化け物屋敷から出てきたんやよって、化けもんに違いないわい思てね、見てるっちゅうと何やで、座布団持った化けもんやら煙草盆持った化けもんやらね、中覗くっちゅうと一段と高いところで化けもんの親方みたいなやつがね、『ありがとうございました。明晩もまたお越し』言うてんのでね、きっちりわい化けもんの集会やと思て」
政「どこぞの世界に化けもんの集会てなもんがあるかいな。小屋が新しいところへさして、先生が上手《うま》い、読物《よみもん》がおもしろいと来てるので、毎日相当の入りがあるときくな」
○「流行ったあんねなぁ」
政「流行ったあんねなぁ」
○「先生って誰や」
※　終演。

政「えっ?」
○「先生って誰や」
政「知ってるかいなぁ、前、東京にいた人で、後藤一山《ごとういっさん》っちゅうねで」
○「なにかいな政やん、後藤一山っちゅうたらあの背ぇのずんぐりと低い」
政「そうそう」
○「でっぷりと肥えた」
政「そうそう」
○「赤ら顔の」
政「そうそう」
○「顔の真ん中に鼻のある」
政「当たり前やがな」
○「あの後藤一山か」
政「そうや」
○「(泣きながら)聞いて聞いて聞いてぇな政やん。わい今年二十六や」
政「何を言うてんねん、お前。誰がお前の年を尋《たん》ねてんねん」
○「初めて女子《おなご》がでけたんや」

政「……お前いっぺん家へ去《い》んでくるか、お前。年の二十六にもなって、『初めて女子がでけたんや』……あんまり人に自慢でけた話やないで」
○「他の女子なら自慢せぇへんけれどもね、相手は小間物屋のミッちゃんや」
政「おい、小間物屋のミッちゃんちゅうたら、お前、町内でも小町娘と言われた評判の別嬪《べっぴん》やで」
○「さあー、そやさかい言うてんねがな。磯屋《いそや》裏《うら》、向こう人通り少ないよってにね、向こうへミッちゃん呼び出して、もう半年ほど前の日が暮れやけれどもね、二人でゴチャゴチャーゴチャゴチャー話してたんや。そこへあの後藤一山が、昼席済ましてやってきよったんやで。『今日のお客はなかなかしぶとかったな』なんちゅうて、なんやゴチャゴチャ言いながら入ってきよってん。あんな奴に見つかったら何言われるやわからんと思うたよってにね、もう辺《あた》り薄暗かったよって、こら行きすごしたらええわいと思てね、わいとミッちゃんとね、塀際へ日が暮れの蝙蝠みたいにベチャアーンとへばりついてたんや、うん。ほたら路地口で何や踏みよったんやね、『雪駄《せった》の裏ににんやりとお出《いで》たは、土にしては粘りも少々、これあり候。犬糞《けんふん》でなくば良いが……』。講釈師たいそうなもの言いようしよんねで、犬のうんちのこと犬糞や言うとんねん。雪駄ぁ脱いで、月に透かして、『案に違《たが》わず犬糞犬糞。拭くのも異なもの、どこぞこ

塀際へ日が暮れの蝙蝠みたいにベチャァーンとへばりついてたんや、うん。

のへんへぬすくっといて※やろう。ニューウッときたんが、……わいの鼻の先や、わいの鼻の頭犬糞の雑巾《ぞっきん》にしやがんねん。わい、けったくそ悪いよって『ワァッ』ったらミッちゃんも『キャー』ちゅって逃げよった。その声にびっくりして後藤一山、逃げてしもたんねん。逃げた二人はええねんで。後に残ったんがわいと犬糞の二人連れや」

政「……妙なもんと二人連れになりないな」

○「明くる日行て、『夕《ゆん》べはミッちゃん、首尾が悪かったからもう一晩付き合いしてんか』っちゅうたらミッちゃんの言うのも無理はないねん。『そら、夜店やと言うたらもう一晩ぐらい出してもらえんことはないけれども、昨日帰ってお布団の中でツラツラと考えてみるのに、鼻の頭、犬糞で押さえられるような人、添うても末に出世の見込みがない……、えらい悪いけど今度の話はなかったことにしてくれ』やなんて（再び泣きながら）……折角できかかった話、犬糞のためにメチャメチャにしられてしもて。こんなクソおもろもない」

政「何をゴチャゴチャ言うてんねん」

○「その後藤一山と聞いたら、わい、じっとしていられんねん。政やん、ちょっと手ぇ

※こすりつけて。

貸してんか」
政「どないすんねん」
○「これから講釈場暴れ込んで講釈やれんようにメチャメチャにちてちもたんねん」
政「アホなこと言いないな。そんなことしたらお前のほうが営業妨害で、罪になるやないかいな」
○「(泣き声で) そうかて、このままではわいの腹の虫が得心《とくしん》せんやないかいなー」
政「泣かいでもええやないか。ほたら何か、たとえ一晩でも講釈やれんようにしてやったらええのんか?」
○「一晩どころか一時間、十分が五分でもかまへんで。恥さえかかせてやったらわいの腹の虫が得心すんねん」
政「そうか。それやったら、んな大層なことをせえでもええがな。わしがええ知恵貸そか」
○「何かいな政やん、お前が知恵貸してくれんの。おおきありがとう。(講釈の調子で)『それではなにぶん尊公《そんこう》の尽力をもって』」
政「お前が講釈師か、お前が。何を訳の分からんことを言うてんねん」
○「どうすんねん」

政「あのな、横町《よこまち》の八百屋へ行って胡椒の粉《こ》ォを買《こ》うてくんねや。あれを火鉢へくすべる。あの煙が鼻へ入るというとエグエグイくっしゃみが出る。それを講釈場へ持って行ってやったらええねやないかい。講釈師、くっしゃみの三つもしよったところでボロクソに言うて帰ってくるっちゅのは、こんなんどうや」
○「なぁーるほど。（声をはりあげ）行ーこォー行こ」
政「大きな声やなお前は。『行こう行こ』はええけど、お前、肝心のもんが無かったら行かれへんがな」
○「あ、そうそう、何やら買うてくんねんなぁ」
政「胡椒の粉ォや」
○「胡椒の粉やァ。どこ行ったら売ってる」
政「横町の八百屋へ行ったら売ってるがな」
○「横町の八百屋やァ。なんぼほど買うてこ」
政「そやなー、ようけあってもしゃあない、二銭もあったらええか」
○「二銭やァー。何やら買うてくんねんなぁー」
政「……。いや、胡椒の粉ォや」
○「胡椒の粉ォやァー。どこ行ったら売ってるー」

政「……おまえ。人の言うこと聞いてへんのか、おい。横町の八百屋へ行ったら売ってるがな」
○「横町の八百屋ャァー。なんぼほど買うてこ」
政「……。お前なぶってんのか忘れかどっちゃねん。二銭もあったらええちゅうて」
○「二銭やァー。何やら買うてくんねんなぁー」
政「……胡椒の粉ォや」
○「胡椒の粉ォやぁー。どこ行ったら売ってるー」
政「……。(ムッとして)横町の八百屋へ行ったらーっ(張り扇で見台をパンと叩いて)売ってるっちゅうてるやろっ!」
○「(同じようにムッとして)ほんなら、なんぼほどぉーっ(張り扇で見台をパン)買うてくんじゃい!」
政「お前が怒ってどうすんねん」
○「そうかて、わい、ものが覚えられなんだらイライラーッとしてくんねん」
政「そないものが覚えられんというのも仕方のないもんやな。よし、ええ目安を教えてやろ」
○「目安って何や」

政「思い出すときの手がかりにすんねん」
○「何や」
政「からくり知ってるか」
○「のぞきー、好っきや。小《ち》っさい時分にまねしてよぉ怒られたぁ」
政「八百屋お七のからくりがあるやろ、これさえ思い出したらこっちのもんや、な。お七の色男、駒込吉祥寺《きっしょうじ》、小姓《こしょう》の吉三《きちざ》という、そこで胡椒が思い出せるやろが」
○「なぁーるほど。なんぼほど買うてこ」
政「まだ言うてんのか。横町の八百屋で胡椒二銭や。早いこと行っといで」
○「フヮイ、ワッ。（あわてて表に飛び出し）えらい怒りよったな。なんであないに怒りよったんかいな、え。えー、そうか、あいつがだいたいいらち※なとこへもってきて、わいがもの覚えが悪いときてるよってイライラーッときよったんやろ。けどわいは何でこないもの覚えが悪いのんかいなぁ。死んだおばんも言うとったなー。『お前ももうちょっとものの覚えさえ良けりゃ……普通の人間や』いうてね。……けど、まあまあ今日はちゃーんと目安が教えてもろうたるさかい、大丈夫やわい。「八百屋お七」のからくり、好っきやなぁー。小さい時分にまねしてよぉ怒られたでー。忘れられんな

※　常にイライラせかせかしている人。

ー。（のぞきからくりの調子で）〽ホエー、小伝馬町《おでんまちよう》よりー引き出されー、ホェ、先には制札紙のぼり、ホェーイ……八百屋の、こんにちは」
八「（奥から）何です」
○「おくれんか」
八「何でんねん」
○「二銭がん」※
八「品物は」
○「くっしゃみの出るもん」
八「……え？」
○「くっしゃみの出るもん」
八「へ？」
○「くっしゃみの出るもん」
八「……くっしゃみの出るもん？　うち、そんなんおまへんでぇー。うち八百屋でっせ」
○「八百屋にあんねん、八百屋にあんねん」
八「何だんねん」

○「あれや、あれや、あれやあれやあれやあれやあれやあれや」
八「何だんねん」
○「あれやがな」
八「何？」
○「あれあれ。そうそう、へへッ、ここまで出たあんねんー。（のどを突き出し）ちょっと見てんか、あーあ、アッ（と口を開く）」
八「……んなことしたって分かりますかいな」
○「分からんか？（のどを指さし）ここ、ここ、ここここここここ……あ、飲んでもた……あーあ。こらもうしゃあない。そうや、こうなったらもう、あれのほうで行かなしゃあないがな。そうそうそうそう、八百屋八百屋八百屋八百屋や」
八「何でんねん」
○「あの、前、お前、あの、そうそうそう、あの、火あぶりになった女の人、知らんか」
八「……そんな物騒な人、知りまへんなぁ」
○「いやいや、誰でも知ってるがな。そうそう、まだあの、東京が江戸と言うた時分や
※　二銭ぶん。

ぁ」
八「そんな時分、生まれてへんさかい分かりまへんなぁ」
○「誰かて生まれてへんけど、誰でも知ってんねん。そうそう、あれあれ、お前も聞いたら知ってるがな。あれやがな」
八「どれだんねん」
○「あれあれあれあれ……それそれそれそれ、〽ホェーイ」
八「何です？」
○「（いきなり、のぞきからくりの調子で）〽小伝馬町より引き出され、ホイヤー、先には制札紙のぼり、ホイヤー、同心与力を供につれ……、ゆうの二銭やがな」
八「いやおまへん、そんなもんは。……うち、八百屋でっせ、うちは。あんた芝居小屋かどっか行かはんのと違いまっか」
○「八百屋にあんねん、八百屋にあんねん、間違いないねん。それそれ、お前も知ってる知ってる、それそれ、それそれそれぇー。〽ホェーイ」
八「またですかいな」
○「〽裸馬《はだかうま》にと乗せられて、ソレ、白い衿《えり》にて顔かくすー、ホイヤー、見る影姿が人形町の、あそれ、今日で命が尾張町の……ちゅうの二銭や…」

〽ホェーイ。

八「(迷惑そうに)いえ、おまへん……。そらいようちと違いますって。おまへん。(店頭へ目をやり)あ、いえいえ、何でもおまへん何でもおまへん、何でもおまへんね。この人、もの買いに来て、品もん忘れてこんなこと言うてまんねん。何でもおまへんねん。(男に)あんたが立ち止まったら他の人も立ち止まりまっしゃろが。あんたあっち行きなはれ、あっちへ。あんたまた何を買いにおいなはってん」

○「〽ホェーイ」

八「ま、まだかいな」

○「〽今どんどと渡る橋、ソラ、悲し悲しの涙橋、ホヤー、品川女郎衆も飛んで出る……ちゅうのん二せ……ん……」

八「ないっちゅうに。…ほら、いわんこっちゃないがな、人がどんどん増えてきたがなぁー。(店頭にむかい)何でもおまへん、何でもおまへんー。押したらいかん押したらー。ウワァ、前の大根ひっくり返したがなー。きゅうり持って逃げよったー。捕まえてぇなー。あんたまた何を買いにおいなはってん」

○「〽ホェーイ」

八「ま、まだかいなぁ」

○「〽さあーさあー、これからかかれば天下の仕置場、鈴ヶ森じゃ、どーじゃー、どーじゃー…」
八「(手を合わせて拝みながら)……。すんまへん。去《い》んどくなはれ。うち、商売も何も出来《でけ》しまへんねん」
○「(怒って)……八百屋……八百屋」
八「怒ってなはんな」
○「怒らいでかい。おらァ何も楽しみや道楽でこんなことやってんのと違うど。俺のやってるのは、これは何や」
八「何やて、あんた、からくりと違いまんのか」
○「からくりぃー？　からくり二銭、あー違う違う。何のからくりや」
八「「八百屋お七」のからくりと違いますか？」
○「八百屋ぁー。違いない、お七二銭……ウワァー、ねきまで行たんねがな。お七の色男、何とか言うなぁ」
八「お七の色男……駒込吉祥寺、小姓の吉三ですか」
○「……。こぉしょう。そいっちゃーぁ。そいっちゃ」
八「大きな声だんなぁ」
※　すぐそば。

○「胡椒の粉ォ二銭おくれー。あーあ、……えらかったぁー」

八「胡椒の粉ォだすかいな。何事が起こったんかしらと思いましたがな、ほんまにもう。(棚を見て)胡椒の粉ォ、昨日から売り切れですわ」

○「(見台を持ったまま横に倒れる。起き上がって)……そらいかん、そらいかんで、おい。俺は普通の人間と違うで、おい。これを思い出すのに並や大抵やあらへんねんで、おまえ。やっと思い出したと思うたら昨日で売り切れ、そんなぁー、バカなことないで、おい。あれ、何か、くすべたらくっしゃみ出るかぁ」

八「そら出まっしゃろな」

○「ほなやっぱりそれやがなぁー。切れたらあとちゃんと仕込んどいてぇな。今日わいが買いに来るっちゅの分かったあるに」

八「分かりますかいな」

○「あーあー、弱ったなぁー。あのー、他に何ぞこう、くすべてくっしゃみの出るようなもの無いやろかなぁー」

八「そうだんなぁ、わたいらその胡椒の粉知りまへんけどなぁ、小《ち》さーい時分に転合《てんご》※すんのに、よぉ唐辛子《とんがらし》の粉をくすべたことおまっせ」

○「とんがらし、くっしゃみ出るか」

八「えぐいのが出まっせぇー」
○「あ、そうか、そいでもかまへんねん、ほな。とんがらしの粉二銭おくれ」
八「……けったいな買いもんやなあー。（唐辛子を紙袋に入れながら）……たかだかこれだけの買い物すんのに、からくり一段語ったりして……。あんた今どきのお方やおまへんで。（紙袋を手渡しながら）まけてやっせ」
○「おおきありがとう。銭、ここ置いとくでー。（店先を見て）ワ、ワァー、ほんに大勢の人だかりやなー。どなたももう今日はからくり仕舞いでっせー。エへへへ……」
○「マ、サ、は、ん」
政「政はんやないで。お前ぐらいいらちのあかん男は無いなぁ、おい。お日ぃさん高ぁーい時分に出掛けてって、とっぷり日が暮れてしもうたあるやないか。胡椒の粉ォ一つ買うのにどこまで行ってんねんお前」
○「横町の八百屋や」
政「横町の八百屋がどこぞ遠ーいとこへ宿替《やどが》えでもしたんかい」
○「んな皮肉なこと言いないな。わい、向こう行て胡椒の粉ォ忘れてるがな」
※　いたずら、冗談。

政「あれほど目安まで教えてあったやないかい」
○「そやさかい、そのね、からくりとまで思い出してん」
政「そこまで行たら直《じき》やがな」
○「それがなかなか直と違うねがな。しゃあないよって向こうで〜ホェーイ、小伝馬町より引き出され、ホェーイ」
政「……お前そんなアホなことやったんか」
○「一段そっくり語ったってん」
政「八百屋のおっさん、笑《わろ》うてたやろ」
○「褒めてたでぇー。『あんた今どきのお方やおまへん』、言うて」
政「なぶられてんねん、お前は。胡椒の粉ォあったか」
○「あ、無いねん」
政「無かったらあけへんがな」
○「ところが代わりにとんがらしの粉ォ買うてきた。えぐいのが出ると教えてもろて」
政「そうかぁ。おれはとんがらしではやったことないけど、出りゃあ重畳《ちょうじょう》※や。けどなぁ、行くねやったらもっと早いこと行かなあけへんがな。ああいうところはなぁ、どこの柱はどこのご隠居、どこの隅はどこの旦那と、座る場所までちゃんと決まったあんねん。早いこと行かなあけへんがな」
怒られ倒してぽいと表へ出ます。辻をぐるっと回りますというと講釈小屋。なんとの
う陰気なところやったそうでございますな。『講釈場いらぬ親父の捨て処』なんて川柳
がございますが、あんまり若いもんの行きませんところでしたそうでね。あー、こちら
にはその日出ます講釈師の名前が大きく書いて貼ってある、札場には札が積み上げてご
ざいまして、髭だらけの汚ぁーい親父さんが鉄火火鉢股ぐらへ挟んで上目遣いで客を呼
んでましたそうで。「まぁーおはいり、ぶぁーおはいり、ぶぉー……」。食用蛙みたいな
声出してまんねん。
政「二人やで」
×「ありがとうさんで」
政「お、前行こ前行こ、おい前行こって」
○「いや、政やん、あのね、言うといたげるけどね、あんまり前よりね、この辺のほう
がかえって聞きやすいっちゅうことはあるねで」
政「アホか、お前は。講釈聞きに来てんねやあらへんがな。前行かな仕事が出来へんや
ないかいな」
※　好都合。

○「それコロッと忘れてた…スイマセン…スイマセンね…ハァー（腰をおろし、すました顔で座っている）」

政「…なに様子して座※ってんねん、お前。肝心のもん、もろとかなあけへんがな。火鉢もろとかなくすべられへんやないか」

○「それ、コロッと忘れてた。（手をたたき）ねぇーはん。ンねぇーはぁーん」

政「猫かお前は」

○「火鉢持ってきとくんなはれ。火、ぎょうさん入れてねぇ、とんがらしの…」

政「言うたあかんがな」

○「（火鉢を受け取り、懐《ふところ》から紙袋を取り出す。それを火鉢に入れ政やんのほうに扇であおぐ）フヒュウウー、フヒュウウー、フー、フッフッフー……」

政「（火鉢の火で煙管《きせる》に火をつけようとして）何しとんのや、お前。まだ先生出てはらへんやないの。……それ何をすんのや、おい。煙をこっちあおいでどうすんねん。そ、そ、それではわいが……それではわいが……ヘックシ、ヘーックシ」

○「これならとんがらしでも大丈夫や」

政「おい、人を試験に使うな」

ワァワァ言うてますところへ出てまいりますのは講釈師、われわれ噺家のほうと違いましておさまりかえったもんで、『鋳掛ーけ屋のおやっさんが軍艦の注文受け取った』てな顔をいたします。

後「お早々からのお詰めかけ様にてありがたく御礼《おんれい》を申し上げます。毎夜読み上げておりまするは、いずくの島々谷々津々浦々《しまじまたにだにつづうらうら》へ参りましても御馴染《おんなじみ》深きところ、元禄快挙録《げんろくかいきょろく》は義士銘々伝《ぎしめいめいでん》のお噂。後席《ごせき》は、浪花侠客伝《なにわきょうかくでん》誰《た》が袖《そで》の音吉。前席《まえぜき》、お人固めとしてうかがいまするは、慶元両度《けいげんりょうど》は難波戦記《なんばせんき》のお噂。頃は、慶長の十九年もあい改まり、あくれば元和《げんな》元年五月七日の儀に候や。大坂城中、千畳敷、御御上段《おんごじょうだん》の間には内大臣秀頼公、御左座《おんひんだりざ》には御母公《ごぼこう》淀君、介添えとして大野道犬《おおのどうけん》、主馬修理之助数馬《しゅめしゅりのすけかずま》。軍師には、真田左衛門尉海野幸村《さなださえもんのじょううんのゆきむら》、同名大助幸安《どうみょうだいすけゆきやす》、四天王の面々には木村長門守重成《きむらながとのかみしげなり》、長曽我部宮内少輔《ちょうそかべくないのしょうゆう》　秦元親《はたもとちか》、薄田隼人正《すすきだはいとのしょう》　紀兼相《きのかねすけ》、後藤又兵衛基次《またべえもとつぐ》、七手組番頭《ななてぐみばんがしら》には、伊藤丹後守、早水《はやみ》甲斐守ら、いずれも持口《もちぐち》、持口をまくばったりしが、今や遅しと相待《あいま》ったるところへ、関東方の同勢五万三千余騎、辰の一点より城中目がけて押し寄せたりしが。なかにも先手《さきて》の大将、その日の出立《いでた》ちいかにと見てあらば、黒革威《くろかわおどし》の大鎧《おおよろい》には白檀磨《びゃくだんみが》きの籠手《こて》脛当《すねあ》て、鹿《か》の角前立《つのまえだて》打ったる五枚錣《ごまいしころ》の兜《かぶと》を猪首に着なし、駒は名にしおう嵐鹿毛《あらしかげ》と名付けたる名馬には金覆輪《きんぷくりん》の鞍を掛け。ゆーらりガッシとうちまたがり、

※　気取って。

駒の面《おもて》には三十八貫目三十八粒うったる鉄采棒《かなさいぼう》を軽々と引っ提げ、黒白《こくびゃく》二段の手綱をかいぐりあーたーかーもー城中目がけて、はいぃーよぉーとうとうとうとうとうとう。タタッタッタッタッタッタッタッタッ、うち寄せたりしが」

政「……何感心して聞いてんねん」

○「この先生、なかなか上手やなぁーっ。だんだん好きになってきた」

政「おい。好きになるな、お前、しっかり行け！」

○「いーまーにーみーてーけーつーかーれぇー（唐辛子を火鉢にくすべ、高座の講釈師のほうに扇子であおぐしぐさ）」

嘘やとお思いになるといっぺんおうちへ帰ってやって御覧になるとよく分かりますが、あのとんがらしを火鉢にくすべる。あの煙が鼻へ入るというとエグエグーイくっしゃみが出ます。講釈師の先生の鼻の頭へ黄色い煙がモヤモヤーと上がってきたんで。

後「なかにも先手の大将、その日の出立ちいかにと見てあらば、黒革威の大鎧には白檀磨きの籠手脛当て、……鹿の角前立打ったる五枚錣の兜を猪首に、……ヘックシ、ヘックシ。ハ、ハフンッ。……これはこれは、甚だ失敬をいたしました。やつがれもうたたねをしたと相見え、風邪を引いたかに見えますが、もう大丈夫。ブハッ。鹿の角前立うったる五枚錣の兜を猪首に着なし、駒は名にしおう嵐鹿毛と名付けたる名馬には、……金覆輪の鞍を掛けゆうらあり……ゆうらぁり………ハック、ハーックショ。……これはこれは、たびたび失敬をばいたしました。どうやらこれが出納めらしゅうございます。皆様方もお気をつけあそばさぬと、今年の風邪はひくとしつこうて治りにくい」

ええかげんなことを言うてごまかしてます。下ではアホが一所懸命（扇子であおぐ）パーパーパーパー…。そんなことは知らん講釈師の先生。

後「駒の面には三十八貫目三十八粒うったる鉄采棒を軽々と引っ提げ、……黒白二段の手綱をかいぐりあーたーかーもー城中目がけて、はいぃーよぉーとうとうとうとうとうとうとう……とうとう……ハーックショ、ハーックシュ。うち寄せたりしがっ、大手の門前鞍笠間《もんぜんくらかさま》に突っ立ち上がり天地も割るる大音声ヤーアヤーア……ハーックシュ、ヤーアヤーア、ハックシュ、ヤーアヤーア、ハックシュ、ヤーアヤーア遠からん者は音にも聞け近くば寄って目にも見よ、ハックシュ。我こそは、ハックシュ、我こそは、ハックシュ、我こそは、ハックシュ、我こそは駿遠三《すんえんさん》※、三ヶ国にその名ありと知られたる本多、ハックシュ、本多、ハックシュ、本多、ハックシュ、本多平八郎忠勝が一子……ハーックシュン、同名、ハーックシュン、アーックシュン、……アーッ

※　駿河・遠江・三河のこと。

クシュン、ハークックシュン、ヘークックシュン、フェックシュン、フェックシュン、ヘークックシュン、……ヘクシュン、ハークックシュハークックシュン、ハー……ハーッキュシューン、ハゥハゥハウー、ハウーゥ、（泣き出して）何故今夜はこのようにくっしゃみが出るのであろう、皆さん方、半札《はんふだ》と思いますれど丸札《まるふだ》※を差し上げますによってどうぞお帰りを」

皆、気の毒やというので帰りかけた。

政「さぁここや、言うたれ。コラーぁ。講釈師おたまじゃくしかいじゃくし、ほんまにもう、お前はお粥もすくえん貝杓子《かいじゃくし》やな。お前のくっしゃみ聞きに来たんと違うぞ。前の者《もん》はお前の唾で顔中べチャべチャじゃ、ほんまにもう。こんなん食ろとけ。（痰を）カーップッ、おう、言うたれ！」

○「へぇ、へぇ、へぇ、言うたんねん……おっさーん」

政「おい、これ。もっとしっかり行けぇー」

○「こんなん食ろとけー、（唾を）ちゅ」

政「子どもやがな」

○「去《い》の去のー。〽オケラ、毛虫、ゲジ、蚊に、ボウフリ、セミ、かわず、やんま蝶々

※ 半札は入場料の半額。丸札は全額。ここでは全額返金の意。

ハーックショ、ハーックシュ。

に、きりぎりすに、ハタハタ、ブンブの背中はピーカピカ」

政「お前何を言うてんねん。それは」

後「(二人を呼びとめ) アイヤ、アイヤ、そこへお越しのお二方。ハーックシューン！他のお客さん方は皆、気の毒じゃ気の毒じゃと言うてお帰り下されたが、あんた方二人、私になんぞ故障※でもあんのですか！」

○「胡椒が無いさかい、とんがらしくすべたんやー」

※　さしさわり。

解題

枝雀落語の中でも、最も爆笑度の高い、派手で陽気な噺で、枝雀さんも「『くしゃみ』という誰にでも経験のある生理現象を扱っているネタだけに、了解のとりやすい万人向けの落語です」とおっしゃっておられました。

米朝師の高座を聞いておぼえたネタとのことでしたが、噺のいたるところに、枝雀さん独特の演出や、楽しいフレーズがあふれていました。

「のぞきからくり」というのは、大きな箱の前面に何個かの覗き穴があり、そこから箱の中の押し絵を見るという見世物で、仕掛けで絵が変わっていきます。箱の横には説明者が立ち、箱の上を細い棒で叩いてリズムをとりながら、節をつけて口上を述べていました。この噺で枝雀さんが聞かせてくれるひと節は、関西独特のものと思われ、この落語の中にだけ残っている「無形文化財」的な芸なのです。

前半の山場は、主人公が八百屋にやってくるシーン。八百屋についた主人公が買う品物を忘れてしまい「ここまで出たあんねん……。あ、飲んでもた」と目を白黒させる表情。

思い出すために『のぞきからくり』を一段やったのに胡椒の粉が売り切れと知って、見台を両手で持ったまま横に倒れる動き。

後半の講釈場になると、一番前の席に座って、とても嬉しそうに様子をして「おすまし」の表情で座っている主人公のかわいらしさ。

いずれも他の演者にはない派手な表現なのですが、それが決して噺の世界から浮き上がらず、爆笑の渦を巻き起こしていました。と言うのは、どの表現も登場人物の心の動きの矢印の方向に狂いがないのです。いくら表現が派手になって矢印の長さが伸びても、方向が間違っていなかったらお客様の共感を得ることができるわけですね。

また、いよいよ講談のくだりになって、一発目のくしゃみをした後藤一山が、ちょっとうろたえるものの、すぐに平静をとりつくろって、客席をながめながら笑みをもらす表情などは、人間の心理をみごとにスケッチしていて、共感の笑いが起こっていました。

そしてクライマックスは「ヘグスイ」とも「イグスン」とも表記に困る多種多彩な音色のくしゃみ。まさに、くしゃみの花が咲くような華やかさでした。

この噺で後藤一山先生が演じる『難波戦記』の一節ですが、上方講談の三代目旭堂南陵先生にうかがったところ、本家の講談にこんな場面はないそうです。昔の落語家が、いかにも講談らしいフレーズをまとめあげたのでしょう。

枝雀さんはお風呂に入ると、必ずこの講談の一節を口ずさんでいました。

「こういうもんは、毎日口に慣らしておいて、ほかのことを考えていても口から勝手に出てくるようにしてますねん」

……「お稽古好き」の枝雀さんらしいコメントです。

ちしゃ医者

ありがたいこってございます。一所懸命のおしゃべりでございます。今の私の出囃子《でばやし》がこれ「昼飯《ひるまま》」という出囃子なんでございますね。噺家を二十五年やっておりますが、えらいもんでございますね。ちょうどここへ来て座るまでが、ちょうど一曲なわけでございますね。皆様方お気づきやないと思いますが、あれで一渉《ひとわたり》なわけでございますね。えー、その間《かん》にここへ来て座るのが本当は一番いいのでございます。皆様方には何の関係もないことでございますが、そういう寸法で出てくるのが本当は一番いいのでございますね。一番、ワンコーラスでございます。途中でドンドンなんて、あまり格好のいいもんじゃございません。大抵そうなるのでございます。私も今、別に意識して座ったわけじゃないのでございますが、たまたまそうなりましたので、これはちょっと言っておいたほうがよいかなと思いまして、言ったようなこってございます。

暑い毎日が続いているのでございます。どうしてこう、夏は暑いのでございましょうか。誰がどこで調節をしているのかなと思うのでございますが、仕方がないのでございますね。先々週でございましたか、先々々週でございましたか、一週間の平均を取りまして、三十五・六度でしたかね。平均がでございますよ。一週間ぶっ通してでございます、いわばね。赤道直下並みであるというような、もう凄いこってございます。昨日なぞは史上、といいますか、いわゆるこの記録史上でございますね。測り始めてから、上から三番目やったそうでございますね。三十八度何分あったそうでございますね。

えー、人間の常温が三十六・五ぐらいでございます。人によって少し違いますけどね。ですから、体温より気温のほうが高いわけでございますからね。こんなとこにはいられないわけでございます。普通ならばね。金魚がお湯ん中で泳いでるようなもんでございますからね。そういうことは不自然でございますからな。体温のほうが低いわけでございますから、ご互いが抱き合っているほうが涼しいというようなことにも、うーん、理屈の上ではね、なるのでございますが、まあ抱き合うということによる相乗的なものによる加熱というようなこと、いろいろまあほかの条件もございまして、ま、理屈通りにはいかんそうでございますが。理屈からそうでございますから、不思議な現象でございますね。

で、あの、暑いと体がやっぱり具合が悪うございます。私もこないだうちからどうも頭がフラフラしますので、こりゃいかんな思いまして、ちょっとお医者様に診ていただこうと思いまして、大野病院という病院がミナミ※にございますが、そこへまいりまして、ちょっと伝《つて》がございましたもんですから。初めての病院、知らん病院行くのは嫌なもんでございますよ、うん。お医者さんは「どうしたんだ」なんてね。もう体が悪なった者《もん》の損でございますが、上からものを言いますからね、ムカムカするのでございますよ。もう体が悪なった者の損でございますが、ああなると。「よろしくお願いします」と、どうしても人間が卑屈になりましょう。あれどうもいかんのでございます。ですからもうね、伝《つて》がございまして、知り合いで、「僕は枝雀です」というようなね、枝雀というものを認めて何か調べてもらいたいような気がね、するのでございます。普通の人間やというようなことでね、対対《たいたい》でもの言うてもらいたい。そやけど、どうも知らん医者へ行きますと、「どうしたの。どうしたんだ」というような上からものを言いますからね。「お願いします。治してください」という、あれがね、嫌なんでございます。

それでちょっと診てもらいましてね。えー、「おしっこをちょっと取ってきてくださ い」って、大抵ご存じや思いますけどね。ほいでお便所へ行きましておしっこを取るのでございますが、「そこの棚の上へ置いといてください」言われますが、あれ不安なもんでございますよ、うーん。看護婦さんついてきてくれはったらいいんですけどね、まあ看護婦さんかてね、なんぼ患者やいうたって、一応一人前の男でございますからな。四十六になりましたが、男でございますからな、ついてきてジーッと立って見てるわけにもまいりませんのでございましょうからね。「どうぞそこへ置いといてもうたら結構です」言わはりますけどね、あの、不安ですよ。ひょっと他人《ひと》のん持って行きはったらね、検査して測り、あーた、他人のんが出るわけでしょう。私のおしっこ持っていってくれはるかなと思て不安なもんでございますがね。

血液抜いてもろたりしていろいろ調べてもらいましたらね。えー、「肝臓がちょっといかんぞう」言うてね。うーん、あのGPOとか何とかいうのがあるそうでございますがね、それが大体が二十から六十ぐらいが普通ですけれども、「あなたは七百三十六あります。ちょっと多過ぎますねぇ。お酒がいけませんね、お酒やめなさい」なんて言われまして、「え、そいじゃまあ少しやめます」言うてね。もうお酒は一切《いっせつ》、ビタッとね、日本酒はやめまして。ええ、ビールぐらいならね、ええやろと思てビールはちょいちょいこの、いただくのでございますが。まあ、ほんまはビールもいかんのでございましょうけどね。

うーん。まあそれで十五日たちまして、点滴を五回打ちまして、今日は、「またもう一度調べてみましょう」と調べてもらいましたら、百ほど下がってまして、六百なんぼでございますでしょ。十五日で百下がりましたからかなりええ成績やそうでございます

※　難波から心斎橋にかけての繁華街のこと。

がね。でもまだ六百なんぼあるわけでございますね。正規は二十から六十なのでございますね。まだだいぶあるわけでございますが、しかしまあ、全く動かなかったわけじゃありませんからね。きょうはまあ祝いとして一杯飲まないかんなあなんてね、考えてるんでございますが。

お医者さんはあんまり大きな声をお出しになりません。なんぼ伝《つて》があって行きましても、(声をはりあげ)「どうしたの、えっ、あの、枝雀さんどうしたの」ってこういうお医者さんありません。あんまり大きな声はお出しになりません。(おさえた声で)「どうしたんですか」、何かね、お医者さんの声聞いただけで余計悪なるような気がするのでございますが。「どうしたんですか、え? まああそこへお座りください」と、今でもやっぱり一応聴診器みたいなもんで、あれも愛想でしょうけどね。あんなもんで大したことはわかりませんでしょうけど、やっぱりあれせな頼んないんでしょう。

「え、どうしたん…、具合悪いんですか。じゃあちょっと脱いでください、うん。下は脱がなくてもいいですよ。パンツまで取らなくていいんですけど。いや、一遍取ったら穿かなくてもいいですから。うーん、不細工な人ですね。胸出してください。胸さえあればいいんですから。はい吸って、ウ、ウ、ひゃあてください。へぇ、吸って、エ、エ、ひゃあてください。ウン、エ、エ、吸って、エ、エ、吸ってください。エ、吸って、吸って、エ、ぐーっと吸って、ん、思いきりぐーっと、遠慮なくぐーっ。ん、…息苦しい？　まあまああの、調べてみなけりゃわかりませんから」って。

ほんなら何もせんでもええんですけどもね。それから血ィ取ったり、おしっこ取ったりでございますから、まあ愛想みたいなもんでございましょうけどね。でもまあ、大体ああしてね、あんまりお声はお出しになりません。そらそうでしょう。あんまりお医者さんが（大声で）「どうですか。枝雀さん、どうですか。何ですか、えー。どっか体の調子が悪い？　ははははー。バカ」なんてね。それではやっぱりお医者さんらしくありませんからな。うん、ですからああいう調子でございますけどね。

まあしかし、何じゃかんじゃちゅうても、今はね、医学は進んでおります。そのときも超短波なんとか機いうてね、ただもう寝てるだけで、ビャーッと超短波を送りまして、そのはね返ってくるものを、いわゆる点として表してですね、肝臓でも胆嚢でも何でもこう映し出すことができるようなものが、もう十年ほど前からあるそうですが、五年前からかなりポピュラーになってきて、お医者さんでも使っているんです。「どうですか。枝雀さんちょっと見てみなさい。あーたのこれ、映ってますから」言うて、寝てますのにわざわざ見してくれまして、何か『三枝と枝雀』※をやってるようなつもりで、向こう

※「浪速なんでも三枝と枝雀」一九八四年、大阪朝日放送（ABC）テレビ放映。

の人ね、ゲストみたいな気がしたんでございましょうね。「こういうことですよ。おもしろいでしょう。私がこういうことをやりだしましたのは……」言うて、何も聞いてへんのにね、自分の履歴をおっしゃるのでございます。「はあなるほどね」言うて聞いていたんでございますけどね。まあそんなことでございますが。

まあ医学が発達して結構な機械もたくさんありますし、お薬も何かもう凄いのがありますがね、昔はなかなかそうでございませんよ。医学の発達を見ませんからね。一昔前は、ことに江戸時代なぞは、誰でも医者がやれたそうです。今はそういうわけにまいりません。国家試験ございますけど、昔はね、「うーん、ま、いろんなことやってきたな」っちゃなもんです。「お饅頭屋さんもやってみたしな、まあ、その真似事やけど売ってみたし、まあちょっと薬の販売もしてみたし、八百屋もしてみたし、ま、魚屋もちょっとやってみたが、どれもうまくいかないなあ。今度一遍医者でもやってみようかな」というようなね、「でも医者」というのでございますよね。「医者でもやってみようかな」という、藪医者です、大抵がね。

藪医者という言葉ありますね。このごろはあんまり聞きませんがね、あかん先生のこと藪医者ちゅうんです。何故藪医者ちゅうかということについていろいろ説あるそうですけども、大体あの「カゼで動くので藪である」という説がまあ、一番有力やそうでございますね。ほかの重い病気ではこういう頼んない先生お呼びがございませんけど、風邪はね、蔓延しますで、うつりますからみんなかかります。で、ええ先生次から次から他の人取っていきますからね。ほいでみんながなってますから、取りはぐれた方がでございますね、「ああ、もういい先生いないなあ、頼りない先生が残ってるんだけど、風邪ぐらいだったら、ま、一つ間違っても命に差し障るところまではいかんじゃろう」ちゅうんで、とりあえず風邪ん時だけ、ま、気休めにでもちょっと、「先生ちょっと来てくれますか。風邪ですから」ちゅうて、風邪のときだけお呼びがかかって動くわけです。他のときはじっとしているわけですね。風邪によって動くんですね。「カゼで動くので藪である」というような説が有力やそうですね。

ですから藪医者と言われるようになりゃ、風邪でお呼びがかかるんですからまだ結構じゃちゅう人あるそうですね。筍《たけのこ》医者というのがね、うん、これから大きくなって藪になろうというのが筍医者ですからな。土手《どて》医者ちゅうのは、藪のまだ下でございますしね。雀《すずめ》医者ちゅうのはこれから藪へ飛んでいこう、飛んでいこうというようなんですから、いろいろあるのでございますね。

寿命医者、手遅れ医者、葛根湯《かっこんとう》医者、いろんな医者でございますね。

寿命医者、「ご寿命でございます」って、これ強い言葉ですからな。寿命は医者とは関係ないわけでございますからな。責任は閻魔《えんま》さんのほうへ持っていかれますからな。「寿命でしたな」「ご苦労さまでした」って、もうこれ効くのでございますね。手遅れ医者、「何でもっと早《はよ》う連れてこんのじゃ。バカ。ウーン、手遅れじゃ」。これも強い言葉でございますよ。手遅れなんです、ここへ連れてきたときが既にね。私の責任じゃないんだ、手遅れの責任なんだ。何でもっと早く連れてこなかったかというところに責任が転嫁されるわけでございますからな、うん。責任転嫁のええ例でございますね。グッド・エグザンプルでございますね。「何でもっと早よ連れてこんねん。悪いのはお前じゃ」っていうこれでございますからね。で、またこれ、「手遅れじゃ」ととりあえず言うといて、あちこち触っているうちに、たまたま治る場合もありますからな。人間の体なんてどこがどうなるかわかりませんからな。そうした場合は、「手遅れを治してくれた、いやまして偉い先生だ」ちゃなもんで、「ご苦労さまでした」となりますし。あかなんだら、あかなんだ場合も、「やっぱり手遅れでしたな、あかんのは手遅れのせいでした。ご苦労さまでした」って、どっち回ってもご苦労さまですからな。大抵は成功したそうですが、中に失敗例もあるそうです、そりゃね。「何でもっと早よ連れてこんねん。バカ。ウーン、手遅れじゃ」「あっ、先生、一言言わしてもらいます。あのね、手遅れじゃとおっしゃるが、これ今、屋根から落ちたとこです。これ。今、屋根へ上がってちょっと屋根の修理してたんです。ドタッと落ちたんです。『痛い』ちゅうたん、今ですよ。すぐ連れてきたんです。これ、手遅れないでしょ、これ。私、今まで三、四人連れてきたです。どれも手遅れじゃ、手遅れじゃちゅうです、一遍こんなんできんかなと思って待っとったです。やっとでけたです。嬉しくて仕方がないですよ。先生、あんたこの際、どんなこと言うかなと思たら、やっぱり手遅れですか。落ちたてで手遅れで、落ちたとこで手遅れで、いつ連れてくりゃええですか」「…落ちる前なら何とかなる」。負けてませんよ先生も…。

葛根湯医者というのがございます。葛根湯というのは漢方薬でございます。ただいまでもございます。風邪薬でございますね。発汗作用などございまして、まことに風邪にはよく効きますが、風邪薬です、あくまでも。ですから風邪には効きますが、ほかのものに効くとは限りません。ですから風邪には風邪薬、腹痛《はらいた》には腹痛《はらいた》薬、頭痛《あたまいた》には頭痛《あたまいた》薬、いろいろいるわけですが、葛根湯先生は、「もうどの薬飲ましても大した違いはなかろう」というので、何でもかんでも葛根湯です。「どうしたんですか。お次の方どうぞ」「先生、私、頭が痛いんです」「いけませんなあ。葛根湯を飲みなさい」「お次の方どうぞ。どうしたんですか」「先生、私、お腹が痛いんです」「いけませんなあ。葛根湯を飲みなさい」「お次の方。どうしたんですか」「先生、私、あの男についてきたんです。連れです。一人でよう来《こ》んちゅうもんですから一緒に来てやったんです」「いけませんなあ。ご退屈でしょう。葛根湯……」。おやつがわりに葛根湯を飲ましたりなんかするのでございます。

八つ過ぎと申しますから、ただ今の時間で申します午前の二時過ぎ、真夜中でございますね。お医者さんの表の戸をドンドンドン叩いている人が。

芳「先生、お願いをいたします。えー、手前ども私、何でございます。この先の村の者《もん》でございますが、手前どもの主人に急に変がまいりましたんで、容態が急に変わりましたんで、先生様にお願いがいたしたいと思いまして、夜遅うにまことにすまんこってございますが、あの、赤壁《あかかべ》先生、赤壁周庵《しゅうあん》先生のお宅はこちらでございますかいな。手前どもの主人に、急に容態が変わりまして変がまいりましたので、先生様に……」

久「はいはい、はい、はいぃー、はいー。(目をこすりながら)眠たいやないかいな。もうええ加減トロトロとして、ここんとこ寝つき悪いねやが。ウトウトッとして、ええ按配に今日は寝られるなと思たとき、どんならん。はいはい、そうドンドン叩かいでもわかってます。聞こえてます。(戸を開けずに)はあ、どうしました。えー、この先の村の人。はあはあ、あーたとこのご主人に、急に変が来た。容態が変わった。ああ、そう、うちの先生にお見舞いがしてもらいたい。見舞うてもらいたいちゅうて来てなさんのかい。ああそう。いや、わかってます。わかりました。用件わかりましたけどね、ちょっと聞いときますけど、それはどうしても治さんならん病人ですか、それは。えー、治したほうが喜ばしい病人ですか、それは。それちょっと聞いときますよ。もしそれなれば、よそへ行てもらいたいですよ。ちょっとはっきり断っときますけど、うちの先生、よう治しませんよ、それは。いやー今まで何遍も例がありますけぇな。放っといても治るような病人でも、うちの先生が触ったがために、後めちゃくちゃになったこと何遍も。二遍や三遍やないんですよ、そういうことは。またうちの先生、下手なくせに好きじゃでね。そういうのがあるちゅうと、聞くとすぐ触りたがるですよ。そんなん探して回っとるですからな。できゃあそういうことはあんまり耳に入れんように、ここ半年ほどはな、私が遮《さえぎ》って耳に入れんようにしとるんですよ。そんなん聞こえたらいけませんよ。これ、あのね、助かる人でも助からんようなことになりますから、今のうちによそ行てもうたほうが。これこれ、やか……これ、また大きな声出して、うちの先生の耳に入ります。これ、私は冗談言うとるのと違うで。人助けのためじゃで」

表でやかましい言うてますとね、やはり聞こえたもんとみえまして、奥からこの家《や》の先生、赤壁周庵先生、話題の先生でございますね、ほーらもう起きてまいりました。昔の医者というような髭《ひげ》生やしてね、もう大層な、大仰な先生、咳払い一つでもオホッちゃな咳払いいたしませんよ。あー、戦時中、一トン爆弾が、もう二、三メートル向こうに落ちたというような音でございます、咳音がねぇ。ダッファンダー、ダッファンダー、ハファー、ダッファンダー。

先「ああ、久助」

久「わー、みてみぃ、起きてきたぞ、人殺し」

先「あ、こらこらこら、こら、こら。うかうかっと何ちゅうことを言う。内側《うちら》から火の手上げるな。何ちゅうこと言うのじゃ。よそさんおっしゃるのは仕方がないとして。みえてるじゃないかい。えー、何じゃ病人があるとみえるぞ、うん。行てあげにゃいかん。いや、一遍開けて中へとりあえず入れてあげなはれ」

久「あ、ほれ、ほれ、知らんぞ、ほんまにもう。(表へ)入れてあげます。どんならんな、ほんまにもう。お使いの衆、え、今開けます。そうドンドン叩きな。どんならん、ほんま。いや、開けてあげますけど。起きてきましたで、先生、ウーン。もう助かりまへんで、ウーン。一遍ガーッと見込んだら少々のことで離すような人やおまへんで、ほんま。しゃあないもう、あんたとこの主《あるじ》さんも気の毒なお人や、フン。(戸をあける) まあこっち入んなはれ」

芳「あっ、これはこれは、あ…あ、先生様でございますか。まことに恐れ入りましてございます。今もこのお方に言うとりましたんでございます。私、この先の村の者でございまして、主人に急に変がまいりまして、容態変わりましたんでございます。先生のお見舞いが願いたいと思いましてこうしてやってまいりましたようなことでございます、へぇ。いえー、実《じつ》、何です、うちの掛かりつけのお医者さん、ないことないんです。うち、ちょっとした家ですから、掛かりつけのお医者さん、結構な先生、ないことないんですけど、ちょっと遠いんです。ほいでもう夜も更けておりますしね。ほいでここへ内情を言いますというと、うちの主さん、もう八十近いんです。ひょっとしたら八十越えてるかもわかりませんな。もう年、わからんぐらいです、へぇ。ほいで今までも何遍も倒れとるんです。へえ。ほいでもう皆寄って言うとるんです。『もうおそらく今回はもう、放っといてもだめじゃろう』ちゅうとんです。『触ってもだめじゃろう』ちゅうとんです。『もう、どっちみち先生に来てもろても同じようなことじゃろ』と言うとるんですけども、まあ世間体がござりますでね。『ま、とりあえず枕元へ医者の格好したもん並べとくほうが、格好がつくじゃないか』いうことが皆のナニでございまして、へえ。ほいで、こちらの先生が藪さんやいうこともかねがね聞いておりますんです。うちの者も皆知っとるんですけども、『もう構わん、構わん、この際じゃもう格好さえしとったら、枕元へ並べとけ』ちゃなことで、もう藪さんやいうことも重々承知のうえですけぇもう、どうぞ妙な気も起こさずに、どうぞ家へ、とりあえずのとこ来てもうたら結構です。軽い気持ちで、どうぞひとつ先生。藪さん、お願いします」

先「はい…。ちょっと聞いた？　わしゃ今まで陰ではいろいろ言われてんのも、まあ耳にしてるけど、面と向かってこないボロクソに藪さん、藪さんと何遍も言われたん初めてや。しばらくお待ちを。久助、こっちぃ来い、うーん。こら、ゲラゲラ笑うな、ほんまに。笑える立場か、お前は、どんならん。行てあげにゃいかん。いやー、田舎のお人は人間が正直じゃ。ああして思うたままを言われる。『腹のない』と、こう思わにゃいかん、うん。あの何じゃぞ、駕籠を出せ、駕籠を。久、久助、駕籠を出せ」

久「大きな声で急に何言うてなはんねん、あんた。小さい声でもわかりまっ…」

先「違う。表へ聞こえるように大きな声で言うてんのやないか…。駕籠を出せ、久助、駕籠を出せ」

久「大きな声で、わかってま。駕籠って何の駕籠でんねん」

先「何の駕籠て、（籠を下げる手ぶり）こんな籠違うがな。乗っていく駕籠じゃがな。天井に吊ったるじゃろ」
久「天井裏に。あっ、天井。あ、あちゃーあれ、以前《まえ》に乗ってはったやつ？　あれいけまへん。去年の夏とうとうゴボッと。あの、先生何や、中で踊ったでしょう。底抜けました。もう使えまへん」
先「あっ、抜けてもうた。ゴボッちゅうたあの時。ああそうか。でもかまへん、割り木をば五、六本、こう駕籠の下へ渡しとき。ゴボッと抜けたあんねやろ。割り木渡してその上へ止まっていたらええ」
久「先生、駕籠の中へ木渡して止まっていく。あっ雀医者」
先「あっ、やかまし言うたらあかん、誰が雀医者や。ああ、郡内織《ぐんない》※の布団をね、あの上へ。何を…、いや、そんなんないけども、ハッタリで言うてんねやないかい、ええ。ええ格好見せないかんがな。大布団でも何でも四つ折りにしといたらそいでええ。棒の者、オ、棒の者や、ア、棒の者」
久「何言うてなはる、大きな声で、あんた。どこを見て言うてなはんねん」
先「いや、使いの人に聞こえるように、駕籠かきを呼んでんねやないかいな。棒の者

※　甲斐国（山梨県）郡内地方でつくられる絹織物。

を」
久「棒の者、あきまへん。去年の夏、底抜けたときに一緒に帰ってしまいました。あんた踊り踊って、もう棒の者も」
先「何で踊り踊って棒の者が…」
久「いやもう、やるもんやらんもんやさかい、もう帰ってしまいましたんです」
先「そうそう、ああ、それも知ってる、知ってる。わかってるけど、ハッタリで言っ…。(二階に向かい)あ、えー？　なにー？　駕籠かきは二人ながら二階で風邪引いて寝てる。あ、それ具合悪いねぇ。何をすんねん、それ。医者の二階で風邪引いて寝てるやなんて、聞こえが悪いじゃないか。なぜ私に言わんのじゃ。すぐ治すぞ」
久「えっ？　先生、すぐ納《なお》す？　棺桶の中へ」
先「こ、こら、こら。すぐね、薬をこしらえてやるちゅうのじゃ」
久「いや、それゃもう、先生の人柄知ってて、飲まんでしょ」
先「あ、やかましいこら、何を言うとんねんどんならん。わかってる、やかまし言うな。(使いの者に)ああ、お待ちどおさん。やー、やかましい言うてたんが、ひょっと聞こえてるのじゃないか、たまたま。えー、今も言うてたとおりじゃ、駕籠の者は二人とも風邪引いて寝てるのじゃ。どんならん、ほんまにもう。ほいでもう夜更《よふ》かじゃで、他の人頼みに行くわけにいきゃせん。ああ、お前さん、先棒行てもらいたい。久助に後棒をかつがせますで」
芳「何ですか先生、私が駕籠かくんですか？　駕籠かいたことないよって」
先「さあ、もう担桶《たんご》も駕籠も同じようなもんじゃ、大して変わらんで、かいてもらわんとご主人助けることでけん」
芳「ああそうですか。ほな、かかしてもらいますけど、わたい駕籠やみなかいたことないけど、担桶と一緒でよろしいですか。さよか。これ、久助はん、あんた後棒なのですか。私が先棒をばね。はいわかりました。肩、この下へ持っていったらよろしいんですね。行きますよ。（駕籠をかつぎ上げるしぐさ）イヨーッットショーッットサと。ほら重たいもんですね、駕籠ちゅうものは。駕籠の重みと先生の重みと重たいもんですね。ぼちぼち行かしてもらいますよ。後から押すようなことにね。ヨーイトセッ、ヨッセ。ヨーイトセッ、ヨッセ。ヨーイトセッ、ヨーイトセッ、ヨッヤ」
先「（左右に大きく揺れながら）ちょちょちょっと、待ちなはれ、待ちなはれ」
芳「ヨットセ」
先「お、ちょちょっと、ちょっと待ちなはれ、ちょっと待ちなはれ、待ちなはれ待ちなはれちゅうのに。何や駕籠がグラグラグラグラこう横揺れするが、どういう事情になったんねん、どういう事情になった…」
芳「あっ先生、えらいすんません。わたい、家出るとき、慌てて高下駄と草履と片方ずつ履いて」
先「も、ちょう、も、ちょっと待ちなはれ。もうそれもう、片方脱ぎなはれ片方…。高下駄と草履とは具合悪い。片方脱ぎなはれ。じんわり行てや」
芳「(再びかつぎ上げ)ヨーイトショ、ショトサ、ヨーイトショ、ヨーイトショ」
先「(さらに大きく揺れ)ちょちょちょ、ちょっと待ちなはれ。待ちなはれ。横揺れもっと激しなったるが、激しなったるが。どっち脱いだ? え? 草履脱いだ。ちょっと…、こない揺れ揺れして、向こうまで着いたらわたし患いつくで。もう頭フラフラしてんねやで、これ。もうええ加減にしてや」
三人の者がワーワーワーワー言いながらやってまいりますというとね、向こうからやってまいりましたのが、やっぱり三人連れでね。中の一人は提灯持ちよって、
△「芳《よっ》さんどこ行ったんじゃ」
×「芳さん、あの、医者呼びに行くちゅうて」
△「おーぃ、もうちょっとらしいもんに呼びに行かせ。どんならんな、あんなもん、頼

ちょっと待ちなはれ。待ちなはれ。横揺れもっと激しなったるが……。

んないやつに呼びに行かして。まだ帰ってこんじゃないかい。主《あるじ》さんもゴトッと逝ってしまいなさったのに、今さら医者連れて帰っても仕方ありゃせん。どんな…ほら見てみぃ、何じゃ向こうからヒョコタン、ヒョコタン来んの、あれじゃい、芳さんじゃい」

×「あっ、芳さんです。芳さんです」

△「芳さんですじゃありゃせんわい。おーい芳さん、どしたい？」

芳「ああ、ああ、ああ、ああ、ああ」

△「何や、『ああ』って何や」

芳「ご苦労さん」

△「何がご苦労さんや、何しとんねん、お前」

芳「医者連れてきた。あった、一人あった。『格好』あった」

△「『格好』があった？」

芳「『医者の格好したの』あった」

△「おおー。あ、それもうあきやせん。もういりゃせん」

芳「なぜ」

△「なぜちゅうて、もうゴトッと逝ってもた。主さんもうこの世におりゃあせん。もう

医者連れて帰っても屁の役にも立たん。それより親戚呼びに行こう、知らせに行こう」
芳「行こうか。そうか。で、これどうしよう」
△「もう、それもう、どっちみち汚い医者やろ？　そこらへベッと放っとけ。這《ほ》おてでも帰るやろ」
芳「あ、そうかな。ならそうしようか。んな、久助はん、また明日でも薬代《やくだい》持って行きますけ、先生のほうはよろしくお頼きします。さいなら」
久「あっ、これ、これ、これ、これ、これ、お使いの衆。『さいなら』やあれへんがな、これ、おい、おい、ほーらまたあの人強情な人や。しまいまで高下駄履いたなりやったね。斜交《はすか》いに走っていかはった。どんならんなあ。うちの先生またや、ちょいちょいこういうことあんねん。こんなとこへ放り出されて、真っ暗けの中へ駕籠ごとゴーンと放り出されてどんならんな。またこの先生連れて帰らんならん。どんならんな…。拍子の悪い先生やな。ひとが言うほど人殺しでも藪医者でもなかったんや。初めにかかった病人が悪かったがな。四、五軒持って回って、どこども手を離した病人をかつぎこまれて、お嬢さんが『先生、よろしくお願いいたします。お父つぁんの命を助けてやっとくなはれ』。さあ、うちの先生が診てもあかん病人やというのがわかったたってんけども、うちの先生、心の優しい先生やさかい、『シー、なんとかなるじゃろう』てなこと言うて請け合《う》うた。請け合うたかて治るような病人やあれへんがな。寿命やがな。死んでしもた。お嬢さんかていっぺん『なんとかなる』と言うてもろたもんやさかい、よけい気ィがカーッとなってしもて、『この先生が殺したんや、人殺しの先生や』と、その噂がワーッと広がってもうたがな。医者てなものは半分は神経のもんやでェ。『この先生は結構な先生や。何人もの病人を治してくれはった先生や』と思やこそ、薬の一つも飲んで効くけど、『この先生は人殺しの先生や』てなこと思て飲んだら、効く薬も効かんわ。だんだんだんだん病人は来んようになるわ。金は入ってこんわ。奥さん、とうとう愛想つかして出て行きはったが、うちの先生、驚かんな。『奥やみな、居りゃあ居ったでええし、居らにゃあ居らいでもええ』て知らん顔してはるね。けど、うちの先生、ありがたいなあ。貧乏な人からはもう一銭も薬代とらんもんなあ。けど、世間の人はそうは思わんはなあ。『こんな効かん薬、薬代の取りようがない』と、だんだんてれこてれこ※になったあんねん。けど、うちの先生、ええ先生やで。ものごとに驚かんさかいなあ。この先生のそばにおらしてもらえるだけで安心するわ。生涯おらしてもらお。ああ、星流れた。うちの先生にちょっとでもええ仕事……あっ消えてもうた。あ…運がないねね。何や初め頭フラフラする言うてたけど、よう寝てはるがな。（先生のイビキを真似て）ガーッ…ちゅうて。人間大きいね。先生、先生、大先生、起きてください。先生、藪さん、雀医者、人殺し、起きなはれ！」
先「お、おっ、おー。久助、びっくりするじゃないか。何をするのじゃ、おおこらもう先《さき》さんのお宅かえ」
久「何を言うてなはんねん、あんた。もう先さん行《い》てもあきまへん」
先「なぜ？」
久「『なぜ』ったかて、もう主人死にました」
先「既に死んだ。ん、なぜ？」
久「『なぜ』って知らんがな、そんなこと。まあ病人も思うたんだっしゃろ。『もうどっちみちわしもこのままあかんね。この際、もう少々の人に触ってもうてもこらおそくあかんやろ』っちゅことは本人もわかってたんでしょう。ほんで『もう汚い手であちこち触られるの気色《きしょく》悪いな』ちゃなもんで、『もうこら医者の来るまでに先死んでしもたほうがええな』っちゃなもんで、ひょっとしたら『死んだ言うてくれ』て言うてんのかもわからんけどね。とにかく使いの人行てしまいました。先生出て、ちょっと駕籠かきなはれ」
※　くいちがい。

先「ちょ、ちょっと待ちなはれ、何で私が駕籠をかか…」

久「あんたがかかにゃしゃあないがな。私一人でかかれへん、こんなもん。この駕籠かて放っといて帰ってもええようなもんやけど、ま、一応駕籠の格好したるがな。駕籠の格好したもんに医者の格好した先生乗って行ったら、ちょうどつろく※とれたんねん。持って帰ろう」

先「ウーン、医者が駕籠かくって、そんなバカなことあるやろかな」

久「そうかて、私一人ではかか…」

先「わ、わかりました。大きな声出しないな。お前さんには弱いでね。えー、これかくのかい。え？ このとこへ肩持っていたら、そう？ 医者が駕籠かくってそんなバカなこと…。（駕籠をかつぎ上げ）ヨーイトショ、久助、さっきの人は変な人じゃねぇ、重たい重たいなんて嘘ばっかりねー」

久「…中のあんたが出てますねや」

先「ああ」

久「何がああでんねん。早く行きなはれ」

先「ヨットサー、ヨイトサー、ヨットサー、（駕籠をかきながら）あっ、久助、何かい、これで駕籠かけたんのか？ わー、駕籠かくってなかなかおもしろいもんやね。よし、あしたからもう医者やめて駕籠かきになろう。こら洒落たるわ。よほど気が楽や。エー、しかしこんな格好、近所のやつが見よったら笑いよるやろな。医者の先生が駕籠かいてる、っちゃな、まあ暗いうちに早いこと帰らないかんわい。わー、久助、見てみぃ、東の空がじいわりと白いできたやないかい。ありがたいこっちゃな」

なんてのんきな先生でね。ごじゃごじゃごじゃごじゃ言いながらね、朝まだきでございますがね、歩いておりますというと、お百姓というのは大変朝の早いもんでございますね。お百姓がご近所までおしっこ取りにきてなはって、これを見なはったんで。

百「先生やございませんかいな」

先「おー、何じゃいな、これはこれは。お手水屋《ちょうず》さんかえ」

百「何を言うてなはんねん。『お手水屋さんかえ』ちゅうことおますかいな。やっぱり先生でした。何や向こうからヒョコヒョコ来て、エー、紋付き袴で、えらいまた礼儀正しい駕籠屋やなと思うてましたら。先生でしたんか。何いちびって※※なはんねん」

先「いやいや、使いの者が行てしもうて、久助一人でかかりゃせんので、私がこうしてかいてるってなことでね」

※ つり合い。※※ はしゃぐ。

百「やめなはれ、先生。不細工な、あんた。下ろしなはれ、下ろしなはれ。私が」
先「お前さん、担桶《たんご》があるじゃろ」
百「担桶も駕籠も一緒にいけまっせ。まあまあ、下ろしなはれ。ナ、ンナァアホらしもない、医者の先生がアホらしもない。ああ、心配しなはんな、私に任しなはれ、んなもん。ヨイトショットサ。はいんない、はいんない、はいんない。※入ってなるたけ奥へ奥へ、なるたけぐーっとお尻を駕籠へつけて前にそのナニをね、空き地を。で、この担桶ですけど、片方は空《から》ですけど、片方はおしっこ七、八分どこ入ってますけどね。ヨイット、ヨイット、ヨイット、ヨイット、ヨイット。足割んなはれ、足割んなはれ。ヨイトショッと。そう、こうしてね」
先「何じゃいなこれは。私はお手水と相乗りか」
百「相乗りもくそもおますかい。ヨイショッと、ここに。見てみなはれ。で、空《から》のほうはこの棒鼻へさして、キュキュキュッ、ヨイトサッ、朸《おうこ》※※や皆こうして腰んとこへウェッとして、見てみなはれ、これで駕籠も担桶も両方いけまっしゃないか。行きまっせ。ヨイトショッと」
チャポーン。
先「あっ、これ、これ、これ、これ、これ。ぼちぼち行てや」

百「やかまし言いなはんな。ヨットセの、コラセーのドッコイサのヨイトサ」
チャッパラパン、チャッパラパン、ヤッパラパン。
先「ヒヘハハハ…」
さすがの先生、泣きだしたんでね。しばらく行きましたとこで、
百「久助はんちょっと待っとくんなはれ。ここの先でもう一杯汲んできます」
久「あっ、ちょちょちょちょっと…。先《さき》、とりあえず連れて帰ってやんなはれ。先生、もう中で泣きかかって…」
百「いやいや、またここまで来るのも何やさかい。じきじき※※※。先生泣いてたけど、またグーグー寝てる、寝てる。大丈夫、大丈夫。ちょっと待っておくんなはれや」
空の担桶持って入りかけますというと、おばあさん。
○「お手水屋さんかい」
百「おばん、汲ましてもらうで」
○「ああ、おおきにありがと。汲んでくれんのはかまやせんがな、お前さん、隣近所には菜や大根持って来るのに、うちゃ何も持ってきやせんねが、何ぞ持ってきてくれなどんならんが。今日持ってきたん何じゃ、あれは」
※　はいんなさい、の意。※※　天秤棒。※※※　すぐ。

百「何がや」
○「何じゃ持ってきたあるじゃろ」
百「ああ、あれは医者、医者、医者、医者」
○「あっそう、それちょっと置いといてもらおうか。晩のおかずに」
百「何がい？」
○「イヤその萵苣《ちしゃ》」
百「え、ち、萵苣と違う、違う、違う。医者、医者、医者、医者、医者。汲むで」
お百姓、もうちょっとあんじょう言うてやりゃよかった。医者やちゅうことを。「チシャと違う、イシャイシャイシャイシャイシャ」って、入ってしもうたんで、おばあさんね、萵苣と医者と聞き間違《まちご》うたんで。医者と萵苣とね。萵苣はチサですね、日本レタスでございますね。あれ、晩のおかずにしようちゅうのでね、こう、笊《いかき》持ってきて、「あー、萵苣はどこに入ったあんのんかいな」言うて、まだ朝まだきでございますし、おばあさんでございますからね、もうあんまりね、その、はっきりしませんので、「どのへんかいな」ちゅうて、駕籠シューッと開けて、ピチャピーチャピチャって（小便担桶に手をつけるしぐさ）先生の顔をシュシュシュシューッ（なすりつけるしぐさ）とした。もう無茶するので、なんぼよう寝てる先生でも「何をすんのじゃ」ブーンと足出しましたのが拍子の悪い、おばあさんの胸板ドーン。おばあさん、ウンウンウーン。このうめき声を聞いて飛んでまいりましたのがこの家の息子さんでございます。
△「おばん、どうした」
○「兄《あに》かいな。何やこん中に誰ぞ入っておって、私の胸、足でボーンと蹴りよった。息が弾んでモノが言えん…」
△「何、おばん、足で蹴った。どいつや（周庵をなぐる）」
先「（なぐりながら）痛い、痛い、ハハ、何をしゃんす」
△「しゃんすも篳篥もあるか」
久「（手で制し）ちょっと待った、待った、待ちなはれ、待ちなはれ。何しなはんねん、あーた」
△「何もくそもあるか。うちのおばんを足で蹴るやなんて、何とか言え」
久「（笑って）ちょっと待って、はははは」
△「何が、ははは〔や〕」
久「ははは」
△「何が、ははは〔や〕」
久「足で蹴られた、喜びなはれ」

△「どつくで、おい。足で蹴られて何で喜ばんならん」

久「いや、うちの先生の足にかかったさかい、よろしいねがな。ひょっと手にかかってみなはれ、命が危ないよ」

解題

枝雀さんは初代桂春團治師のレコードにあるナンセンスな藪医者噺をもとにして、医者と下男の久助さんの「友情」が感じられる、ちょっとほろ苦いかくし味をプラスした噺に仕上げました。枝雀さんは、この「友情」に「従者の美学」という説明を加えておられました。つまり「私はこの人のお世話をさせてもらっているんですよ。あんたたちは、こんなことさせてもらえないでしょう。私のついている人はこんなに偉い人なんですよ」という喜びです。「お世話をする」というマイナス要素が快感につながるわけです。口ではボロクソに言いながらも、久助さんはこの先生の「人間」が大好きであることが伝わってきます。

途中で使いの人に駕籠を放り出されたあと、取り残された久助さんが、

「悪い先生やないねん」

と語りだすモノローグの温かさ。ふと夜空を見上げた久助さんが流れ星を見つけて、

「うちの先生にちょっとでもええ仕事が…」

と言いかけると、途中で星が消えてしまう。その後、なんにも知らないで駕籠の中で眠っている先生の顔を見て、

「運がないねね」

とポツリと言うシーンでは、それまでぐーっと引き締めていた空気を、余韻を残しつつ緩める……という絶妙の話芸を聞かせてくれました。

また、先生も駕籠をかいているうちに嬉しくなり、

「よしっ。あしたからもう医者やめて駕籠かきになろう!」

なんて発言をしてしまう、愛すべきノンキなお人です。

先生が駕籠に乗っている場面では、その揺れの激しさを表現するために、座布団の上で座ったまま体を左右に大きく振り、ついには座布団ごと真横を向いてしまうという動きを見せていました。その動きの激しさは、一度などは勢い余って前に置いてあったマイクロホンを倒してしまったくらいです。

初代春團治崇拝の枝雀さんは、初代のレコードをよく聴いておられましたが、この噺でも、

「お婆さんが駕籠の中に手を突っ込む直前の『夜の引き明け、薄暗い』ちゅうたった一言で、夜明けの暗さがこっちに伝わってきまんねんで。えらいもんでっせ」

と感心しておられました。

演じようによると小道具が小道具だけに、いささか汚い噺になりかねませんが、枝雀さんは全く汚さを感じさせることなく、医者の「困り」のおかしさでくるんで、カラッとした爆笑ネタに仕上げておられました。

うなぎや

一所懸命おしゃべりをさせていただくわけでございますが。平生《へいぜい》から「何かおかしいようなことはないかいな」とまぁ常々考えているわけでございますが、まぁ落語というものは、大体はこういうようなところへ皆さん方お集まりいただきまして、一席三十分からまぁ二十分のものもございますが、四十分、三十五分というような、ある種の時間をいただきまして、そのうちにおいおいと、ストーリーがわかってくる、雰囲気がわかってくる、ぼちぼちとお笑いになるというようなものが落語なんでございますけど。いわゆるあのテレビなんかでお昼の番組なんかで、五分あるいは十分ぐらいでやらしてもらう、いうときに、何かちょっと、こう、引くとこのある芸なんでございますね。なかなか雰囲気が伝わりませんし、ある種の時間も要りますのでね。そんなときに何かしらちょっとやらしてもらうようなものないかいな、なんちゃなことで……。それも漫談というようなものじゃなくてちゃんと落語というような、ある種の形態をとっているというようなこと、こないだうちからちょっと考えておりますのでございます。そいで「スビバセンおじさん」というのをひとつ登場させてみようかなと思って。まぁわかりやすく言いますと、四コマ漫画ちゅうんですか、主人公が決まっておりまして、まぁ四コマで話が終わってしまうというようなもので。

まあおもしろいかおもしろくないか、わかりませんのでございますね。「おかしい」ちゃなものは、客観的にこれはどうしてもおかしいちゅうか、誰が聞いてもおかしいちゅうものはないわけでございますからな。いわゆる、いつも言いますとおり緊張の緩和ですから、人によっては「それがどしたの」なんちゃなことは十分考えられることですからな。で、私のほうにもあんまり自信はないわけでございますけど、ま、来年からぼちぼちやらしてもらうにあたりまして、今日はひとつ試験的に皆さん方に聞いていただいて、その反応を見まして、「いけそうだな」なんて思うのか「だめだな」なんちゃなことを思うのか、まぁちょっと二、三聞いてもらうんでございますけど。

「ねえおじさん、おじさんですか？　スビバセンおじさんっちゅうの、おじさんですか？」

「あああ、別に僕が自分で言うてるわけやないけど、まぁ世間の人がみなそう言うけどね」

「ああそうですか。おじさん、向こうの工場はおもしろい工場ですね」

「うん、そやなぁ。あれ、あの十日前には煙突が一本やったんやけどなぁ、それが一日に一本ずつ煙突が増えてなぁ、今日、ちょうど十日目で十本になったなあ、煙突が」

「妙な工場ですね、何をこしらえている工場でしょう?」

「おそらく煙突をこしらえている工場じゃないかな……」

まあ、それだけのことなんでございますけどな。何がどうちゅうことないんでございますけど、それだけですから、まぁ、おもしろいと思っていただけりゃありがたいんでございますが。

「それがどうしたの」ちゅう部分もないことないんでございますけどね。ですけど、こんなん一つだけじゃだめです。やっぱり二つ、三つ聞いてもらわんとね、だめなんでございます。「おじさんですか、スピバセンおじさんて言うのは」ってちゃんとこの上下《かみしも》使い分けているでしょ。前に何かものを見た場合は、二人がこう並列してるわけでございますし、今、こう対話しているわけでございます、対立しているわけです。そこのとこ、ちょっと頭に入れていただきたいんでございますけど。

「おじさんですか、スビバセンおじさんていうのは」

「うーん、ま、自分の口から言うわけやないが、世間の人はこの頃そういうこと言うね」

「おじさん、ちょっと変わったお人だそうですねぇ」

「自分では変わっていると思わないけど、ま、世間の人から見ると少しは変わっているかもわからんな」

「おじさん、空の雲、お食べになるそうですね」

「うん、仙人はなあ、よう霞《かすみ》食べるちゅうが、僕はどっちかいうと雲の方が口当たりええな、口に合うぞ」

「はぁ、空の雲ってどんな味のするもんです」

「そやなぁ、綿菓子から砂糖け抜いたようなもんか。うん、けどやっぱりお天気の日の雲の方が口当たりええなぁ、雨雲はどうしても胃にもたれるからなぁ」

……ま、それだけのことでございますけどな。

別に何がどうちゅうわけやないんでございますけど。けどまだ二つですからな。これではまだわかりませんからな。やっぱり三つ、四つ、五つとね、これ連作でございますからな、そこんとこで考えてもらわなけりゃならんとこもあるのでございます。

「おじさん、何してんですか。深いおおーきな穴ですねぇ」

「(穴を掘りながら)ああ、おおきにありがとう。やっとここまできたんやけどなぁ」

「本当に大きな深い穴ですねぇ、なぜそんなに大きな深い穴掘ってんですか」

「いやなぁ、誰かがここにふかーい大きな穴があるというんでな、一所懸命掘って探しているんだけど、なかなか見つからないんだよ」

……ま、それだけのことでございますね、うん。いやまぁ、別にどうっちゅことないんでございますけどまあ、まことにすビバせんねっていうような、スビバセンおじさんは私なんでございますけどね。

まあまあこんなんね、ある日のこと、思いつきましたんでございますけど、もう五十二ほどどんどんできまして、十日ほどの間にね。来年からまあ大々的にPRしてやっていこうかなと思って。ま、今日の反応では、やめといたほうがええかいなと思うこともあるわけでございますが。まぁ、今日のところは通常の落語を聞いていただくようなことってございます。

○「おいおいおいおい、おい」

△「何でございますか」

○「何でございますかやないがな。何してんねん、何してんねん。おい、え、道の真ん中で何してんねん」

△「私でございますか」

○「『私でございますか』って、他に誰もおらへんやないか、お前や、お前や、何してんねん」
△「わったしですか」
○「『わったしですか』って、お前やちゅうねん。何してんねん」
△「立っているんです」
○「えっ」
△「立っているんです」
○「バカなこと言うな、お前。『立っているんです』。そら見たらわかるがな、お前、えぇ。立ってんのはわかってるけどな、立って何してんねんちゅうねん」
△「私ですか」
○「お前しかおらへんやないか、お前。立って何してんねん」
△「私ね、立って…立っているんですけどね」
○「バカなこと言うな、おい、え。『立って立ってる』ちゅう妙な言い草があるか。どや、ちょっとつき合いし、一杯飲まそ」
△「何でございますか」
○「一杯飲ましたろっちゅうねん」

△「結構です。お断りします」
○「バカなこと言いないな、お前。一杯飲ましたるって結構な話やないか」
△「いやーそれがあんまり結構じゃないです。『一杯飲ましてやるからつき合いなさい』っていう言葉には、ちょっと懲りているんです」
○「『ちょっと懲りているんです』って、何や？　何ぞあんのんかい？」
△「もう十日ほど前の話でございますけど、私、やはり十日前も今日と同じように、ここへボーッとこうして立っていたんです」
○「ほうほう」
△「そこへ徳さんがやって来たんです。あなたの代わりに徳さんがやって来たんです。今日はあなたが来たんですけど、十日前は徳さんがやって来たんです」
○「はぁ、なるほど。そんでどうしたい」
△「徳さんがね、『お前何してんねん』とこう私に尋ねたんです」
○「なるほど」
△「で、私『立っているんです』って言ったんですね。そうすると徳さんが『バカなこと言うな、立ってんのは見てわかるがな、立って何してんねやちゅうこっちゃ』言うさかい、私『立って立っているんです』というような、今日とほんとに同じようなこ

とがございました」
○「フフン、お前ちょいちょいこうして道の真ん中立ってんねんな、おい。ほいでどうしたい」
△「ほいで、あんたとおなじように、『おい、若いもんが道の真ん中にボーッと立つな。ちょっとつき合いしィ。一杯飲ましたろ』と、あんたと同じようなこと言ってくれたんです」
○「結構な話やないかい」
△「私もそのときはねぇ、おなかもすいていましたし、しばらくお酒も飲んでなかったんで、ありがたいこっちゃなと思いまして、『お願いします』て言ったら『道頓堀《どうとんぼり》で飲ましたる、つき合いし』。ありがたいこっちゃなと思ってね。どんどんどん堺《さかい》筋《すじ》南へ南へ、徳さん、歩き出しよったんで、ありがたいこっちゃな、道頓堀で飲ましてくれよんねんな思いながら私、後《あと》ついて歩いてたんです」
○「結構なこっちゃがな」
△「さあ、ところがね、本町《ほんまち》までまいりましたらね、道頓堀ならもっと堺筋どんどんどん南へ行かないかんでしょ。クルッとねぇ左へ回って東へ東へ歩き出したんですよ」

ありがたいこっちゃな、道頓堀で飲ましてくれよんねんな思いながら私、後ついて歩いてたんです。

○「ふーん、おかしいやないかい」
△「私もおかしいなと思いまして、『おいおい徳さん、道頓堀で飲ましてくれるんじゃありませんか』って、私、尋ねましたら、『あぁあぁいずれ道頓堀へは行くねんけれどもね、ちょっと玉造《たまつくり》のおっさんとこにちょっと言うておきたいことがあるのを、今ふっと思い出したんや、そいで先その用事を済ましといたほうが道頓堀へは行きやすいんだけど、僕は行くけど君はどうする』ってこう言うたんですよ」
○「(思わずふき出して)ほーほーほーほー、『君はどうする』言われたってそのときに別れてしもたら道頓堀の一杯も…」
△「さ、そうでしょ。ですから、これはひっついていなければならないと思いましてね、『あなたがおこしになるんなら私も一緒にお供しましょう』ったら、『そうですか。すーまないねぇ』言いよってね、どんどんどんどん歩いて玉造まで行て、一軒の家ガラガラっと開けたら、さあー徳さんのおっさんらしい人が出てまいりました。よく似た人でしたけどねぇ、『あのー実はこうこうこうこうこうで』ったら、『あーそうか。そういうことか。わかった、わかったありがとう』言って、『さよなら』言ってガラガラっと閉めてね。『ありがとう。これで玉造のおっさんとこ、用事は済んだわい』言うて、どんどんどんどんどんどんどん西へ西へ歩いて、さぁ、堺筋まで出てきた

んで南へ折れよるかいなと思ったら、南へ折れよれへんねで。まだどんどんどん西へ西へ歩きよんねん。おーかしいなと思って、『おおお徳さん、道頓堀行くのちゃうのんかい』言うたら、『いやいや、いずれ道頓堀へ行くねけどね、今、ふっと松《まつ》島《しま》のおばさんところへね、用事があるのちょっと思い出して、僕はそこへ行くのやけど、君はどうする』とこう言うねんね」

○「ほうほうほう」

△「ここでねぇ、おかしいでしょ、おじさんとこへもう行ってしまったわけですからね。おじさんとこへ行っておばさんとこ行かないっちゅうなぁ、何かおばさんに意趣遺恨があるようでしょ。妙な痛くもない腹探られるのもなんですから『いやーおばさんとこへ用事があんねやったら行ったらどうじゃ』言ったら、『そうか、すーまないねぇ』言うてね、どんどんどん西へ西へ行って、松島の家。一軒の家ガラガラって開けたら、徳さん女にしたらおそらくこんな顔になるだろうなというような人が出て来て。おばさんらしいねけどね。何じゃかんじゃ、何じゃかんじゃしゃべってて、まあまあそんなことで、『そうかい。えらい悪かったね』言うてガラガラガラっと閉まって、『おおきにありがとう。おばさんところの用事もこれで済んだよ』っちゅうて、どんどんどんどん東へ東へ歩いて、さて堺筋まで出てきたら今度は南へ折れよったんや」

○「いよいよ道頓堀や」

△「ありがたいこっちゃな、いよいよ道頓堀で飲ましてくれよんねんなぁと思て後ついて歩いていたらね、堺筋道頓堀まで行てやで、西、道頓堀のほう入るかと思ったら、入りよれへんねで。まだどんどんどんどんどん南へ南へ行きよんねん」

○「またおかしいやないか」

△「おかしいなと思て、『徳さん徳さん、道頓堀で飲ましてくれるのと違うのんか』言うたら、『いずれ道頓堀へは行くねけれども、萩《はぎ》の茶屋《ちゃや》の弟んとこへちょっと用事があんの、今、ふっと思い出したんや。僕はそこへ先行こうと思うが、君はどうする』とこう言うたのでね。私、そのときはね、おなかの中では多少はムカムカ、ムカムカッとしましたよ。なんぼ一杯飲ましてくれるにして(口ごもりながら)もですよ、そないにあぁた、なん…」

○「ハキハキもの言え、ハキハキ」

△「いや、ハキハキ言ってるんですけどね、ちょっと腹が立っているとこの描写なんです」

○「描写いらんわ、そんなもんお前」

△「ムカムカしてくるんですよね。そやけどやで、ここで『そうかほんならお前行けよ、

俺はこれでもう帰るわ』言うたら、『そうか、ほなまぁ道頓堀もまた今度にしよか』と言われかねないこともないでしょ。それで、お腹ん中でよほどムカッとしていたんですけど、顔ではにーこにーこしてね、『まあまあ用事があんねやったらそれ先に済ましといたほうが、よほどそら気が楽になるぞ』言うたら、『すーまないねぇー』言うてね、どんどんどんどん南へ南へ行って、萩の茶屋へ一軒の家、ガラガラっと開けたら、それこそ徳さんとうり二つ、どっちがどっちやわからんなって、入れ替わってもわからんなっちゃよう似た顔。向こうは家系やね、皆よう顔似てるわね。それでもうごじゃごじゃごじゃ話して、『まぁそういうことで。すまなかったね』。ガラガラピシャって、『いやー今日一日であっちこっちの用事がすべて済んじゃって、ほんとに僕は助かったぁ。ありがとうありがとう』言いながらべーッと北へ北へ行て、いよいよ堺筋、道頓堀、道頓堀のほう入りよってん」

〇「いよいよや」

△「いよいよやけどやでぇ」

〇「何や」

△「いや違うがな。まぁお天道さん高ーいうちから出かけてんねけろやれ、大阪玉造行け、松島行け、萩の茶屋行けて、あっちこっち行き倒しといて、もうぼちぼちお日さ

ん沈みかけているねで。道頓堀もう明かり入りかけてんねやないか。おなか、もう余計のことペコペコに減ったあんねん。そやけどまあ、明かりの入った道頓堀で飲ましてくれるのありがたいな思いながらついていった。はじめ出雲屋《いずもや》の前通ったんや」

○「出雲屋、うなぎ屋や」

△「うなっぎゃー、えー、嬉しいで、おい。蒲焼で一杯飲ましてくれんねん。ありがたいなぁと思ってたら、出雲屋の前、知らぁーん顔して通んねん」

○「出雲屋と違《ちご》たんかい」

△「違たんやな、と思て。あはぁんと思てたら、次何の前通りかかったかな。な、あの井筒《いづつ》のうどん屋の前、うどんで一杯飲ましてくれよんねん、うどんも洒落たあるわい。ねぇー、東京辺りではそばで一杯ちゅうけど、うどんで一杯も洒落たあるわい。おーっ、井筒へ入りよんねんなと思うと、井筒の前も知らーん顔して通んねん。うどんとも違たんやな思いながら歩いてると、次、なんやで、柴藤《しばとう》の前通りかかったで」

○「嬉しやないかい。向こうは出雲屋と違て、また上等のうなぎ屋や」

△「上《じょう》うなや上うなや、今日は上うなで一杯飲ましてくれるのやなと思ったら、柴藤の前も知らーん顔をして歩きよる。おかしいな、柴藤でもなかったんやなぁと思いながら行ったら、今度山陽亭《さんようてい》の前通りかかった。テッ、西洋料理やぁって、こらもう何や

で、カツか何かでビアか何かおごってくれよんねんなと思って、嬉しいなぁと思ったら、山陽亭の前もいやまして知らーん顔して行きよんねんで。もう両側に店だんだんだんだんないようなってしまうねで。おかしいなと思って、『徳さん、どこで飲ましてくれんの。道頓堀で飲ましてくれんのと、ちゃうのんかい』って言うたら『わかってるがな、やいやい言うなぁ』言うてね、で、どんどんどんどん歩いて新戎橋《えびすばし》のとこタラタラと下、おりよって」

○「かき舟※か」

△「よう、お前詳しいね」

○「たいていあの辺、かき舟や」

△「そや、わいもかき舟屋行って、一杯飲ましてくれるなぁと思て。嬉しいなぁと思て。小橋トントントンと渡りかけたら、『おいおい、どこ行くねん。大胆なとこ行きないな』言うてね、『こっち戻っといで戻っといで』言うて、ダーッと下りられるとこまで下りたんや」

○「おうおう、道頓堀川の、川の下りられるとこまで下りたんか」

△「うー、下りられるとこまで下りたんや。『おおきにありがと、今日は本当にいろいろと助かったね、あっちこっちおつき合いしてもらって、本当にありがとう。まあ、

何もないが十分に飲んでもらいたいな』とこう言うたんで…ね」
○「ほおー、（ふと気付き）なっなっなぁ、えー？　何やて」
△「いや『何もないけど十分に飲んでもらいたい』ってこう言うんねんね」
○「ほおー、かき舟と違うねやろ」
△「いえ、違いま。かき舟あそこです。下りるとこまで下りたんです、もう下りられません」
○「何飲めちゅーねん」
△「ですから私の、ま、目につくもので飲めるものと言えば、道頓堀川のそのぅ…」
○「ようそんな…。おい、『道頓堀で飲ましたる』ちゅうたんやろ」
△「そうですねん。『道頓堀で飲ましたる』って言うたんですね。酒というような言葉は一言も出なかったようですけどね」
○「また徳さんにやられてんねん。いっぱい引っ掛けられてんねやないかい」
△「さあ、わいかて、その時『しもたやられたな』と思ったけど、もう遅いがな」
○「どないしたんや」
△「あいつ、ちょいちょいあんなことしよんねん」
※　川に屋形舟を浮かべ、かき料理を食べさせる店。

○「そうや、どないしたんや」
△「『いやーいっぱいかかったな』と思たけどやで、せっかく『飲め』って親切に言うてくれてるのにやで、皆目《かいもく》飲まないのも何かこれから二人の間にわだかまりが残ってもいかんと思てね、『そうですか、ほんならちょうだいします』言うて、両の手でゴボゴボ、ゴボゴボ、ゴボゴボって掬《すく》てね、十八杯《じゅうはちはい》飲んだんや」
○「アホや、お前は。不細工なやっちゃな、引っ掛けられてんねがな、ほんまにもう、ちょいちょい徳さん、そういう悪さしよんねん。引っ掛けられたなら引っ掛けられたで、お前も何とかお前も引っ掛け返せ」
△「そうですね」
○「それで何とか言い返せ」
△「そうですね」
○「洒落なら洒落で、洒落で言い返せ」
△「その通りです。ありがとうございます」
○「いや、『ありがとうございます』やないがな。言え」
△「いや、それでね、言うたんです」
○「何言うたんや」

△「いや、『ありがとう。飲ましてもろたん十分に飲ましてもらいましたけど、ま、できれば肴《さかな》があった方がいいなあ』とちょっとこう皮肉気に言うたってん」
○「えらいえらいえらい、それそれそれや、どうしたんや」
△「別にえらいことないねがな。『魚が欲しいか。魚ならなんぼでも泳いでるやないかいな』言うてね、『ま、手でつかむなと網で掬うなとして、好きなようにして、せんどお上がり』ちゅうてね」
○「不細工なやっちゃ、またやられてんねん」
△「またやららーれてるんですよ。もうさすがのことに、穏やかな私もムカムカーッとしまして、エーッと思て、頭に血がパーッと上《のぼ》ってしまいましてね。こうなったら、あいつにあてつけに、ナマズでも何でも手づかみにして頭からガリガリといったろと思てね、クルクルッと着物脱いでドボーッと飛び込んで、フーッと気がついたらねえ、お前も知ってるやろけどね、私、よう泳がんのよ」
○「アホ、不細工なやっちゃなお前、どうしたんや」
△「で、アップアップしてゴボゴボゴボッと。もう飲みとうないのよ、もう十八杯飲んでるからね。けど飲みとうなくても飲まなければ仕方がないの。ゴボゴボゴ

※　たくさん。

ボゴボゴボッて、アップアップしてたら、徳さんて親切な男やね。『おいおい何暴れているんだい』言うてね、『これにつかまりぃな』言うて竹の棒出してくれよって。んで、ようやっと助け上げてもろたんやけど。考えてみたらあの人、親切な人やと思てね。ひょっと何かのことであの人があそこにいなければ、私、ひょっとしたら溺れ死んでるかもしれず。ひょっと現場にいてもですよ、あれが薄情な男で知らーん顔してたら、ひょっと溺れ死んでいるかもしれない。今ぁ命がないかもわからないと思たら、あの男のおかげで命が助かったなと思たらありがたいこっちゃなと思て、それからもう朝晩拝み上げてる」

○「ア、ア、お前アホやでお前。ようそんな不細工なこと言うてんな」

△「そやから『一杯飲ましたる』、もう結構ですわ」

○「バカなこと言うな。俺はそんな冗談せえへんが」

△「酒ですか？（泣きながら杯を持つ手つき）」

○「おい、泣くなお前。そうや。違うがな、わけ言わなわからんけど、隣町《となりちょう》にね新規の店ができたんや、うなぎ屋の。立派な洒落たある、小粋な店やねんけどね、親爺《おやっ》さんがちょっと一本気や。変わりもんや。板場ちゃなもんたいてい一本気、変わり者なもんや。開店三日目にして親爺さんと板場とけんかして、板場、飛んで出よってん。親爺さん、新しい別の板場雇ってきたらええちゃなもんやけど、親爺さん、そこが一本気や、変わっとるわい。えー『生意気なガキやなー。うなぎの料理ぐらい、板場おらいでもわしがするわい』言うて親爺さん自分でやろうとするねんけども、なかなかうなぎの料理がそんな素人にできるかい。第一つかむことできへんがな、え。親爺さん、四苦八苦して摑もうてんでヌリュヌルニュルて、なかなか摑まれへんねん。そやから、もう客来たら、『どうぞお二階へ、どうぞお二階へ』ってみんな二階へ上げといて、誰も見てへんなと思たら、栓ポーンと抜いて水ジャーッとみな流してしもてやで、で、ビチビチビチビチして、このヌルヌルヌルヌルするとこへ『糠《ぬか》持って来い』って、上からバーッと糠かぶせて、もうヌルも何もみな取ってしもてやで、とりあえずそれバーッと上へ上げて金づちで、げんのうで頭グァーングァーンて。こないだも二階で待ってたら、それ、骨抜きもせんと一寸ぐらいにぶつ切りにしてやで、揚げて天ぷらで持って来よったんや。『おいおい、何やこれ親爺さん』言ったら、『今日は西洋料理です、ちょっとフライのまねごとです』て、フライや言うとんねん。フライと天ぷら別やで、おい。ムカムカッとしたけどね、そやから今日行ってやで、むこうで二階へ上がらんと、どうせ『どうぞお二階へどうぞお二階へ』言うけど、二階へ上がらへんねん。『目の前で料理してくれ』って。親爺さんもう、うなぎようつかまえんと、ヌルヌルヌルヌルしよんの、こっちから小鉢もんで、一杯飲みながらちょっと見ようちゅうんで。こんなんどうや」
△「くぅー、ぐぅぐぅぐ」
○「お前、どっか悪いのかお前、何やねんな」
△「わいね、こんな穏やかな人間やけれどもね、人が難儀するのん見んのん、ほん好きやねん」
○「どんな男やねん、ほんまに。こっちこい…けったいなやっちゃな、ほんま。一遍医者行け、医者へ。けったいなやっちゃでほんまに。この辻曲がったとこや、ここや」
△「あらー、いつできたん」
○「お前気がつかんのかい、ぼやぼやぼやぼやして、隣町やないかい」
△「小粋な店」
○「小粋な店や。親爺さんいうのちょっと変わっとるわい、入ろ入ろ。親爺さん、じゃまするで」
親「お客さんでございますか。(手をさし上げ)どうぞお二階へ、どうぞお二階へ、どうぞお二階へ……どうぞ」
○「親爺さん、今日は下で飲ましてもらう」

わいね、こんな穏やかな人間やけれどもね、人が難儀するのん見んのん、ほん好きやねん。

親「どど、(手をさし上げ)どうぞお二階へどうぞ。お二階のほうが景色がよろしございます」
○「なにを言うとんねん、『景色よろしございます』って、誰がうなぎ屋へ景色見に来てんねん。アホなこと言うな、下で結構や。おい、座らせてもらお座らせてもらお。あの、小鉢もんと酒とちょっと持って来てんか」
親「かしこまりましてござい……。しばらくお待ちいただきますように」
○「見てえ。親爺さん、これから、うなぎをようつかまえんと、ヌルヌルヌルヌルひとりでしよるん楽しみやで。おもろいで。(親爺に)おお、おおきありがと、そこ置いといてんか。親爺さん」
親「何でございます。(手をさし上げ)どうぞお二階へ」
○「いやいや、もう『お二階』はええねん。下で飲ましてもらうねけどね。あのう、うなぎのことをね」
親「あっうなぎでございますか、こちらの舟におりますので」
○「あっそうか、ちょっと見してもらお、(のぞき込んで)見してもらお。(主人に)えっ、あ、いや飲むのん、また後でもええ、後、後で。これで飲めるからちゅうてんねん。ま、なかなかこんなん見してもらわれへん、こんなもん。ここ、来いちゅう、こっち来いって。わっ、おーら親爺さん大きな舟に、いやぁーぎょうさんうなぎおんな、おい。クァー、ほらぁ、おい、見てぇ。こんなぎょうさんのうなぎ、一遍に見るっちゅうの滅多にないこっちゃ。こらまたぎょう…、こら親爺さん、何やね」
親「何でございますか」
○「わいら、改めてこうしてまあ、一遍にぎょうさんのうなぎ見んのんなんか初めてやけど、今まで何とも思わなんだけど、やっぱりこうして見るとやっぱり一匹一匹、うなぎでもそれぞれちょっとずつ違うような、顔つきやみなちょっとずつ違うような、姿形《すがたかたち》がちょっとずつ違うような気がするけどね」
親「あんた、えらいことおっしゃいますですねぇ。通《つう》です。そのとおりですよ。ま、うなぎかて、やはり違います。それぞれが違いますよ」
○「そうか」
親「それでしたら、まあちなみにですよ」
○「ちなみに？」
親「ちなみにこれなんぞご覧なさい。これ、どうです？　胴太の、ツェーイ、ちょっと背に青みかかっているでしょ。これ、青バエーちゅうんですよ、青バエーちゅうてね、ま我々仲間でも業界でも『バエー』がつくようになれば、もう一人前ですよ。青バエちゅうことですよ」
○「ああこいつ、背が青いから青バエちゅうの？」
親「これ、よほど上等ですよ」
○「あー他のとちょっと違うね。はあ、何でこう違てくるねん」
親「それ、それでございますね。それやっぱりこう、生まれ、生まれ育ちが違うですね。つまりそういうことでしょ」
○「ほ、ほぉー、ほなまぁちなみにやで、この青バエー、お前の自慢する青バエーちゅうのは、背に青味のあるヤツ、これはどこで生まれどこで育ったんや」
親「（しどろもどろで）そ、そ、それまあ詳しいことまでわかりませんけどね、まぁおそらくこれは、染めもん屋さんの浜でね、染物屋さんの近所の川で大きくなったんじゃないですか。そやからどうしても自然と小さい時分から藍やみなね、これ、そう染料、飲んでますから自然と背が青くなる、のじゃないですか」
○「…フフ、言葉に力がないな」
親「いや、そんなことないんですけど。そうじゃないかと思うんですけどね」
○「フーン、あ、ほなほな、親爺さんちなみにやで、この背の黒いのやみなこんなんやっぱり黒バエー、黒バエーちゅうのんやろ」

親「そうそうそう。無理に『バエ』付けはらいでもよろしいけど、まあ理屈で言やそういうことですね」
○「ハーン、ほんならやっぱりこんなん、炭屋の浜、ま、炭屋の近所の川で、まあ大きなりよんねやろ。やっぱ、小さい時分から炭の粉、思わず知らず飲んでやっぱり、そう、背がちょっと黒味なんのちゃうか」
親「詳しいことわからんですけど、ま、そういうことですかな」
○「そやね、ほだら、こ、こいつちょっと背が赤味かかって、こりゃ紅バエー、紅バエーちゅうてやっぱり何や、紅屋の、紅屋の浜で、紅屋の近所のまあ、川やみなで大きゅう生まれ育つのとちゃうか」
親「詳しいことわからんですけど、そういうことですねぇ」
○「ほなこの背の白いのやみな、白バエ、白バイー言うて、こんなんやっぱり警察の浜で」
親「いやちょっと待ったちょっと待った。アホなことおっしゃんな、警察の近所の川て、バカに…。あのねぇ第一、背が白いちゃなうなぎ、どこにありますねん」
○「これ見てぇ、白いやないかい」
親「どれ？　ああそれ、腹かえしているんです……。三日前から風邪引いているんですよ」

○「お前なあ、こんなん出せい。他のもんに病気うつすで、これ、お前。風邪引いてるようなヤツ、風邪うつったらどうすんねん」

親「いやー、やはり情が移りますからそんなことできない」

○「…ハン、それでなにか、ちょっとちなみに、ついでやさかいちょっと尋ねるけど」

△「『ちなみ』はそんなとこで使わないんじゃないですか?」

○「じゃかましわい、だまってぇ。こらやっぱり雄雌《オスメス》あんのか」

親「そ、そりゃそうです。ものごと雄雌なけりゃ繁殖しません」

○「お、お、理屈言いやな、この親爺さん。(舟の中のうなぎを見て)…なるほど、いやそうか。お前言うのわかる、わかる。そうか、やっぱりこのお前が自慢したこの青バエのちょっと、後ろっからちょっと控え目にこう、こう寄り添いながら行ってる、ちょっと小ぶりなヤツ、あー、これ、これなんか雌やろ」

親「おっしゃるとおりです」

○「あっ、そやろね。えらいもんやこう、やっぱりこうヒレでもちょっと内輪にこう(手をヒレのように動かす)」

親「それはしません。…どれ?」

○「おう、やってもらおか」
親「あっ、どうぞお二階へ」
○「いやいや違う違う、二階へ上がれへん、上がれへん。やってんか」
親「エッ！　ごらんになってるとこでですか。どこでですか？」
○「いや、『ごらんになっているところれれいすか』って、ごらんになるねん。やってくれ」
親「くー、どうぞお二階へ」
○「いやいや、二階に上がるわけいけへん。目の前でやってくれい」
親「ここでやるですか。どれやりますか」
○「注文つけてええのか。よし。ならお前の自慢してたこの青バエーいこ、青バエー。この胴太の元気のええこいつをいこ、青バエいこ」
親「どれでございます？　あっ、これ、これですか。あっこれ、これ駄目です」
○「へ？」
親「これは駄目」
○「何で」
親「これはいかん」

○「何で」
親「これ元気！」
○「ふっふっ、おかしいこと言うなお前。これ元気って、お前」
親「これ、達者です」
○「いや、達者ですて、元気で達者がうまいやろ」
親「元気で達者ですけど、これ達者過ぎます。違います。わたしこれねぇ、一度立ち向かったことあるですよ。いえ、ここだけの話ですけど、これ、開店からいるんですよ。一度やったです、私もねぇ。見てごらん、この眉間のとこちょっとキズいってるでしょ。私、ドーンてやったらズルッといったんですねぇ、それから私《わたくし》のこと、どうやらあまりよく思ってないらしいのですね。ほら、このクルックルッとこう、こう回るとき、こっちギロッと見るでしょ。わたし恐怖心を抱くんです」
○「アホ。う、うなぎ屋の親爺さんがうなぎ怖がってどうすんねん、おい。いけぇ！」
親「……どうですか、この白バエ」
○「アホ！　三日前から熱出してるようなうなぎ、どこがうまいねや。やれぃ！」
親「あのねぇ、あんたやれとおっしゃいますけど、なかなか難しいですよぉ。……どうぞお二階へ」

○「いや、それはええねん」

親「(腕まくりして) 一つだけ心得を申しますけどねぇ、うなぎにやはり体見せないほうがいいですよ。姿見せないっていうのが一つのコツですねぇ。ですから背後から忍び寄りますねぇ。こいつでしょ、(水に手を入れ) ペチャズル、(うなぎを掴みそこねて) ありゃ。あんた何でもないように思ってますけど難しいんですよ。姿見しちゃいけませんよ。後ろから行きますね。これでしょ? ペチャ、ズル。…ダメでしょ」

○「どんな魚でもこんなパ、パーの手して、ペチャズルって掴めるかい。いたるいたる、俺がいたる。おらあうなぎ屋やないけど、心安いうなぎ屋の親爺さんに聞いて知ってんねん。こういうものは、掴み方があんねん。うなぎのあなずり掴み、だまし掴みちゅて、見とれよ。親爺さんみたいに上からペチャズルッ、そんなんあけへんあけへん。ちょっと見てなさい。この、これ、おー、ちょうどちょうど来よった、来よったちょうど来よった、青バエ青バエ、(うなぎをなでるしぐさ) こーういう風に、見てみ。これ、見てみい、見てみい。なっ、優しくこうー。どうやこれ、な、長うなりよったやろ。心許しとるやろ。見てみ、これ。なっ、うなぎかて人間かて同しこっちゃないかい。気ィに変わりあるかい。なぁ、うなぎの心を思え。ね、『お優しいお方だわ』ちゃなもんやないかい。ね、『疲れている私だからマッサージをしてくれているのかな』

ちゃなまあ、気として思わんかい。なぁ、これ、見てみい、現に長《なご》ぉになっておるやろ、ね。そこでやで、うなぎの摑みどころは一《ひと》ところやで、この首のとこやで、ここやで。ここをグッといくとせんかい。ほいたら気ィ考えてみ、『あっ、あらっ』ちゃなもんや。『おやっ』ちゃなもんやで、やっぱりね。『ああこれは全身のマッサージから局部的なあんまに変わらはったんかいな』って。『肩もんでくれてはるのかいな』ちゃな気ィや、そやろ？　そこをやで、パーッと上げて、ポーンと錐《きり》いってみ、『あっ鍼《はり》もしてくれはんのかな』ちゃなもんやで。そこスーッと裂いてごらん。『あっ涼しいな』っちゃなもんや。そこで魚串《うおぐし》をばブッツブツッと、『あっ、これ疲れ取りのビタミン注射かな』ちゃなもんやで。それ火の上乗せて、下からバタバタバタバタッとあおいだときに、初めて『しもた。かーば焼ーきやー』」

親「あんたのおっしゃるようにうまいこといきますかいな」

○「うまいこといくもいかんもあるか、よう見とれよー。テェーイ、論より証拠や。ねぇ、『百聞は一見に如かず』っちゅうやっちゃ、ええか。見てみ、これ、長ォなりよったやろ。ね。ここやでここやで。一ところやで、この首のとこをばギュッといったらズルッと、ほれ見てみぃ、逃げた」

親「な、『逃げた』て…、私が行きます。そうそう、両の手でいきます。そっちから追うとくなはれ、追うとくなはれ、トォートウトウトウトウトウトウトウトウ……、こっちこっちこっちもうもうもうもうトトトトトトトントトトトトトト、よっしゃっと、ほら来た、ほら来た、やー、（うなぎを掴み）ほらよっと、元気よろしいやろ、見てみなはれこれもう、（逃げるうなぎが股ぐらへ入ろうとするので）ちょっとややこしいとこ入るなおい。ちょっと待て待て、おっとっと、おら捕まえた、捕まえた、捕まえた。どうです、もうこうーなったらこっちのもんでっせ。ほおら見てみなはれ、この元気のええの。ドンドンドンドン上へ上がりまっせ。すんませんねぇ、ちょっと梯《はし》子《ご》かけてくださーい」

○「下向け」

親「下向きました、下向きました。ドンドンドンドン元気がええ、下へ下へ行きまっせ。どうですこれ。ちょっとスコップで穴掘ってもらえませんか」

○「前向けー」

親「前向きましたー、前向きましたー。ちょっとお留守番お願いします」

○「親爺さん出て行きよったでぇ。ほーら変わった親爺さんやね、ほんまにもう。親爺さんうなぎ捕まえてどこいくねん」

親「わたいにはわかりまへんねん。どうぞ前へ回って、うなぎに聞いとくなはれ」

どうです。もうこうーなったらこっちのもんでっせ。

解題

マクラで演じられている『スビバセンおじさん』は、枝雀さんもこの速記の中でおっしゃっているように、八八年の暮ごろから創りはじめた『SR』（ショート落語の略称）の兄弟分のようなフシギな作品群です。『うなぎや』という噺もまた、初代桂春團治師のレコードをもとにしています。枝雀さんの初代崇拝はほんまもんで、どの噺にも初代の色がプラスされていると言ってもいいぐらいでした。

初代の魅力を枝雀さんは、「困っているようで困らせている、困らせているようで困っている登場人物の『エ、えーっ』というような『困り声』がたまりまへんなあ」と語っておられました。この噺でいうと、うなぎ屋の親父さんの声が「困り声」のサンプルになるでしょうか。

小米時代の枝雀さんの声は、頭のてっぺんから出すような高い細いトーンでした。それを、枝雀になってから低い調子に意識的に下げたのも、初代の声へのあこがれと信仰があったからだと思います。

このネタは数ある持ちネタの中でも、ことに初代色が強い一席です。

冒頭の徳さんに大阪中を連れまわされるエピソードは、初代のレコードにしかないようで、初代では天王寺に行ってから道頓堀を西から東まで歩かされるだけで終わっていますが、枝雀さんは距離を拡大して大阪中を歩き回らせています。噺に登場する「出雲屋」や「井筒」、「柴藤」などという食べ物屋さんの名前も、初代の時代には道頓堀に実在したものだということで、「ウソのないことですから、自信を持ってしゃべることができます」とも言っておられました。

後半のクライマックスは、鰻をつかんだ親爺《おやっ》さんが歩き始めるシーンです。つかまえようとした鰻が手の指の間からヌルヌルと逃げ出そうとする様子を、手の親指を鰻の頭に見立てて描写するのですが、ほんとに生きているように見えます。

この噺では鰻が上へ上へと逃げるので主人公は「梯子かけてくださーい」と悲鳴を上げることになりますが、『月宮殿』という噺では、そのまま鰻に連れられて天に昇ってしまい、昔なじみの雷と雲の上で再会する……という奇想天外な展開になります。演芸研究家の正岡容先生（米朝師の師匠にあたります）が初代のこの噺を詠んだこんな歌がありました。

うなぎ　うなぎ　鰻つかみて春團治　歩む高座に山査子《さんさし》のちる

米揚げ笊《いかき》

ありがたいこってございまして、しばらくの間のご辛抱でございます。げんを気にするっていうことはあることでございますね。ことに勝負事なんか、自分の能力の以外にね、やっぱり運が左右いたしますが、げん気にする人あるのんではないでしょうかね。パチンコひとつ取りましても一所懸命やっている人は、隣に女の人が座るともうだめやそうですね。「勝負事には女は不純だ」ちゃなことを言うてね、またよそへ変わる人あるそうでございますね。でも、若い女の人やったら、「ま、もうしばらくいようかな」、なんて人あるそうでございますがね。パチンコ屋さん、〽ジャンジャンジャンジャラジャンジャンジャジャジャジャジャジャーていう、あの軍艦マーチっちゅうんですかね、一所懸命あれで元気つくいう人と、軍艦マーチが鳴るとどうもあれ、何や沈没するような気がするいう人とがあるそうでございます。やめてくれ言う人もあるそうでございますがね。友達が後ろに立つのもいかんそうですね。ひょっとしたら「玉くれ」言うのんちゃうかいなと思うと、もうツキが落ちるそうでございましてね。

野球の監督さんなんかも、やっぱりその、げんを気にする人多いそうでございますね。

勝ちが続くとでございますよ、もうそのままの状態を変えないそうでございますね。髭《ひげ》も剃らない、下着も変えない。も、とにかく勝ってる間はそれで行こうなんて、もう五連勝もいたしますと、下着や全部パリパリになってますからな。おもしろいもんで。髭はボウボウになってますね。反対にあかん場合は、何とかそれを変えようとするんで。例えば、も、自宅からその球場へ行く道すがらをでございますね、その道順を変えはるそうですね。ですから「今日はあっち歩いて、こう行ってああ行ったから、昨日で負けちゃったから今日は違う道を行こう」というような、やっぱりげん、気にしはるそうですね。ですからもう、五連敗、十連敗もしますと、行く道ないようになってしもうてね。大阪から甲子園へ行くのに、一遍徳島へ渡って、それからまた……。そんなことはないと思いますが、いろんなことがあるので。

甚「さあさあ、こっち入ったらどうや」
○「ええ」
甚「どうや」
○「いや、ここんとこはもうだめです」
甚「え?」

○「だめです」
甚「だめですって？」
○「つかんです」
甚「つかんです？　ツキつかんやあれへんが。とりあえず遊んでたらいかん。何なとせないかんで」
○「な、何かありますか」
甚「何かありますかったかてな、私の友達に、天満の源蔵町《げんぞうまち》、笊屋《いかきや》重兵衛ちゅうて、笊屋をやっている男がある。とりあえずそこで売り子を一人世話してくれちゅうて。行ってみたらどうや」
○「ああなるほど。笊の売り子です？」
甚「ざる屋さんのな」
○「ざるの売り子？」
甚「そうや」
○「行《い》てみます」
甚「え」
○「行てみます」

甚「そうか。いやいや、どちゃみちゃ行くと言うと思うたんでな、ここにちゃんと手紙、紹介状というか、手紙が一本書いてあるで、これを持って行っといなはれ」
○「あ、さよか、おおきにありがと。ほんなら行ってきます」
甚「あ」
○「行ってきます」
甚「ああ、行くのはええけれどもな、向こう行てもおまはん、あんまり要らんことベラベラしゃべらんようにな」
○「さよか」
甚「そうや。お前《ま》はん大体しゃべりや。『要らんこと言い』やで。男のしゃべりはみっともないで。『三《み》言《こと》しゃべれば氏素性があらわれる。言葉多きは品少なし。口あいて五臓の見えるあくびかな』ちゅうて、男のしゃべりはみっともない。向こう行っても、もう何も言わんようにね。『委細はお手紙でございます』ちゅうて、今の手紙渡したらわかるようになったるよって。何も言うたらいかんで」
○「何も言いません」
甚「ああ、何も言いなはんな。行といなはれ」
○「行てきます」

甚「ああ、行といなはれ。行く道わかったあるか」
○「へっ？」
甚「行く道わかってるか」
○「行く道ですか。どういうふうに行くかということ？」
甚「そうそう。どういうふうに行くかということ」
○「どういうふうにね。まあ、とりあえずこっから難波《なんば》へ出まして、南海《なんかい》電車に乗りまして、まあ、あの、堺《さかい》の大浜《おおはま》辺りで降りてみまひょか」
甚「いやいや、お前はん、どこへ行くつもりや、お前はん」
○「いや、行き先は天満の源蔵町でしょう」
甚「そうそう。天満へ行くねで」
○「天満へ行くんです」
甚「『天満行くんです』て、お前はん、ここ丼池《どぶいけ》やでぇ。天満へ行くのに何で堺の大浜へ行ったりするねん」
○「いえ、ですから、とりあえず一遍堺の大浜で下りましてね、それからまあ天満のほうへこう行ってみようかな……」
甚「いやいや、しっかりしてや、おい。堺から天満へ行けるか」

○「あ、行けまへんか」
甚「ようそんなこと言うてるで、お前はん。一遍聞いてみなはれ、他人《ひと》さんに。百人に聞いたら百人ながら行けんちゅうで」
○「あっ、あ、さよかい。あっ、おかしいなあ。おかしいなあ。堺の人は生涯、天満へ行けまへんか」
甚「お前はん、それ団子理屈※やちゅうねん、ええ。わからんねやろ」
○「わかりませんね」
甚「わからなんだら尋《たん》ねなはれ。『問うは当座の恥、問わぬは末代の恥』ちゅうてな、わからんことを尋ねるのは恥ずかしいこっちゃあれへん」
○「んな尋ねます」
甚「ああ尋ねなはれ。初めから尋ねなはれ、どんならんで。うち、表へ出るとこれが丼《どぶ》池筋《いけすじ》や」
○「丼池筋です」
甚「そうじゃ。これをば北へどーんと、まあ突き当たんなはれ」
○「はー、でぼちん打ちまんね。おでこ打ちますねぇ」

※　無理に作り上げたつじつまの合わぬ理屈。屁理屈。

甚「何で？」

○「北へさしてどーんと行きやったらゴーンとでぼちんを…」

甚「言葉の綾《あや》ということを思いなはれ。行けるとこまで行くことを『突き当たる』と言うねん、な。と、この井池の北浜には橋がないねで」

○「え、そうそうそう。昔からない、いまだにない。これ一つの不思議ですね」

甚「別に不思議なことはない。たまたまないだけのこっちゃ」

○「たまたまないだけのことで」

甚「そうや。昔から『橋ない川は渡れん』てなことが言うたある」

○「渡るに渡れんことおまへんで」

甚「え？」

○「渡るに渡れんことおまへんで。お言葉返すようですけども」

甚「ふーん、どないして渡んねん」

○「船で渡るとかね、泳いで渡るとか」

甚「それでは事が大胆な」

○「ほたら一体どうしましょう」

甚「何をごちゃごちゃ言うてなはんねん、えー。少し東へ行くというと、栴檀《せんだん》ノ木橋《きばし》という橋があるで」
○「栴檀ノ木橋、知ってま、知ってま」
甚「知ってる?」
○「知ってま。心安うしてまっ」
甚「心安うしてるちゅうのはおかしいが」
○「この橋渡りまんねんな」
甚「いやいや、これは渡れへんねん」
○「渡りまへんか」
甚「渡らん。もう少々行くとあんのが難波《なにわ》橋」
○「難波橋、知ってま、知ってま。心安うしてま」
甚「嘘つきなはれ」
○「この橋も渡りまへんな」
甚「いやいや、今度は渡んねん」
○「ハン、なんぼでも逆らえ」
甚「だれが逆ろうてんねん。この橋渡ったところ一帯がな、天満の源蔵町。笊屋重兵衛と書いた大きな看板が上がったあるで、すぐにわかると思うけれどもな。わからなんだら、せえだい尋ねながら行きなはれ」
○「そういたします。(腕組みして)ワッハハハ、ありがたいこっちゃ。いや、ありがたい、ね。人が遊んでるちゅうたら小遣いもうけをさしてやるやなんて、ありがたいこっちゃい、ねえ。何や言うてなはったで。まあまあ天満の源蔵町行けなんて、ありがたいこっちゃないかい、ねぇ。ウーン、笊の売り子があるわいなんて、ありがたいこっちゃ。ああしてブラブラしてたら仕事の世話してくれる。ありがたいこっちゃね。けどね、ああして仕事の世話しといてね、また後でちょいちょいぼやいたりもすんねで。『あの男にはよく仕事の世話をしてやるが、ただの一度として礼を言いよったことがない』なんて言うてまたぼやいたりもすんねんで。それも目の前でぼやかんと、他人《ひと》にぼやいたりすんねで、間接的にぼやいたりする。どんならんでほんまに。文句言うぐらいなら初めからそれ世話せなんだら、文句も言わいでもえぇのに。大体あんまり賢い人やないねぇ」
甚「だれが賢いことないねん!」
○「……甚兵衛はん、何でそんなとこへ」
甚「『何でそんなとこへ』って、お前、くるっと向こう向いてやで、ずぼーっとそこへ立ったままもの言うてんねんで」

○「うわー、歩くのんコロッと忘れてた。あわて者《もん》」

甚「お前があわて者や。早いこと行きなはれ」

○「うわー、嫌《いや》んなってきた。（歩きながら）何やおかしいなと思って。何でわいこんなあわて者やろな。くるっと向きだけ変えて歩くの忘れてて、何ちゅうあわて者や。アホらしなってきた、ほんまにもう。うちの死んだおばんも言うとったなあ。『お前も、ああいうあわて者さえ治ったら…普通の人間や』言うてたけど。何ちゅうあわて者や、嫌んなってきたね、ほんまにもう。天満の源蔵町か、ありがたいな。えー、何や言うてなはったぞ。あの何じゃい、『わからなんだら尋ねなはれ』言うてなはった。『尋ねること、そら恥ずかしいこっちゃない』言うてなはった。と、とうは…ちゅうこと言うてなはった。そうそう、とうは…ちゅうこと、戸は、まあ開けとくより閉めとったほうが用心がええぞ、言うてなはった。ありがたいこっちゃ。えー、一遍だれぞに尋ねたろ。しかし何やで、同《おんな》しもの尋ねんのでもね、忙しそうにしてるやつに尋ねんとね、自身落ちついたやつに尋ねたら、ゆっくり教えよって手間かかってどんならんよってにね。もの尋ねんのにやっぱり忙しそうにしてるやつのほうが、そいつも急いでるもんやさかい、ポンポーンと教えてくれてありがたいこっちゃ。だれぞ忙しそうに

※　せいぜい。うんと。

……（見回して）わっわっわっわっわー、こいつえらい急いどる。こいつに一遍尋ねたろ。ちょっとすんまへん。（袖を引き）お尋ねします」
△「ハイ、何です？」
○「あんた、お見かけしましたところ、えらい急いではるご様子ですが」
△「ちょっと私心急《こころぜ》きですねん」
○「何です？」
△「私、ちょっと心急ぎで、急いでるんです」
○「なぜに急いでるんです？」
△「いや、ちょっとうちの家内に気《け》がついてます」
○「どういうことです？」
△「いや、うちの家内に気がついてます」
○「あんたとこの嫁さんについたんですか、キツネが？」
△「いや、キツネと違う」
○「タヌキが？」
△「いや、違います。気がついたんです」
○「ケェがついたんです？」

△「毛のことは言いなはんな」
○「言いません…。ど、どうしたんです？」
△「いや、産気、産気」
○「ああ、お宮さんへ参詣」
△「いやいや、違う。わからん人やな、この人はほんまにもう。子どもが産まれまんねん」
○「子どもが産まれま…。タァー、それはえらいな。雄《おん》ですか雌《めん》ですか？」
△「あっ、これこれ、口の悪い人やな。んな産まれてみなわかりますかいな。男の子か、女の子か」
○「なるほど。ほいでああた、その赤ん坊が産まれるというせわしない最中《さなか》、いったいどこへ行こうとなさってるんです？」
△「わからん人やな、この人は。ちょっと考えてわかりまへんか、あなたの頭で。産婆はんを呼びに行きまんねん。産婆はんを」
○「産婆はんとはうっかりしてました。私、そんな人間やないで。うかっとしてました、この件については。産婆はん、そら呼びに行く、もう当たり前だっしゃないか。産婆はんがまだお越しにならんのにでっせ、ホンギャーなんて、ポコッ、ズルッなんて出

たら大事《おおごと》で。そらぁ急がなあきまへん。もっと急ぎなはれ、もっと急ぎなはれ。ところでちょっとものを尋ねますけども」

△「あのねー、(困った様子で) わたい、急いでまんねさかい早いことしとくんなはれ」

○「なるたけ早くさしてもらいまっ」

△「早いことしとくんなはれ」

○「つかんことを尋ねるんですけど」

△「つかんことなら尋ねなはんな」

○「そうおっしゃらんと、尋ねさしておくなはれ。あの何です、ああた、丼池にいたはる甚兵衛はんちゅう人ご存じですか」

△「そんな人、知りまへん。わたい、そんな人、知りまへん」

○「いや、私、よう知ってるんです」

△「いやそらあんたは知ってる、私、知りまへん」

○「あんたのお知り合いでございませんか」

△「あれへん、あれへん」

○「向こうの家《うち》、表へ出ると、これが丼池筋なんです。これをば北へどーんと突き当たるいうたら、あんた、『でぼちん打つ』なんて、しょうもないこと言おうと思て」

△「別に思てまへん、思てまへん」

○「思てる、思てる、思てる、これはだれでも思うんです。私も思ったんです。あなたも思てる、思てる。思てる証拠に今鼻がペコペコッと動いた」

△「動きますかいな、ああた」

○「と、このね、井池の北浜には橋がおまへんねで。『昔からない。いまだにない。これ一つの不思議』言うてね、『何の不思議なことあろうか』言うてね、『橋ない川は渡れんぞ』言うて、『渡るに渡れんことないわい』『どうして渡るねん』言うてね、『船で渡るか、泳いで渡るか』『それでは事が大胆な』『ほたらいったいどうしましょう』言うて」

△「何を言うてんねん、この手離しなはれ、この手をば」

○「まあまあ、もうしばらくですから待ちなはれ、あんた、ね。これをね少し東へ行きますというとね、栴檀ノ木橋という橋おまんねけどね、この橋、わたいが渡ると思うか、渡らんと思うか、どっちやと思いなはる?」

△「…ハァハァ、そんなことわかりますかいな、ああた」

○「わからんけれども、人間には当て推量ちゅうもんがおますやろ。(指を目まぐるしく動かしながら)渡ると思いなはるか、渡らんと思いなはるか」

△「手ェなしで言ぃなはれ、手ェなしで。なぁ、まあまあ、橋があるちゅうのやさかぃ渡んなはんねやろ」

○「ところがこれ渡らんのですよ。もう少々行くとあるのが難波橋。この橋、わたぃが渡ると思いなはるか、渡らんと思いなはるか」

△「またですかいな。最前《さいぜん》渡らなんださかい、今度も渡りまへんねやろ」

○「ところが今度は渡ります。なんぼでも逆らえ」

△「あんたが逆ろうてんねん」

○「この橋渡ったところ一帯が天満の源蔵町でんねん、へェ。笊屋重兵衛と書いた大きな看板が上がったあるとこ行くにはね、どう行たらよろしいでしょう?」

△「……(泣きながら)どう行たらええて、あーた、今あーたが言うたとおりに行たらよろしい」

○「ああ、そうですか」

△「(手をふりはらい)何を言うてなはんねや」

○「(歩きながら)ハハハハハ、『あーたが言うたとおりや』っち言やがんねん、ちょっとでも『違う』てなこと言いやがったら甚兵衛はんのとこ引っ張って行たろうと思ってたんや。『どこが違うねん、どこが違うねん』言うて、『白状せぇ』て、鞭でピチ

ハハハハハハ、「あーたが言うたとおりや」っち言やがんねん。

ャッといたろと思て。『あんたの言うたとおりや』と言われたら仕方がないわい。えっ、しかし何やぞ。ウーン、『念には念入れ』ちゅうこともあるね。もう一遍ぐらいだれぞに尋ねといたほうがええぞ。うん、だれぞ忙し……。わあ、わあ、向こうからおばあさんの手ェ引っ張って、えらい勢いでこっちに走ってくるやつがあるな。こいつに一遍尋ねてみたろ。(袖をひいて) ちょっとお尋ねします」

△「何やねん。何遍も、何遍も」

○「同じやっちゃ」

△「バカなことを…」

○「さいならー。ご無事でー。いい子が産まれますように」

△「やかましいわい、お前は」

おもしろい男があったもんで。あっちで尋《たず》ね、こっちで尋ね、やってまいりましたのが天満の源蔵町でございますね。「笊屋重兵衛」と書いた大きな看板の下へ立ちよってね、

○「こんちはー」

重「はーい」

○「こんちはー」

重「はーい」
○「こんちはー」
重「はーい」
○「こんちはー」
重「何遍あいさつしなはんねん。何ですかいな」
○「ちょっとものお尋ねいたしますが」
重「はあはあ、何なと尋ねとくれや」
○「へぇ、あの天満の源蔵町というのは、どの辺りでしょうか」
重「はあはあ、天満の源蔵町ならこの辺り一帯がそうですが」
○「笊屋重兵衛という男の家《うち》、どこでしょう」
重「何ですか」
○「笊屋重兵衛の家はどこでしょう」
重「これまた口の悪い人やな、重兵衛、重兵衛と。重兵衛なら手前ですぞ」
○「あ、手前ですか。ちょっと来過ぎたかな。すみません、どれぐらい手前ですか」
重「だいぶにおもしろい人やね。うちが重兵衛じゃ」
○「ああここか。汚い家やなあ」

重「口の悪い人やな。ごじゃごじゃ言うてんと、こっちィ入っといなはれ」
○「入らしてもらいます。ハハハハ、エヘヘ、こんちは」
重「ああ、あーたは、な、な、なん、何でんねん」
○「いや、何ですやないんで、実、わたいね、丼池の甚兵衛はんとこから寄してもうたんでんねん」
重「何でんねん。それを先おっしゃらんかいな。えー、丼池の甚兵衛さん、心安うさしていただいてるんです。さよか、それを先おっしゃれ。えー、えらいあの失礼いたしましてな。まあまあ、それならそこへでもちょっと腰掛けてもらいまひょか」
○「ええ？」
重「ちょっと腰掛けてもらいまひょかい」
○「ええ。それでんねん、わたい腰掛けさしてもらいとぉおますねけどね、もうちょっと前からお尻におできができてまして、できもんができてまして、つぶれかかってますんです。ちょっと腰掛けられしませんので、立たしてもうていかんもんでっしゃろか」
重「そらまあ、お立ちになるんやったら立ってもうても結構ですけど、まあお茶でもあげまひょか」

○「そんなんで、おできのために薬飲んでますので、お茶飲まんように言われてるんですけど、飲まなんだらいけませんやろか」
重「な、な、そりゃ結構です。な、ま、煙草でも吸いなはるか」
○「どういうもんですか、私、小《ち》さい時分からいまだに煙草よう吸わんのですけども、叱られますでしょうか」
重「そんなことおまへんけど。あんまり愛想《あいそ》がないと思て」
○「奥へ上がってすき焼きでも呼ばれまひょか」
重「…まあまあ、おだやかにしなはれ。おもしろい人や、えー。ご用件は何です」
○「それです。それ言えません」
重「いや、ご用件」
○「言えないんです」
重「なん…」
○「なんでったかて、くれぐれも言われてきてるんです。男のしゃべりはみっともないって。『三言しゃべれば氏素性があらわれる。言葉多きは品少なし。口あいて五臓の見えるあくびかな』ちゅうて、男のしゃべりはみっともない。向こう行っても何も言わんようにくれぐれも言われてまんねん。何にも……」

重「何にも言わんて、それではご用件がわかりまへんが」
○「委細はお手紙です」
重「手紙は？」
○「ああ、そうそうそう、それ出すのころっと、アハハハ、忘れてまんねんがな。あわて者（手紙を渡す）」
重「（受け取り）あんたがあわて者や。おもしろい人やな。……（手紙を読む）ああ、はぁはぁ、ああ、あっなるほど、はぁはぁ、あはぁん、はぁ」
○「（重兵衛と同じ口調で）はぁ」
重「合わしなはんな。いやいやあの何です、笊の売り子、ええ、この間お会いしたときに甚兵衛さんに、ちょっとお頼みしといたんです。笊の売り子があったんやそうですね」
○「あ、そうそう、あったんやそうです」
重「いや、うちはいつからでも結構です。来てもらいますように、どうぞお帰りになりましたらそうお伝えをね」
○「へぇへぇ、何ですかい、来てもらいますようなことに、その笊の売り子でしょう？そうです。それ、もう来て、も、もらってます」

重「さよか。それはそれはうっかりしてました。どうぞこっちィ入ってもろうとくれやっしゃ」
○「何がですか。その笊の売り子でしょう？　それ、もう入らしてもらってます」
重「えー？　どこにいてなはんねん」
○「最前からあなたの前でニコニコ笑てる、この機嫌のええ男」
重「あんたですかいな」
○「あんたですよ」
重「おかしい人、おもしろい人やな。いやいや、売り子や皆、少々おもしろいぐらいのほうがおもしろい。結構です。いつから行てもらえます？」
○「今から行きまひょか」
重「おお、これは今からとは急な、いやいやしかしまあ、いつからでも行てもらいますように、ちゃんと荷ごしらえだけはしてございます」
○「荷ごしらえが」
重「そうです。初めからね、品数が多いとややこしいので、大間目《おおまめ》、中間目《ちゅうまめ》、小間目《こまめ》に米を揚げる米揚げ笊と、この四通《よとお》りにしてある」
○「四通りに」

重「そうです。何でこうして売りに行てもらいますかと申しますとね、『二八《にっぱち》』と申しまして、二月と八月に切った竹はどうということはないんですけれどもね、間《あいだ》に切った竹は虫がついて粉《こ》ォをふきますねん。これ、使い込んでもらうと、どうということはないんですけど、やっぱり買いなはるとき、皆さん方、嫌がんなはる。うちで売るわけにいかん。あなたにこうして売りに行てもらいます」

○「私が行くんです?」

重「そうです。売ってもらいますときに、ちょっとコツがおましてね。この笊をば、二つでも三つでもこう重ねてもらいまして、上から、トントンとこうたたいてもらいます。『たたいてもつぶれるような品物と品物が違います』。『おお、丈夫やねんな。強いねんな』。そうやございません。たたいて粉ォを皆下へ落としてしまう。まあ、こらがまあ商売の駆け引き、コツというやつです。値《ね》ェはそれぞれ書いてこの、入れておますので、へぇ、その値で売ってもらいましたら、お礼のほうはまたこちらから別に差し上げると、こういうようなことで」

○「わかりました。ほな、行てまいります」

重「行てきとくなはれ」

○「おおきありがとう。(大声で)いかーき!」

重「ああびっくりしたー。だいぶにおもしろい人やな、あんた。家《うち》の中で大きな声出してどないすんねんな。うちは買いまへんでぇ」
○「何で買わん？」
重「何で買わんて、うち笊屋やがな」
○「それでも買え」
重「それでも買えて、何の買いますかいな。行きなはれ」
○「いかーき！」
重「まだ言うてなはんで。表で大きな声出しても近所も買いまへんでぇ」
○「何で買わんねん」
重「何で買わんたかて」
○「買わんようなとこへ何で店出したんや」
重「何を言うてなはんねんあんた。うちがあるさかい買わへんねがな」
○「よーし、んなもう安う売ってこの老舗《しにせ》つぶしたろか」
重「アホなこと言いなはんな、どんならんで。むちゃ言うたらどんならん。早いこと行きなはれ」
○「おおきにありがとう」

表へ出ますと、こない言うておりますけどね、ほんまは至って気のあかん男でございまして、内弁慶でございましてね。もう要らんこと、ごじゃごじゃごじゃごじゃ言いますけど、肝心ここちゅうとき、何じゃかんじゃ言うて、ものよう言いません。ちょいちょいこういう人あるもんでございます。表へ出まして人中《ひとなか》へ出ると、もう大きな声一つよう出しよらん。口ばっかりパークパク、パークパク開けよって、

○「(声は出さずに口だけパクパク開ける)………おそらく聞こえてないやろなあ。言うてる本人に聞こえてないんやさかいね。思い切って声出したろ。……(強い調子で)いかきっ！　ああっびっくりした。もうちょっと高い調子でいったろうかな。(高い声で)いかーきゃいかき」

×「ちょっとイワシ屋はん、イワシおくなはれ」

○「黙ってぇ、ウーン、だれがイワシ屋や、え。ちょっと高すぎたかいな。低いほうで言ったろうか。(低いにごった声で)いかーぎゃいがぎ……。歩いてられへんがな。どんならんでほんまにもう。何や言うてなはった。えー、初めから品数が多いとややこしい。四通りにしてある。あれ言うてみようかね。大間目、中間目、小間目に米を揚げる米揚げいかーき。あ、何じゃいな、これでちゃんと売り声になったある。ありがたいこっちゃ。大間目、中間目、小間目に米を揚げる米揚げいかーきはどうでおます

大間目、中間目、小間目に米を揚げる米揚げいかーき。あ、何じゃいな、これでちゃんと売り声になったある。

ぅ。わー、『どうでおます』やなんて、だんだん上手になってきたな。大間目、中間目……」

アホが大声出してやってまいりましたのは堂島でございます。ご承知のように米相場の立ちましたところでございましてね、「堂島の朝の一声は天から降る」、てなことを申しまして、強気の方も弱気の方も、朝の一声をその日の辻占、見徳《けんとく》というものになさいます。強気の方は昇る、上がるという景気のええ言葉を喜ぶ。反対に弱気の方は下《くだ》る、下がるということを喜ぶ。強気も強気、カンカンの強気の家の前に立ちよって、

○「米を揚げる、米揚げいかーきぃー」

「米をば揚げる米揚げ笊」。米相場師、強気の方にとってこんなげんのええ言葉ございません。

主「番頭、藤兵衛、番頭」

藤「(頭を下げ)へぇ、へーい」

普通のお家なら、こうおじぎいたしますが、この家はとにかく強気でございますから、頭が下がる、これが気に入らん。

主「番頭、藤兵衛、番頭」

藤「(頭を上げてそらし)へぇーい」

そっくり返っとるんで。
主「今、表で大きな声がしとる。あら何じゃ」
藤「あの、笊屋が米揚げ笊を売りにまいっておりますので」
主「米揚げ笊とは気に入ったやないか。呼んで買《こ》うてやれ」
藤「かしこまりました。笊屋、戻っといでぇ、戻っといでぇ」
とこう招きますというと（普通に手まねきする）、手先が下がる。これが気に入りません。
藤「笊屋、戻っといでぇ（両手ですくい上げるようにして）」
すくい上げとる。「堂島のすくい呼び」ちゅうんで。
○「米を揚げる……」
藤「さあさあ、その声が気に入って旦那《だん》さん買うてやろうとおっしゃる。おっと、暖簾《のれん》がじゃまならはずしてやろか」
○「あほらしもない、暖簾は頭ではね上げる」
主「はね上げよったやないかい。番頭どん、嬉しいやっちゃな。皆買うてやるぞ」
○「皆買うてもらいましたら、お家へ放り上げる」
主「放り上げよった。番頭どん、嬉しい男じゃないかいな。財布をこっち持っといなはれ。嬉しい男やな。さあ、笊屋、一枚やるぞ」
○「わっ、こんなんもらいましたら浮かび上がります」
主「浮かび上がる……もう一枚やろう、もう一枚」
○「二枚もらいましたら飛び上がるほど嬉しい」
主「飛び上がる……皆やろう、皆やろう。嬉しい男やないかいな。これ笊屋、お金はむだ遣いしたら……」
○「何の、むだ遣いしますかいな。神棚に上げて、拝み上げとります」
主「拝み上げてる……米二、三斗、運んだってくれ、この男の家へ。米を二、三斗、運んでやってくれ。嬉しい男やないかい。兄弟はあんのか」
○「上ばっかりです」
主「上ばっかり……着物を五、六枚こしらえてやってくれ。着物を五、六枚。上等をこしらえてやって、紬《つむぎ》のやつをこしらえてやって。ありがたいこっちゃないかいな。えー、ほいで何かいな、あの、兄さんはどこに行てんねん」
○「淀川の上《かみ》の京都でおま」
主「淀川の上……気に入ったな。借家十軒ほどやってくれ。兄さんどんな人や」
○「高田屋高助と申しまして、鼻の高い、背の高い、威高い、気高い男でおま」

主「……須磨《すま》の別荘をやってくれ。三軒も四軒もやってくれ。嬉しい男やないかいな。姉さんはどうしてんねん」
○「上町の上汐町《うえしおまち》、上田屋宇右衛門という紙屋の上《かみ》の女中いたしております」
主「うわぁぁぁ、大阪のお城と梅田のステンショ※やってくれ」
藤「旦《だん》那さん、むちゃおっしゃったらどんなりまへんわい。そう何でもかんでもおやり申したら、うちの身代つぶれてしまいまんが。なー、笊屋」
○「アホらしゅうもない、つぶれるような品物と（笊をたたいて）品物が違いますわい」

※　ステーション。駅のこと。

解題

この噺を枝雀さんは米朝師から習いました。

「ざる」のことを「いかき」と言うのは諸説ありますが、「飯掻き」が語源という説が主流のようです。

オーソドックスな型では、主人公がうっかり「下がる」という言葉を言ってしまうので、それまでご機嫌だった相場師の旦那が、

「今までやったものを返せ！」

と怒り出します。番頭が仲に入って、

「トントントーンと上がって、たらたらと二、三町下がったところで、あれが天井やったんやなあと気がついて、そこでどんとお儲けになります。旦さんみたいに、上がる昇るの一点張りでは、高つぶれにつぶれてしまいますがな。なあ、いかき屋さん」ととりなしてくれるのを聞いて、いかき屋が「あほらしい。つぶれるような品物と品物がちがいます」と言うのがサゲになっています。

枝雀さんは、いかき屋さんに失敗させないで終わらせています。五番弟子の桂九雀さんの証言によりますと、この型は六番弟子の文我さんが雀司といっていた内弟子時代に考案したのだそうで、いたく感心した枝雀さんが早速採り入れました。

「いかき屋さんにしくじらさないのを『逃げ』とおっしゃる方もあるかもしれませんが、この噺は機嫌のいいネタとして終わらせたいんです」

というのが枝雀さんの思いです。

　主人公が商売に出て、最初は声が出ないのですが、やがて慣れてきて、

「だんだん上手になってきたな」

と嬉しくなってくるあたり、ほんとに嬉しそうにやっておられました。

　そして、場面が堂島に変わって、強気の店の番頭が「へェ、へーい」とそっくり返ったり、いかき屋を招くのに両手ですくいあげるようにして「戻っといで」と招く場面のバカバカしさ。それに「堂島のすくい呼び」なんてもっともらしい呼び名をつけているのも枝雀さんは大好きでした。一度などは、この噺を演じていて、

「戻っといでエ」

まで言ったあと、ふっと素に戻って、

「わたい、この噺、ここがやりとうてやってまんねん。……さよなら」

と言うと、さっさと高座を降りたこともあったそうです。

　蛇足ながら「間目《まめ》」というのは、笊の網目のことで、網目が大きいものから「大間目」「中間目」「小間目」といい、一番目の細かい、お米の水を切るのに使う笊のことを「米揚げ笊《いかき》」といったということを、マメ知識としてお伝えしておきます。

舟弁慶

一昔前の夏の遊びはと申しますと、いわゆるこの川遊びでございますね。こういうところにとどめをさすようでございますが。なんにいたしましても、友達連中が寄り集まりましてね、どーんと繰り込もうというような、遊びに行こうというような、あの気持ちというものは、なんとも言えんものがございます。

喜「あー、なにかいな、清《せえ》やん、今日の舟遊びは、一体誰と誰とが行くことになってん？　もう一遍尋《たん》ねんねけれども」

清「さあさあ、それや。(扇で袖口に風を入れながら)たとえ一人でも旦那衆が寄ってたんではな、ま、飲む酒が身につかんやろちゅうのでな、今日はひとつ、われか俺かの友達ばっかりでいこうと、こういうことになったんや」

喜「結構なこっちゃないかいな、おい。われか俺かの友達ばっかりちゅうたら、大体どういうことになんねん」

清「さあ、そこや、お前も知ってるとおり、まず米屋のよね公に牛屋のうし公やな」

喜「あーあ、米屋のよね公に牛屋のうし公ね」
清「そうそう、金物屋のテツに、風呂屋のゆう公なあ」
喜「ああ、金物屋のテツに、風呂屋のゆう公ね」
清「花屋のうめにお前に俺と、こういう顔ぶれや」
喜「うわっ、ありがたい友達ばっかりやないかい。嬉しい、嬉しい、おうおう」
清「それだけやないで、今日はお前、なんじゃぞ、舟へさして、こもかぶり一梃、でーんとすえて、板場乗ってるわい、飲みしだいの食いしだい。男ばっかりではコツついて※いかんちゅうので、ちゃーんとミナミから芸者がしらしたある※※」
喜「芸者も来《く》んのん」
清「当ったり前やないかい。それもまあまあ皆が考えてな。若いもんより年増のほうがかえってまあ洒落になるやろちゅうので、大松《おおまつ》に小松《こまつ》ちゃんや、唐松《からまつ》に荒神松《こうじんまつ》、丸松に鶴松、おちょねにこちょね」
喜「ダ、こちょね行っきょんねん。嬉しい。あいつね、顔はおかしいで、べちゃーとした顔やけどね。言うこと洒落たあるやないか。こちょね好きや、嬉しいな。それ、誰のおごりや知らんけど清やん、お前のほうからもあんじょう礼言《ゆ》うといてね。おおき

※　武骨になって。※※　呼んである。

ありがたいとあんじょう礼言うといてね、誰のおごりや知らんけど、あんじょう礼言うといてねー」

清「ふん、何を言うとんねん、お前。お前頭ン中どうなってんの、お前。えっ？　人の話聞いてへんのか。※のっけに言うたやろ。ぼやっと聞いてんねやないで。今日は旦那衆がおったんでは飲む酒が身につかん、われか俺かの友達ばっかりやちゅうてんねん。誰に礼言うねん。皆友達ばっかりやないかい」

喜「あ、今日はそれ、出す人なしで。ああ、ああ。今のその楽しげな話は、みな我々が出し合いで行くやつ。あ、出し合い？　あ、そーう」

清「なんやそれは。落胆してるやないかいな」

喜「うーんんん、えー、一人はどれぐらい？」

清「おい、震えないな。けったいなやっちゃな、お前。ま、なんぼになるやわからんが、ざっとしたとこ、ま、三円か」

喜「（目をむいて）さんえーん！」

清「お、こうこうこう。ひっくり返りないな、おい」

喜「むちゃ言うたどんならん。三円、大胆なこと言うてもうたらどんならん。あのね、言うて悪いけど、清やん、わい、こうして一所懸命汗出してやで、この暑い中、一所懸命汗ダラダラダラダラ流しながら手仕事してもやで、一日二十五銭か三十銭にしかならん。ようなって三十銭やないかい。それ、一晩にか？　えーっ？　一遍で三円てな、そんな大胆な金使《つこ》うてなこと言うて、嬶《かか》にどない言うて叱られるやわからんで」
清「子どもか、お前は。んなアホなこと言うて言うねやないわい。誰かて一緒やないか。思ぃな。儲けるのは毎日のこっちゃい。使うのはたまやないかい。たまには散財せぃ。やったら気分が違うでー」
喜「ふーん、そりゃまあそうや。お前の言うことわからんことないけどね。うちら子どもないねん。嬶と二人暮らしやがな。三円は大きい金やで。三円がん塩買《こ》うてねぶっててごらん。これ、おそらく三年はあると思うね」
清「(扇を持った手を止めて) お前と物言うてると、わい、嫌《いや》ンなってくる。おうおうおおう、俺らは舟行《ふなゆ》きしょうか、散財しょうかっちゅう話で来てんねん。三円がん塩買うてねぶってる？　えらい話違う……。わかったわかった、こんなことはどっちみち、金のいるこっちゃい。さあさあ、人によってみな考えが違うわい。無理から連れていくちゅうわけにいかん。そうか、よしよしわかった。なあ、お前これから、三円がん塩買うてこい。山のように、こう積み上げェ。その横手で汗ダァーダァーダァー

※　最初。※※　三円ぶん。

ダァー流しながら、一所懸命仕事して、しまいにその汗と塩とでジュジュッと溶けてしまえ、ほんまにもう、うーん。なーめくーじ男！　わいはこれからね、テヘヘヘ、舟乗って、こもかぶりいっちょデンと座ったある。飲みしだいの食いしだい。きれいなお姉さんに、背中のひとつもトーンとたたかれて来《こ》うかい。んな、ま、行ってくるわ、さいなら」

喜「あ、お、おーい、ちょっと清やーん、ちょっとお戻り。ねえ、ちょっとお戻り。そう気イ短こせんと、ちょっとお戻り。またいかようにもご相談にお乗り申しますよ」

清「何を言うとんねん、お前、なんじゃい、それ。『いかようにもご相談にお乗り申します』って、俺、古着屋で古着買うてんねやないで、お前」

喜「そない言うけど、お前ら舟に乗ってウワーッと散財してるかと思たら、わいら家でシコシコシコシコ仕事ちてられへんがな」

清「そない思うんやったら行きィな」

喜「けど、三円の割り前がいるのでしょ？」

清「お前ね、行けへんねやったら呼び止めな。俺はもう辻曲がりかけてんねや。あのまま行くやないかい」

喜「へえーん、けど行ったらおもしろいやろね」

清「へっ、当たり前よう、ええーっ。川風に吹かれて、白粉の匂いを、ひとつプンと嗅いでみぃ。三年は寿命が伸びるで。三年寿命延ばすか。三円がん塩買うて三年ねぶってるか？　どっちやい、どっちやぃ、どっちやぃ」
喜「うにゃーあああ、頭沸《わ》くねえ」
清「なんやあ、それ」
喜「行きたいなあ」
清「行ったらええがな」
喜「へえーん、けど三円割り前」
清「まだ、そんなこと言うてんのか。行き、行き」
喜「へぇー、行こかな」
清「へ、行くのか」
喜「うーん、やめとこか」
清「ん、なんや、おぃ。行くのか行かんのか、はっきりせぃ」
喜「…よし、男や、俺も男や。清水の舞台からビュワーンと飛んだつもりで」
清「えらいやないか、行くのんかぃ」
喜「わぃ、も、やめとくわぁー」

清「やめんのに、飛ぶな。ボケカスひょっとこ。おう、言うとくで。これからな、道で会うても、友達やってな顔して『おい、清やん』て声かけてくれるな、あほらしもない。お前らみたいにしょうもない人間、友達仲間に持ってると世間に思われるだけ、世間に対して面目ないわ、ほんま。おのれらね、一遍暦《こよみ》見い、暦。ほんまにもう、暦見て、ええ日があったら目ェ噛んで死んでしまえ、どあほ。目ェ噛んで死ねー！」

喜「なんで、そないボロクソに言われんならんねん、お前。一遍暦見い、暦見いって、暦ないことないけども、お前、見んことないけど、お前。『ええ日があったら、目ェ噛んで死んでしまえ』って、お前。こんなもんどないして噛むねや、お前。こんなもんはム、はム…（無理に目を噛むしぐさ）」

清「あたり前じゃい、ほんまにもう三円ぐらいの銭でビクビクビクビクさらしやがって、どあほ」

喜「ちょっと待ってくれよ。お前それは言うたらいかんよ。あのね、そんなこと言うてくれるなよ。俺ね、わいは何も三円の銭でビクビクしてんのとちゃうで。そんなとこで誤解してもうたら困るで。あっ、言うで」

清「なんや」

喜「いや、違うがな。あのね、三円の銭でも、生きた金が使いたいっちゅこと言うてんねで」

清「おっ？　おかしいこと言うやない。ほたら何か、おい、人聞き悪いやないかい。俺はついぞお前に死に金使わしたことあんの」

喜「いや、違うがな。ちょっと、まあまあ怒らんと聞…。怒りないな。怒らんと聞いてぇな。さぁ、今お前言うた芸者ね。皆わい知ってるで。言うたらなじみやけれどもね。わい、自慢やないけど、自分で一人で行ってなじみになったん違うがな。ね、今までいつでも人のお供ばっかりしていてなじみになったやつばっかりや、ね、そやから、もう皆バカにしよんねん、わいのこと。一遍も自分で自前で行ったことないさかいね。いつでも人のお供ばかりしてるよって、『弁慶《べんけ》はーん』『弁慶はーん』いうて陰で言いよんねん。『弁慶はーん』『弁慶はーん』『義経のご家来の弁慶はんや』言うて、お供ばかりしているということを、符牒《ふちょう》で『弁慶はんや』『弁慶はんや』いうて言いよんねで。このごろ陰やないで、面と向かって『弁慶はん、こんばんは』『弁慶はん、お手水《ちょうず》ですか』と、こんなこと言うねで。このごろ『弁慶はん』はやらんさかいて、ひっくり返して『ケベンさん』『ケベンさん』『ケベンさん』て言うで。『弁慶はん』『ケベンさん』『弁慶はん』『ケベンさん』言うねんで。わいが今日三円の割り前出して行ってやで、そいでやっぱ同じように『弁慶《べんけい》』や『ケベン』や言われたら、三円の割り前が泣くやないかい」
清「アホウ、なんかしてけつ…。バカ、相手はお前、芸者やで、玄人《くろと》やで、おい。客相手の商売や。お前の顔みたら、『ハハーン、今日はこらまた弁慶で来とるか、いやいや自前で来てはるか』ちゅうのは、ちゃんとわかるがな。向こうは商売や」
喜「そんな、わかるやろか」
清「当たり前やないか、何を…。よっしゃ。お前の言うこともわからんことないな。こうしよう。向こう行て誰ぞがお前の顔みて『弁慶』と一言いよったら、お前割り前出さいでもええ。お前の割り前、俺が出したる。それならお前、『弁慶』と言われたら弁慶になったらええねん、言われなんだらお大尽《だいじん》やないかい。どっちにしたかて死に金にならんやないかい」
喜「ちょっと待って。何言うてくれた？　何かいな、向こう行って誰ぞが『弁慶』というと、わい、出さいでええの？」
清「当たり前やないかい。『弁慶』言うたら、お前の割り前俺が出したる。死に金にならんやないかい」
喜「それなら話わかる。さすが清やんや。そうか、よっしゃ、ほならわい支度するよって待っててや」

と、着物着かえてますところへ、ちょうどと言いますか、折悪《あ》しうと申しますか、帰ってまいりましたのが、もうちょっとで出ようというところ、もうちょっと後になったらよかったんですが、折悪しう帰ってまいりましたというのが、ここのおかみさんでございます。嫁さんでございます。あーら、えらい嫁さんでございますよ。近所でね、もう〝雷のお松〟、〝すずめのお松〟。もう、二つ名も三つ名もいただいてますだけにね、大きな声はりあげまして、表から、(扇を使いながら)「おーお、暑やなあーあーあー」って、この声聞くなり、清八、びっくりしてしもうて、「ありゃあー、帰ってきよった、お松つぁん」、ともう行くところがございません。仕方がないので、段梯子の下へ小《ちい》ちょうなって隠れてしまう。喜六は喜六でこの声聞くなり、電気に打たれたように「あっ!」となってしもうて、足すくんで前へ出ません。着物着かえたまま、仕事場へペターペターペーターとへたばってしまいよる。

松「(扇でバタバタあおぎながら)まーあ、お徳さん、おおきに、はばかりさん、お洗濯ですか。いいえェ、上町《うえまち》のおっさん具合悪いって、きのう呼びに来たさかいなあ、行ってみたところが、ま、アホらし、ほんの風邪ひきやおまへんかいな、はン。それやのにあのおっさん、大層に『ホンホンホンホン、ホンホンホンホン』、今にも死にそうな声出して唸ってまんねんで。はン、わての顔見たらケロッとした顔してな。『まあ、これはよう来てくれた。お前に一遍会いたかったんや。西瓜《すいか》の冷えたんがあるさかい、食べへんか。俺も一切れつき合うで』て、まあこんなのんきなこと言うてまんねやないかいな。わたいもホッとするやら、腹が立つやらナ。『もう、帰るし、こんなことやったら』言うてたら、おばはんが、『まあまあ、そう言わいでもええがな。せっかく来たんやさかい、まあまあ、なんなとしゃべっていきィな』言うよって、ベラベラベラベラしゃべっているうちに、晩になってしまいましてなあ。それで晩御飯呼ばれて、箸《はし》置くなり帰るというわけにもいかしまへんやろ。まだなんじゃあかんじゃあおしゃべりしてましたら、いつものおばはんの息子自慢が始まった。『うちの子が、ああで、こうで』言うて。もうあて、あれ聞くのん嫌いやねんけども、いややてな顔でけしまへんやろ。『ハンハンハンハンハンハンハン』いうて聞いてたらとうとう夜が更けてしまいましてなあ。帰ろうと思ったらおっさんが『女子《おなご》の一人歩きは危ないやないかいな。まさか喜ィやんも怒りもせえへんわいな。泊まっていに』言うさかい、『それもそやな』と思うて泊めてもらいましてなあ。朝御飯呼ばれて帰ろうと思たら、そこへお医者さんが来やはって、ハァ。おばはんが『薬もろうて来る間、店番しといとう』言うて。ま、店番してたらな、とっかけひっかけお客さんが来まんの。あんな小さな店やのに、ようはやってまんねで。ハアハア。とうとうお昼になってしまいましてなあ。お昼ご飯呼ばれて帰ろうと思たらおっさんが、『日がガンガン照ってるやないかいな。せめて片陰《かたかげ》になるまで昼寝でもしていたらどやねん』て、『何を言うてなはんねん、わてこの年になるまで昼寝ってしたことないわ』言うてるうちに、ウツウツゥとしたとみえて、ふんふん。目が覚めたら三時やないかいな。『こらいかんわ、帰るわ』言うてたら、『お前が起きたら食べさそうと思うて、そうめんが湯掻《ゆが》いてあんねやないかいな。もうじきできるさかい、食べていにいな』て、わてもいやしいやおまへんかいな。こんな大きなお茶碗に二杯も呼ばれて、『もっとゆっくりしていけ』ちゅうの、逃げるようにして帰ってきました。うちの、いてまっか？　さよか、おおきに、おーお、暑やのぉ。お徳さん、ほんまに暑いことだんな。晩になったらまた涼みに行きまへん？　な、おおきにありがと。まあ、まあ。暑やの、暑やの、暑やの、暑やの、もーう暑やの。（喜六に）あんた、この暑いのによう精出して仕事してしてやな。今、表で大きな声で言うてたやろう。ハン、あんたに聞こえるように言うてたんやで。さあ、おっさんとこ行ったところがアホらしい。ほんの風邪ひきやないかいな。そんなおっさん大層に『オンオン、オンオン』言うてんねやないか。も、心配することないの。あんた、よう働いててやな。ほんまによう働いててや。一遍手エとめてやったらどや。あんた、ほんまちょっと一服してやったら、どう。あんたよう働いててやな。あんた。よう働いててやな、あんた。（見とがめて）……んん、まあ、まあ、まあ、まあ、まあ、まあ、ま。働いてるかと思たら、あんた着物着かえてんねやないかい。ええほうのべべ着てるなぁ。ええ着物着てるなぁ。着物着かえてるな。あんた着物着かえてどこ行くねん？　着物着かえてどこ行くねん？　着物着かえてエー、どーこ行ーくねん‼　ガラガラガラ、ガラガラガラガラ…」

喜「うわっ。くわばらくわばら、くわばらくわばら」

松「何が『くわばらくわばら』やの、ほんまにもう。あんたがそんなこと言うさかい、ご近所の人が雷のなんの言うねやないかいな。ほんまにもう、しょうもない二つ名つけられて。現在女房を、雷のなんの言われて嬉しいのか。どこ行くねん、どこ行くねん、どこ行くねん」

喜「（おびえて…）フンゴ、フンゴ」

松「なんや、フゴフフ…ってなんや。どこ行くねんな」

喜「フムフム」

松「フムフムやないが。どこ行くねんて」

喜「ンンン…、浄瑠璃の会、浄瑠璃の会」

松「なんや、そのおびえた表情は？　何言うた、あんた。へっ、浄瑠璃の会？　ようそんなこと言うてるし。あんたあれ、いつもあれ浄瑠璃語ってると思てんのか。まーあ、アホらしもない。えっ、ブタが喘息《ぜんそく》患うたように、『ホガホガホガホガホガホガ』って、あんな浄瑠璃がどこにあんねん、ほんまにもう。いーえ、わが亭主のこっちゃ、一遍ぐらい行てやらないかんと思て、こないだも会があるさかい、行たやないかいな。あんた今も言うたように、初めからしまいまで、わけわからん『ホガホガホガホガ、ホガホガピー、ホガホガホガホガ、ホガホガピー』って、あの『ピー』はなんやねん、『ピー』は。人は『ホガホガ』言わはるけど『ピー』は言われへんわいな、ほんまにもう。あんただけや、ちょいちょい間に『ピーピー、ピーピー』入んのは、ほんまにもう。前から『やめとけー、おけおけー』、言われてんのにいつまでもやってるもんやさかい、『どびっこい男だんな。誰だんねん、一遍御簾《みす》めくって顔見せてみい』言うたら、別に見せいでも知らん顔して語ってたらええのを、あんた正直な男やさかい、わざわざ御簾めくって、『えー、皆さん、こんな顔でございますけども』って。『ははーん、浄瑠璃とそろいになったあるおもろい顔やないかい。この顔やないとあの浄瑠璃は語れへんわい』いうて、ボロクソに言われて、『お前みたいなもんでも嫁はんあんのんかい』言われて、別に言わいでもええのにもう、ああいうときだけ節《ふし》がしっかりしてんねで。『〽わたいの嫁はんはー、あんたの隣にー、座っている、おんなー』

って、あんた、指さしたやないかいな、ほんまにもう。わて、顔から、顔から火が出たわ、ほんまにもう。餅でもあったらベチャッと焼けてるとこや、ほんまにもう。路地口の前田はん、あんたの浄瑠璃で松が枯れるいうて宿替えしはったん覚えてなはる？」

喜「あのね、わいは何も行きたいことないねけどね、清やんが行こうっち言いよるよってしゃあないやろう」

松「何言うた、あんた、今？　清やん？　清やんて、あの清八《せいはち》のことか。もうおいてや。あんたあんなもんと、まだ付き合いしてんの。汚な。汚いやないか。まあ、ぎょうさんあんたにも友達もあるけど、あんないやらしい男あれへん。当たり前やないかいな。これという用もないのに、風呂敷一本ポイと肩へかけて、ウロウロウロウロウロ、ウロウロウロウロ。んなもん、あんなやつにかぎってど盗人《ぬすっと》しよんねん、ほんまにもう。あんなもんと付き合いしてどうすんねん、汚いがな、ほんまにもう。もうちょっと早よ帰ってきやがって、ほんま、清八いやがったら、向こうずねガバッとかぶりついたったのにね」

喜「ほな、かぶりついたるか？　お前の後ろに立ってるよ」

松「…（小声で）アホ、なんでそれを先に言わへんの。（振り返りざま、清八を扇であおぎながら）ま、清やーん、暑いやないかー。この暑いのにきちっとべべ着てやって、いっぺん脱いでやったらどやねん、いつもあんたのこと言うてんねで、清やんは甲斐性《かいしよう》者《もん》やちゅうて。お芳《よし》さんは幸せ者、うちらあかんわ年中バタバタバタバタ貧乏貧乏暇なしや、ほんまにもう。いっぺんべべ脱いでやったらどうやね。あの手ぬぐい井戸水で絞ってこうか。氷言うて※こうか。西瓜にしなはるか。柳蔭《やなぎかげ》※※、冷や奴で一杯飲んでやったらどうやね。清やん。暑いやないか」

清「わーあ。裏と表が、えらい違うな、おい。いや、俺はな、大抵のことはまあ構《かめ》へんねけどな。まあまあ陰ではいろんなこと言われてるやろけど、『目つきが悪い』『何しよるやわからん』『盗人しよるやわからん』て、あれだけ何とかならんやろか」

松「ごめん。あない言わなうちのが仕事せんもんやさかい」

清「アホなこと言いないな。我がとこの亭主、仕事せんさかいって、人を盗人扱いにしてどんならん。いやいや、そんなことはどうでもええねけど。実はな、こいつ、浄瑠璃の会ちゅうたのは嘘、嘘、大嘘、大嘘。いやぁお前が大きな声で『うわー』言うたよって、もうウロが来て、なんやもうわけのわからんこと言い…。違う違う。実《じつ》な、おまはん知ってるか知らんか知らんけど、米屋のよね公と牛屋のうし公大げんかしよ

※　注文して。※※　焼酎を味醂で割った和製カクテル。

ってん。友達仲間やねん、ほっとくわけにいかへんがな。俺と喜ィ公が間へ入って、『まあまあ』とおさめてあんねんけれどもな。いつまでも友達同士赤目つり合う※てるようでも具合悪いちゅうので、今日はミナミの小料理屋でちょっとこう、仲直りのナニを持つことになったんや、一席。ほいで向こうが言うのには、もう我々二人が間に入ったもんやさかい、『清やんと喜ィやんと、両方そろうておってもらわんことには具合が悪い』。これは当たり前のこっちゃないかい。わからん話やないよ、ね。それでまあ誘いに来たところがやで、『嫁はんがちょっと留守やから出られん、出にくい』いうとんねけど、まあ『言うてるうちに帰ってくるわいな』。着物着かえてるとこへ、あんたが帰ってきたと。まあ、こいだけの話や。長い時間やあれへん、もう二時間か三時間、いやーもう、三時間もかからんやろ。二時間半ちょっと。『うん』ちゅうて、喜ィ公《こ》貸して貸して。わいちょっと連れていくよって、わいに貸して、『うん』ちゅうて、『うん』ちゅうて、『うん』ちゅうて、『うん』ちゅうて」

松「ま、さよか。いいえ、あの、出ていったらいかんていうねやないんやけれどもなーあ、うちの、もう出ていったら鉄砲玉と一緒だんねやわ。もう帰ってくるの忘れるさかい、こないゆうて、もう口やかましい言いまんの。へえ、もう兄《にい》さんが一緒だしたら安心だすよって。へっ、ほんなもう今日は兄さんに預けますさかいに、あとあんじょう連れて帰ってやっとくなはれな」
清「よっしゃよっしゃ、ほんならちょっと借りていくで」
松「ハァ、あいたら返しとくなはれや」
清「なんや金づち借りていくようなな。どんならんで、おい、行こうか」
喜「ハァ、それではもうご許可がおりたのでしょうか？」
清「しょうもないこと言うな、お前は。行こ」
喜「嬶、ごめん、ちょっとやってもらうわな」
松「早よ帰ってくんねんでェー」
喜「へェー」
清「おい、お前丁稚や。アホなこと言うな。出え。（扇子を広げて頭の上にかざし西日をさえぎりながら歩く）ほんまにもう、どんならんで、お前は」
喜「お前、そない言うけれどもね…。わァ、ええお天気やねえ。お前そない言うけれどもね、今日はお前がいててくれたよってんね、あれぐらいのことですんだあんねで」
清「へエー、なにかい、お前とこの嫁はんて、そない怖いのか」
喜「怖いの怖ないのってねえ、もう先度《せんど》※※のことや皆思い出したら、わいゾーッとする
※　いがみあって。※※先日。このあいだ。

ね」

清「ほー、なんぞあったんかい？」

喜「もう先度のこっちゃけれどもね。嬶《かか》がね、『晩ごはんのおかずにするさかい、焼豆腐買うて来とう』と、こない言いよったんや」

清「フンフン」

喜「わい『よっしゃ』ちゅうて表にビャーッと飛んで出るなりね、ほな路地口へさして、鋳掛《いか》け屋が荷下ろして一所懸命仕事しとって大勢人たかってんねん。わい、人だかり好きやよってにね、『ごめんなはれ、ごめんなはれ』いうてね、人かきわけて、一番前へ出たらね、鋳掛け屋、座っててね、前にお釜さん並んだあって大きな穴あいたあんねんで。『わぁ、こんな穴どないして修繕しよんねな』て思て見てたらね、商売商売やね、きれいに修繕してね、ほいで、鋳掛け屋銭《ぜに》もろうて行ってしまいよってね。ほな、ぎょうさん立ち止まってた人も、皆どっか行ってしもうてね、わい一人がボヤーッと立ってることになってね。『なんでわいこんなとこいてんのかいな』と思うてヒュッと手許見たらね、笊《いかき》の中に三銭入ってあったんで、『ははぁ、こら三銭でなんぞ買うて帰ったらええねんな』思うてね、ほいでわい、とにかく根深《ねぶかこ》買うて帰って、ネギ買うてね」

清「うん、いや、お前大体、何を買うて来いと、お前、嬶が言いよってん」

喜「それやねん、『今晩のおかずにするさかい、焼き豆腐買うて来とう』。嬶言いよったん。焼き豆腐やねんけど、わいそれ忘れてるがな。とにかくね、根深、ネギ買うて帰ってん」

清「ほうほう、お前、あわて者《もん》や」

喜「あわて者《もん》やで。笊《いかき》の中見るなり、嬶の顔色がサーッと変わったよってね。わい、あんなん見たらわかんねん。『しもた、間違うたんやな』と思たよってね。長年の経験でわかんねで。『間違うたんやな』と思うたよって、『嬶ーっ、間違うたんなら、かえてくるでー』ってダーッと走ってね、今度はこんにゃく買うて帰ってきたんやね」

清「まだ間違うてるやないかい」

喜「今度は嬶、怒りよれへんで。二遍目はもう怒りよれへんねで。笊の中見るなり『ニタッ』と笑いよってね、『まあー、おおきはばかりさん、ほんまに使いは、あーんたに限るわ。ちょっとこっちおいなーれ、ちょっとこっちおいなーれ』『嬶、間違うたんなら言うて。かえてくるで』『間違うたんと違うの。ちょっとこっちおいなーえ、ちょっとこっちおいなー…』。お前知ってるか知らんかしらんけどね、うちの嬶が優しい言葉使うほど恐ろしいことないでー。『こっち来いちゅうたら、こっち来さらせーっ』て、その直後ゴロッとかわんねで。わいの胸ぐらガーッとつかむなり『こっち来ーい』、ズルズルズルズル、ズルズルズルズル、奥の間へ引きずっていって、『なあなあ言うてりゃええかと思うて、こんな間違いができんのやないかい。今日はひとつド性根の入《い》るように、してこましたんねやさかいー』言うとね、わいの着てる着物グルグルーッと脱がして裸にしよったんや。わい、『どないなんねやしらん』思うてたらね、いつの間に用意しよったんやしらんけど、線香ともぐさ持ってきて、わいの背中にね、もぐさ、やいと※、ぺぺぺぺッ、ぺぺぺぺッてちょうど五つずつ二列に十もね。うちの嬶、つけんの早いで。ぺぺぺぺッ、ぺぺぺぺッていっぱいにつけよんねで。背中ボーボー燃えたあんねん。たき火背おうているようなもんやで。『嬶ー、熱いわーい、熱いわーい』て。それ、冷やかな目でこっち見てね。『熱いの?』とこう言うねで。『人並みに神経通《かよ》たあんねんね』言うてね、『熱けりゃお慈悲で、熱ないようにしてこましたるわー』言うとね。井戸端へ、ズルズルズルズル、ズルズルズルズル。頭から水ザブーザブー、かけよんねん。お前知ってるか知らんかしらんけど、夏の井戸水ってちめたいで。『嬶冷たいわーい、冷たいわーい』言うたら、冷やかに、『フンフン』て笑いよってね、『神経通たるらしいな』言うて、『冷たけりゃ、冷たな

※　お灸のこと。

「嬶ー、熱いわーい、熱いわーい」て。

いようにしたるわい』て、また奥へズルズルズルズル、ズルズルー、(モグサを)シュッシュッシュッ、タッ、(線香の火を)ペペペペ、ペペペペペ。『おー、熱いわーい』『熱いか。こっち来い』、ズルズルズルズル、水ジャバージャバー、『冷たいわーい』、ズルズルズルズルズル、ペペペペッ、『熱いわーい』『ちべたいわーい』『熱いわーい』『ちめたいわーい』……。そこでわい、ふと焼き豆腐思い出したんや」
清「…アホや、お前は」
喜「ほいたらね、こんどはね、奥の端《はし》のお梅はん出て来やって、『まあ、お松つぁん、あんた腹も立つやろけれども、今日のところはわたいに免じて堪忍してあげとう。喜ィさん、あんたもこれから気ィつけんねんで』言うてね、涙ふいて、鼻かんで、せんべ二枚くれはったんや」
清「もらうな、お前は。子どもや、そんなもん。どんならんで、ほんまにもう。お前らな、あいだ、※嫁さんにペコペコペコペコしてるさかい、そんな目に遭わんならん。情けない。友達として聞いてられへん、ほんまにもう。えーっ、嫁はんてなものはな。あいだはやで、『お前やなかったらならん』と。『お前やなかったらこの家はなっていかん』と、そこらまあ、なでさすりしてかわいい、かわいいちゃなもんじゃい。そのかわりひとつ間違うたら鼻っ柱をばグーッと畳にすりつけて、『糞仕《ふんし》はここですんのんじゃーい※※』言うていてみい。まあ、鰯炊いても鼻も動かさんわい」
喜「なんじゃ、猫みたいに言うてるね」
清「猫みたいにせいちゅうねん。なあ、お前ら言うて悪いけど、嫁はんどついたことないやろ」
喜「わいも一遍だけあんねで」
清「嬉しそな顔すな。一遍ぐらいでおまえ」
喜「もう先度のこっちゃけれどもね。友達と一杯飲んで言い合いげんかして帰ってきたんや。表の戸グルグルってあけるなり『今時分《いまじぶん》までどこのたくって歩いてけつかるねん、このアンケラソ※※※』っていつものように言いよってんね、『アンケラソ。はげねずみ』とこう言うてて。『何がはげねずみじゃ』と、俺は金づち振り上げて、見よ、この雄姿」
清「アホ、何…。お前らそれが間違うてるちゅうに。嫁はんどついてどうすんねん。けがさしてどうすんねん。夫婦《みょうと》やないか。一心同体やないか。嫁はんが横手で『痛い、痛い』血ィ流してんの、『フンフン』てなこと言うてられるか、お前。『医者じゃー、薬じゃー』て、またお前がそれだけ貧乏せんならんやないかい」

※　日常、ふだん。※※　犬猫をしつける時の言葉。「糞仕」とは糞をする場所の意。※※※　阿呆。

喜「ところが、うちの嫁はん、なかなか心配せいでもどつかしよるかいな。その振り上げた手へピャーッとしがみつきよってね、『まあー、今のはちょっとあてが言い過ぎたんやないか。言い過ぎたと思たら、この口ひねっといたらすむこっちゃないかいな。けどもなーあ、これもみんなあんたのこと思やこそ。今は憎いと思うかしらんけれども、またかわいいということも、あるやないかいな』言われたら、清やん、どつけんもんやなあぁー」

清「溝へはまる、溝へ、お前は。こっちこい、お前は。不細工なやっちゃで、ほんまに」

氷「夫婦《みょうと》げんかは、なかなか、ハ、おもしろいもんでんね」

清「氷屋が後ついて歩いてるやないかお前は。そっちいけ」

喜「そないしてたらね、今度ね、嫁はん、わいにバーッと抱きついてきよって。嫁はんは大きい、わい小さいやろ。ゴローッ仰向けにひっくり返ったらね。嬶、ボロボロー、ボロボロ、涙こぼしとんねんで。『おい、嬶、なんで泣いてんねん』言うて。『なんやね、わいが堪忍したるいうて、そいでお前、嬉しいのんか。嬉し涙か』ったら、『何も泣いてえしまへん、アホらしもない。なんの嬉し涙流しますかいな』いうて、『けどお前の涙がツルツルッと口入って、ねぶってみたら塩辛かったがな』『何を言うてなはんね、あれは涙と違いまんがな。あれはわたいの水ばなですがな…』エエー、言うて」
氷「水ばなは塩辛おますか」
清「お、まだついてきてんねん、お前。そっち行け…」
わあわあわあわあ言いながら、二人の者がやってまいりましたのが、さて大川《おおかわ》※難波《なにわ》橋でございます。
清「どーや、皆騒いでるやないか」
喜「ウワッ、フェー、なんじゃいなー。あっちでも舟、こっちでも舟、こっちでも舟、あっちでも舟、皆三味線や太鼓、どんちゃんどんちゃんやってるやないかいな。向こうや皆静かに飲んでる。うわーっ。(汗をふきながら)なんや、みんなこんなことして遊んでんねやないか。わいら知らんがな。もう家ン中でシコシコシコシコあないして汗出して仕事して、どんならん、ほんまにもう。みんな、こんなことして遊んでんねん、それも年に一遍も二遍こんなこと…」
清「おい、いつまでゴチャゴチャ言うてんねん、早う下りて来い、下りて来い。(船頭を呼ぶ)通い舟のぉーん」(下座「川音」)

※　大阪市内を流れる淀川、天満・難波両橋間の通称。

喜「おい、あの、なんや、こんなとこ下りてきて、何乗んの？　あっ、ちょっと待ちいな、おい。みんな大きな舟でウワー散財してるのに、わいらあんな小ちゃい舟かいな」

清「違う違う、あれは通い舟。川市丸と書いた大きな舟がある。あれに乗ってどんちゃん騒ぎやけれどもな。あんな大きい舟をお前、岸つけることできへんやないかい。あの通い舟で向こうまでやってもらうねや。（船頭に）あの川市丸までやっておくんなはれ」

船「さようでございますか。へい、わかりましてござい…。どうぞお乗んなっておくれやす、へい。おっとお足許気ィつけてもらいませんと。へェ、えー、水の上でございますさかい。出しまっせ。やあ、うんとしょ。（下座「縁かいな」〽夏の遊びは難波橋…。太鼓は「川音」。扇を艪に見立ててこぎはじめる）はーあ、旦那《だん》さん方けっこうでございますなあ。あーらもう、寒い時分にはお茶屋で散財をばなさって、また暑いといや暑いで、こうして舟遊びをなさるなんて、まことに結構なこってございましてな」

清「何を言うてんねん、おい。わいらかてな、船頭はん、お前らとひとつも変わらへんがな。いや、いつもはまあ一所懸命働いてんねんけれども、年に一遍や二遍こんなことして遊べたら結構やなっちゃなこというて、お前、おまはんらと変わるかい」

船「なんの、なかなかそうでございますまい。（しばらく艪をこぐしぐさ）まもなくでございます。（下座　止める）へい、お待っとおさんで」

清「ああ、おおきにありがと。いや、助かった、助かった。おおきにありがと。よっしゃ。少ないけどな、これちょっと取っといてんか」

船「あ、これはこれは、たくさんにちょうだいいたしまして、ありがとうさんでござりま」

喜「お、おい、清やん、お前、何してん、何してん、何したん、おい」

清「えっ、舟賃渡したんやないか。『何したん』ちゅうことあるかぇ。舟賃渡したんやないかい」

喜「へえ、何かいな、向こうからここまで、一円もいんの、一円もいんの？」

清「うん、一円もいりゃへん。あいだなら一円もいらへんけれどもや、今日はこうして散財に来てんのやないかい。祝儀込めて、まあええ気持ちで一円やるっちゃなもんや」

喜「ふん、うん、それであれ、お前がこう、自分のはからいで、こういうふうにお前のこの懐から、こう」

清「フ、何を言うとんねん。ああいうのがいずれは皆の割り前となって、お前」

喜「へへへェー、ほな、言うたらわいの分も入ったあんねや。何をすんねや。手荒い使いようしないな。向こうからここまで一円いるとわかってたら、わい、お前背負《せたろ》うて泳いでくんねやない」

清「あほなこといいな。(舟の中の連中に) 遅なってすまんな、おう、ご苦労はん、ご苦労はん、ご苦労はん。ちょねやん、おい、お前のケンカ相手来てるで」

芸「まあ、喜ィさんのべーんけ…」

清「シィーーッ (口に指をあて)」

芸「べん…」

清「シィーーッ (手で制し)」

芸「けべ…」

清「シィーーッ。(大きく手で制し) 今日は弁慶とかケベンとか言うたらあくかい……」

芸「… (心得て) まあ、さよか。喜ィさんの、持っつぁん、持っつぁん」

喜「ンーブーーッ。へえ、清やん、ちょっと聞いてくれた? 今日は皆の応対が違うがな。『持っつぁん』や言うてくれて、いつも『弁慶はん』『弁慶はん』言うてるのに、今日は『持っつぁん』や言うてくれて、嬉しいねぇ」

清「お前、えらい喜んでるな、お前。『持っつぁん』って何のこっちゃわかったあんの？」

喜「そらわかれへんねけどねえ」

清「何を言うとんねん、こいつは。お前が誰でも人の後ばかりベタベタついてるよって、とりもちやと、こない言うとんねん」

喜「デッ！　オイッ、ちょねやん、よう『とりもち』やて」

芸「何を言うてなはんねん。誰がそんなこと言うてまんねん。『金持ち』や言うてまんねやないかいな、喜ィさん、あんたとあたいとは大体どういう間柄だんね。なあ、こちの人」

喜「あはー、にょーぼーども」

清「なんじゃい、そら。おかしな声出すない」

喜「テェー、出さしてえな。これもみな割り前のうちや」

清「割り前、割り前言うのやないわい」

喜「おう、や、来てる来てる来てるな。おっ、もう赤い顔してるやないかい。もう飲んでんのと違うか。もう飲んでんねやろ、飲んでんねやろ。二合や三合飲んでるやろ。(両手で制し)待てー、待てー、しばらく飲むなー。わいが追いつくまで飲むなー。飲んだらいかんぞー。よし、ついで、ついで、ついで、ついで。(杯を受け)ンンンン、ウーン。（呑みほして）あー、やっと一杯や。もう一杯ついで。シググ（一気に呑みほして）。やっと二杯や。ハア、お前らはまだ飲んだらいかんぞ。わいが追いつくまで飲んだらいかんぞ。今日は皆割り前やさかい」

さあ、喜六があんまり「割り前、割り前」と汚いことを言うもんでございますからな。あー、さすが気のええ友達連中も、
○「おうおう、喜ィ公、今日は割り前割り前。おうおう、酒こっちにもあんで。こっちの杯を受けてや」
と、まあ皆がせんど飲ましたもんでございますから、しばらくうちには、へべのれけれけに酔うてしまいよった。

喜「はせそーすいすい。はすしそおへせや。はしすせさしせいそ、はせせいす、すいすいせい、はすせいせ、せいせいせ」

清「何を言うてんねん、お前、えーっ、『誰がわいをこんなに酔わした』？　何をぬかしてけつかんねん、おのれが勝手にお前飲んで勝手に酔うてんねやないかい。えー、あかんあかん、これより飲ましたらいかん、おいちょっと待て。着物脱がせ。着物。体に悪い、体に悪い。着物脱がせ。よっ、おいおい、おいおい、なんじゃいそれは。えっ、まじないになるか知らんけど、お前、赤い赤い褌《ふんどし》さしてもうて、どんならん

……。（ひらめいて）おっ、洒落たあるやないかい。お前の褌が赤い、俺のが白い。紅白、源平になったある。よし、艫《とも》へ出え、艫へ出え、よし。艫で源平踊りちゅうのやろう」

喜「デッ、源平踊り。こりゃおもろい。ちょねやん、ひとつ陽気に頼むでえ。（下座「まけない節」。踊りはじめる）〽よっとこーらこーらこーら…こらこらこら、こらこらこらこら、よいとよいとこーら、よいとこーら、こらこらこらこら、こらこらこらこらーい、うわーい」

（下座　音小さく）一方、雷のお松つぁんの方でございます。これも日が暮れになってまいりますというと、うちにおっては暑いというので、近所のお竹さんを誘いまして、やってまいりましたのが、同じように大川難波橋でございます。

松「（扇を使いながら）まあ、お竹はん、ぎょうさんの人。（人とぶつかって）ちょっと待ちなはれ、どんとあたってどないしまんねんな。お竹はん、見てみなはれ、若いお子のあの浴衣の柄の派手なこと。わたいらや若い時分、あんな派手なもんよう着まへんでした。世の中ちゅうものは変わるもんだんな、ほんまにもう。ちょっと、ちょっと、ちょっとおいなはれ。うわー、ぎょうさん遊んでまっしゃないかいな。ぎょうさんのお金がかかりまんねやろなあ」

竹「(扇を使ぃながら)ハア、大きな声出しなはん…。まあ、まあ、お松つぁん、お松つぁん、お松つぁん。そらよろしけど、あそこで踊ってんのは、あんたとこの喜ィさんと違いますのか」

松「何言うてなはんねん。うちのんな、今日はミナミで仲直りがあって行てますの、ハン。うちのあんなパンみたいなおやっさんでもなあ、うちのが行かなんだら話が丸うおさまらんねやとォ」

竹「そーう? そうかて、よう似たあるし。ちょっと横手で同じようになって踊ってんのん、あんたとこよう遊びに来る、あの清八とかいう人と違いまんのか」

松「清八つぁん、どこに?」

竹「あの川市丸と書いた舟」

松「川市丸と……。(お松が川市丸を見ると下座の音を一瞬大きくする)んまあ、まあ、まあ、まあ、まあ、まあ、ミナミで仲直りがあるとかなんとか言って、こんなとこで遊んでんねやないかいな。腹が立つー(お竹の胸ぐらをつかむ)」

竹「ちょっと待ちなはれ、あんた、何をしなはるねん、あんた」

松「向こまでとどかん。あんたの借りる」

竹「アホなこと言いなはんな、あんた」

松「ど、どないしよう」
竹「暴れ込んでやったらええねわ」
松「そうだんな」
竹「(お松を手まねきし)早よ、降りといなはれ、降りといなはれ、降りといなはれ。通い舟のー」(下座「川音」をかぶせる)
船「へぇー」
松「早よ、早よ、早よ。あれで行きまんのか? 早よ来て、早よ来て、早よ来て、早よ来て。こいでるってなことで間に合うかいな。舟かたげて走っておいでー」
竹「そんなアホなことができるかいな」
船「川市丸でございますか? え、お乗りなしておくれやす。出しやっせ。(扇を艪に見立てこぎ出し)や、うんとしょーい」(下座「川音」をかぶせる)
　舟の上では、ますます、(下座　音大きく)
喜「〽こーらこーらこーら、こーらこーらこーらこーら。(びっくりして)痛い痛い痛い、顔かきむしんのは誰や。向こう脛かぶりつく奴ぁは誰じゃあ」(下座　止める)
喜六がふっと見まするというと、これが雷のお松つぁんでございます。いつもの喜六でございますというと、「おかあちゃんかんにん」なんていうところでございますが、酒の勢いがある、友達の手前がある。

喜「この女、何をすんのんじゃい」

ドーンと突きますと、かわいそうにお松つぁん、川の中にドボーン、(下座「水音」ドロン)はまってしまいました。立ち上がりますというと、幸い、川は浅瀬でございます。水は腰ぎりよりございません。白地の浴衣が身にピチャーッとまといついて、髪はさんばらでございます。上手から流れてまいりました手頃な竹をつかむと、川の真中《まなか》へすっくと立って、

松「(下座 〆太鼓で能がかり)〽そもそも、我は桓武天皇九代の後胤、平知盛、幽霊なーりー」

清「えらいこっちゃがなおい、喜ィ公、お前のとこの嫁はん、おかしいなってしもうたやん。頭わいたぁるやないかい」

喜「大丈夫、大丈夫。おい、ちょねやん、そのしごき貸してんか」

しごきを輪にいたしまして、数珠《じゅず》のかわりにいたしますと、

喜「(下座 〆太鼓で能がかり)〽その時喜六は、少しも騒がず、数珠さらさらと押しもんで。東方《とうほう》に降三世《ごうざんぜ》、南方軍荼利夜叉明王《なんぽうぐんだりやしやみようおう》、西方大威徳夜叉明王《さいほうだいいとくやしやみようおう》、北方《ほっぽう》に金剛夜叉明《こんごうやしやみよう》

えっ、弁慶や？

王《おう》。（下座　ドロドロ）中央に大日大聖不動明王《だいにちだいしょうふどうみょうおう》（下座　止める）」
○「えらいけんかだんなあ」
×「待ちなはれ、あれをけんかと見てやったらかわいそうだっせ。趣向だっしゃないか、にわかだっしゃないか」
○「にわかだっか」
×「当たり前だっしゃないかい。あれはなんだんな、男は幇間《たいこもち》、女は仲居だっしゃないかい。えーっ、夫婦げんかと見せかけて、弁慶と知盛の祈りやってまんねん。こんな趣向他におますか？　こんなん褒めたらなもう褒《ほ》めるもんおまへんで」
○「さよか、そんなことわたい知らんもんだすさかい。（川へ向かい）へいへい、よーよーよーよー、本日の秀逸秀逸、秀逸と申します。川ン中の知盛はんもええけど、舟ん中のべーんけはーん、べーんけはーん」
喜「えっ、弁慶や？　清やん、今日の割り前、取らんとおいてね」

解題

五代目桂文枝師より枝雀さんに伝わった噺です。

「爆笑ネタではありますが、それだけではありません。『遊び』に対する『割り前やさかい、あんまり無茶に使いなや』という堅実な考えと、『働くのは毎日やけど、使うのははたまやないかい』という奔放な考え……どちらも誰の心にもあるごく普通の考え方をうまく出している噺です」(枝雀師談)

前半の山場は雀のお松つぁんの迫力満点の一人しゃべりですが、お松つぁんも決して怖いだけの奥さんではなく、『宿替え』の夫婦同様、夫婦喧嘩のように見えているが、実はノロケである……という気分で演じておられました。ことに、喧嘩していたはずのお松つぁんが、喜六さんに抱きついてきて、二人ともゴロッとひっくり返るあたり、ノロケ以外の何物でもないではありませんか。

この噺の後半は「ハメモノ」と呼ばれる下座囃子がふんだんに入ります。ここで、「ハメモノ」についてちょっと申し上げておきましょう。

他の演者の場合、お松つぁんたちが乗った舟が川市丸にこぎ寄せるシーンでは、〽思ひぞいづる壇ノ浦の、その舟戦……という文句の地唄『八島』の一節を演奏し、それがいつの間にか『龍田川』という宴会の曲に移行していくという演出を聞かせてくれます。

つまり、源平合戦に縁のある曲を使うという趣向のおもしろさです。枝雀さんは、一九八〇年の四月ごろからこの速記のように、川市丸の上で源平踊りが始まると同時に演奏される『まけない節』という陽気な騒ぎ唄をバックに流しっぱなしにして、その音量の上げ下げで距離感を出す手法を取っています。つまり、趣向のおもしろさよりも、「ハメモノ」をリアルな効果音として使う演出をとったわけです。

ラストシーンで、世界が突然、次元が飛ぶように能の舞台に変わるのも、白昼夢を見るようなシュールなおもしろさを感じます。

タイトルにもなっている『舟弁慶』という能についてもご説明しておきましょう。兄頼朝によって都を追われた義経は摂津の大物浦《だいもつのうら》にやって来ます。そこから舟に乗ると、にわかに海が荒れはじめ、平知盛の幽霊が出現して襲いかかってきますが、弁慶の祈りの力で退散するというストーリー。「その時、義経少しも騒がず」というフレーズは能を知らない庶民も周知のものでした。

「ニワカ」というのは祭礼や宴席で演じられる即興パフォーマンスのこと。

サゲ前に橋の上の見物人が「秀逸秀逸。秀逸と申します」と声をかけるのは、昔のニワカに対する褒め言葉だった……と笑芸作家の香川登枝緒《としお》先生に教えていただきました。

喜六が「あほ言え、今日は三円の割り前じゃい」と答えるのが元来のサゲですが、枝雀さんは七四年ごろから、お読みいただいた型に改めています。

植木屋娘

えー、『植木屋娘』というものから聞いていただくのでございます。あまり面白くありません。仕方がないのでございます。面白いとか、おかしいとかいうようなことは、いわゆるこの客観的に客体として存在するというような性質のもんでございません。すべて主観的な、主体的な問題でございます。聞き手の皆さま方のセンスによるわけでございます。本当でございます。面白いと思や、何だって面白いわけでございますし、面白くないと言や、何だって面白くないのでございます。良い例が十七、八のお嬢さんが、もう、お箸のこけたのもおかしい、そういう年頃であるということをよく申しますね。お箸のこけたのもおかしいわけでございます。十七、八のお嬢さん、お箸が（扇子を箸に見立てて）コッ、トッて、「こけたぁー。……倒れた」何てね。「こんなことがあっていいのかナァー」というようなね、こういうことにも緊張が感じられるんで、緩和があるわけでございますから、笑いというものが起こるわけでございますね。もう女のお方も十七、八のお嬢さんに限ります。女のお方も、これが三十、四十、五十五、六になるとね、「お箸がこけたあ？　それがどうしたのぉー」。えらい勢いでございますからな。きっかけを見つけては、お笑いいただきたいのでございます。

さてこのお噺は、植木屋さんのお噺でございます。ここにございました植木屋さん、名前を幸右衛門《こうえもん》と申します。あるお寺の門前に住んでおります。「あるお寺の門前」でございます。まことに落語的でございます。落語というものは、時間的にも、空間的にも何ら制約を与えないのでございます。あるお寺の門前でございます。あー、夫婦《みょうと》の間に娘が一人ございまして、これをお光《みつ》と申しますが、なかなかの別嬪《べっぴん》でございます。男親にとりまして、男の子というのはまことに結構なもんでございますよ。うちにも五つと十の二人の男の子おりますが、やっぱり小型ですからな。「お父さんがあーー」という、子分がでけたちゅうか、「ついて来い」というようなね、家来がでけたちゅうか、ま まあ、まことに嬉しいもんでございますが。男親にとりまして女のお子というのは、また格別なもんやそうでございますね。親子の関係に糅《か》てて加えて、淡い恋愛感情というようなものがない交《ま》ぜになりまして、まことに結構なもんやそうでございます。幸右衛門の自慢のタネの一つでございます。地所とか家作なんか沢山にございまして、得意先だけでも、もう百軒あまりもあろうかというなかなか結構なお家《うち》でございますが。お寺の和尚さんとは至って昵懇《じっこん》でございます。今日も表から大きな声で、

幸「和尚《おす》さん、こんにちは。和尚さん、こんにちは」

和「大きな声やな、これ。誰やと思うたら、幸右衛門やないか。ええお天気じゃないかいな。大きな声出してんと、こっち上がったらどうや」

幸「上げてもらいま。えー和尚さん、こんにちは」

和「久しぶりやな、幸右衛門。どうしたな」

幸「節季《せっき》※でんねん。またちょっと書き出し※※書いてもらいたいと思いましてね」

和「何かいや。また節季かいな」

幸「『また』てなこと言いなはんな。わたいら商売人にとって、節季、大事なもんだっせ。書き出しをば書いてもらいたいねけれども、和尚さん、あんたの書き出し、ちょっと評判悪うおまっせ」

和「何でじゃい」

幸「何でじゃいって、あーた、あーたの書いてくれた書き出し持って行きまっしゃろ。みなじーっと見よって、『どっかで見たことのある字やな。あの位牌の戒名の字や塔婆の字によう似たあるな』」

和「ははは……世間さん、お目が高いじゃないかいな。私が書くと、どうしてもそういう字に似るのかな」

幸「『似るのかな』っておさまってくれたら、困りますわい。植木屋は生きもん扱うてまんのでね。そこの字が戒名の字ではどんならん、勉強してもらわんと。ひとつよろしゅうお頼み申しま」
和「ああ、書いてやってもええが、ちょっと今、手が離せん。置いといてもたら、また暇にでも」
幸「『暇にでも』て、そんな悠長なこと言うてもろたら、困りまんがな。ええ。節季、日の決まったもんですさかいに、ほかの用事のけといて、直《じき》に書いておくなはれや」
和「せくのかい。困ったことになったな。仕方がない、うちの伝吉でも代りにやって書かすようなことにでもしようか」
幸「伝吉？　伝吉つぁんて、あの居候の伝吉つぁん？　まことにつかんこと尋《たん》ねまんねけど、あの人よう字書きますかえ？」
和「ああ、これこれ、失礼《ひつれい》なこと言うたら、どんならんで。自分が書けなんだら、人も書けんと思てるやろ。どんならんで、それでは。あれはちょっと事情があって、この寺で預かってはいるがな、歴々《れきれき》の跡目でな。いずれ世間へ出て五百石の家督を相続せんならん体《からだ》。武家育ち、手も立派に書きます※※※」
幸「ああ、さよか。知らんもんですさかい。ほな、伝吉つぁんでも結構です。すぐに来

※　盆、暮などの決算期。※※　請求書。※※※　手習、習字のこと。

てもろとくなはれや。頼んまっせ。御免やす」
和「何じゃいな、あの男は。言うだけのこと言うて帰りよったな。伝吉、伝吉」
伝「和尚さん、お呼びでございますか」
和「いま植木屋帰っていたじゃろ。えー、いやー、何じゃわい、書き出し書いてもらいたいちゅうのじゃ。私、ちょっと手が離せんので、こなたすまんが代りに書いてやってくれるかな」
伝「かしこまりましてございます。すぐに行て参《さん》じますので」
和「幸右衛門ちゅう男、口豪輩《くちごうはい》な男じゃが、いたって気持ちのさっぱりした男じゃ。何を言われても、どうぞ気にせんように」
伝「心得ております。行て参じますので。(幸右衛門の戸口で)お寺から参りました伝吉でございます」
幸「ウワッ、伝吉つぁん? 待ってまんねん、待ってまんねん、待ってまま……とととと。一服は後でしてもらい…、まず書いてもらいます。へぇ、そこへ座っておくんなはれ。紙も硯も、ええ、墨も筆もみんな換えて……。帳面おまっしゃろ。それ見てもろたら、わかります」
伝「はい、かしこまりましてございます。この帳面でございますなあ。ああ、この帳面には字が書いてございませんが」

幸「恥かかしたら、どんならんな。わたいよう書かんよって、あんたに頼んでまんねやないかい。ええ。ちょっと書いておくんなはれ」

伝「筋が引いてあったり、ちょぼ※が打ってあったりしますが」

幸「そうそう、それがうちの符牒になったんねん。うんうん。筋が一本百文や。ちょぼ一つ十文や。筋が二本でちょぼ三つやったら、二百三十文と、こう見てもろたら。ようわかりまっしゃろ」

伝「なるほど。丸がつけてございますね」

幸「一貫や。黒い丸は一両や、三角は一分や、てなことあんたわからんかなぁ」

伝「そら、言うていただきませんと、わかりませんので。お得意さんの御名前がございませんが」

幸「それはこっちに心覚えがあんねや。それ言いますさかい。その通り書いてもうたら結構です。よろしゅう頼んまっせ!」

ああ、それから百本あまりの書き出し、請求書でございますな。一刻《いっとき》※※と少しばかりで書き上げてしまいます。

※ 点。※※ 約二時間。

伝「どうやら出来上がりましたようで」

幸「えっ？もう出来ましたん？　みんな書けましたん？　みんな、あれ全部？　何じゃいな。こない早《はよ》出来んのやないかいな。それをあの寺のど坊主め、『まだじゃ、まだ、なかなか書けん』て、四日も五日も書かんねで。（お寺のほうに向いて）ど坊主ーっ！　ばかばかばかばかばかばかばか……バーカッ。うーん。どんならんでほんまに。よーし、もうあのど坊主に頼まん。伝吉つぁん、あんたのほうが早い。あんたに頼みますよってに。おーい、酒の用意をせえ」

さあ、それから酒肴《さけさかな》用意いたしまして、伝吉さん、もてなしいたします。伝吉さん御馳走になってお寺へ帰る。こんなことがきっかけになりまして、伝吉さんもちょいちょいとこの植木屋へ遊びに来るようになる。幸右衛門のほうも、それまでは何じゃというとお寺へ飛んでいって、「和尚さん、和尚さん！」言うていた奴が、まことに現金なもんで、この頃は伝吉つぁん一本やりでございます。手紙を書いてもらうとか、読んでもらうとか、「実はな、今度うちにこういうことが起こったんやけど、これはどうしたらよかろうかな」「それはこうあそばしたら如何でございます？　こうなさったほうがよろしいようで」なんて。親切に相談に乗ってくれるもんでございますから、もう幸右衛門すっかり伝吉つぁん頼りに思うておりります、ある日のことでございます。

幸「カーカカカカカ……嬶《かか》」
女「何言うてなはんねん。あんたカラスかいな。あんた、カーカーカー。何を言うて……」
幸「こっち来い。ちょっと話があんねん。こっち来い、こっち来い。よーし、そこへ座れ」
女「どうしたんや、ン？」
幸「実はうちの娘のお光じゃい」
女「お光がどうしたんや」
幸「あれ、おまえ、去年十六、ことし十七、来年十八ちゅう、おまえ、世間もっぱら評判やぞ、おまえ」
女「何を言うてんの、当たり前やない…」
幸「当たり前やけれども、町内の若い奴らが寄ったらお光の噂やで。折があったらいてまうか、押し倒そうかと物騒なことぬかしてけつかんねん。若い奴はしゃあないけれどもやで。ええ。植木に虫がついたら、俺は商売や、直《じき》に何とかするけれども、娘に虫がついたら何ともでけへんやないかい、そうやろ？　そうならん間《まア》に、あれにええ婿養子を迎えてな、俺とおまえとが隠居をしようと、俺、こういうことを考えてんねけれどもな」

女「まあ、そういうことになったら、こんな結構なことはあれへんけれども、誰か適当な人はあんのんかい？」
幸「俺は思うねけど、あのおてらら…の伝吉つぁんね」
女「へ？」
幸「おてらら…の伝吉つぁん、なかなか人間しっかりしてるでえ」
女「まあ、伝吉つぁん。そらあの人がそういうことになってくれはったら、こんな結構なことはないけれども。で、肝心お光の気持ちはどうだんねん？」
幸「え？」
女「お光の気持ちはどうだんねん？」
幸「お光の気持ち？　お光の気持ち、何やそれ。ええっ？　お光に気持ちなんかあるか」
女「『あるか』…あほなことといいな。のうてか。無茶言い……」
幸「なあー、何をぬかして…。あんなええ婿養子探してきたってんのに。お光にぐずぐず言わさん。もうひょっとぐずぐず言うようなら、おれはお光を放り出す。この家放り出す。もうお光を放り出してしまう」
女「お光放り出してどうする？」
幸「お光放り出して、伝吉つぁん養子にもらう。そうなったらおまえにも暇やる」

女「置いてや、※これ。この年になって、暇もろてどこ行ったらええねん」
幸「どこ行かいでもええわい。伝吉つぁんと一緒になれ。うん、ね。ふふふふふ。伝吉つぁんと夫婦になったらええねやないか、おい。二人でわいを養え」
女「アホなこと。お光の気持ちを聞いてやらんことには」
幸「わかった、こっち来い、こっち来い！　おーみーつー、お光、お光……よーし、そこへ座れぇ。ええ、あんな、お父っちぁんがええ婿養子探してきたってんねん。それをぐずぐずぐず言いやがって。ほんまにもう、ええ。いままで大きぃしてやった恩も何もころっと忘れてしもうて、何でぐずぐずぐずぐずぐずぐず言うねん、おまえは」
女「あんたお光に話《はなし》したんか？」
幸「まーだですわ」
女「アホ。（娘に向かって）びっくりせえでもええの。いいえ、この通りのあわて者《もん》。お父っつぁんいつもの通り。実はいま、ひょっとあんたさえよかったら、お寺の伝吉つぁんなぁ、うちへ婿養子に来てもろうて、お父っつぁんとわたいとが隠居をさせてもらおと、こういうことをお父っつぁん、今お話してはるねけれども、あんた嫌《いや》なら

※　やめて。

『嫌や』て、はっきり言うてくれたらええねんで。嫌なことを別に無理して辛抱することはないねけれども、ひょっとあんたさえよかったら、お父っつぁん、これからお寺のほうへ行てくれはんのん。相手、お寺の伝吉つぁん…。マーア、赤い顔してうつむいて、畳に『の』の字書いてるわ」

幸「うっわぁ。畳に『の』の字書きよった。のり屋の看板こしらえてけつかんねん。どうならんで、おい。気に入ったんか？　気に入ったんか？　お父っつぁんも気に入ってんねん。よーし、これから寺へ行って伝吉つぁんもろて来たる」

無茶な親父さんあったもんで、大きな声で寺へやって、参り…。

幸「和尚さん、こんにちは。和尚さんこんにちは」

和「大きな声じゃな。まあ、こっち上がったらどうじゃ。何じゃ、また節季か？」

幸「アホなこと言いないな。そない再々節季があってたまりますかいな。ちょっと話おまんねん」

和「なんや」

幸「うちの娘のお光だんねけどね。あれ、去年十六、今年十七、来年十八ちゅう世間もっぱらの評判でんねんでえ」

和「何を言うねん、当たり前のこっちゃろ。ええ、町内の若い奴らが寄ったらお光の噂。

はぁはぁ。植木に虫がついたら、おまはん商売じゃすぐに何とでもするけども、娘に虫がついたら何ともでけん。ああ。そうならん前に、あれにええ婿養子を迎えて、おまえとおカミさんが隠居をしよう。なかなか結構な話やないかい」
幸「和尚さん、結構か？」
和「結構な話やないか」
幸「デー、ほんまに結構やな？」
和「え？」
幸「ほんまに結構やなー？　伝吉つぁん、もらいまひょう」
和「へ？」
幸「もーらいまひょー」
和「へ？」
幸「伝吉つぁん、養子にもらいまひょうーようようよう」
和「何を言うてんねん。相手は伝吉かい？」
幸「そうでんねん」
和「あけへん」
幸「あけへん？　いま結構言うて…」

和「いや、誰が相手かわからんさかい、結構や言うて、伝吉て…」
幸「んなこと言わんと、いま結構やと。おくれ、おくれ、おくれーな。伝吉つぁん、好きやおくれ、おくれ……おくれぇ、おくれぇ」
和「何じゃ子どもがせんべいでも、もうてるようじゃ。あきゃせん、あきゃせん。あれは武家育ちじゃでの。植木屋の跡目にはどうかと思う」
幸「んなことあれへん、んなことあれへん。この間からつき合いしてようわかったぁんねん。賢いがな、若いがな。これからね、接木《つぎき》から根分けから、接木から根分けから、接木から根分けから、もう植木屋のことをせんど仕込んで……。そらもう大阪一、日本一の植木屋にと、頼みまんねん。おくれ、おくれ、おくれーな、おくれーな。和尚さん、和尚さん、あんたもね。いつもかつも死んだ者の世話ばかりせんとね、たまには生きた者の世話しなはれ、あんた。そうだっしゃあないかいな、あんた。伝吉つぁん、男前や。お光、別嬪や。二人かけ合わしてみなはれ、あーた、ええ子が引けまっせ」
和「何じゃ、うさぎみたいに言うてんねん。あきゃせん、あきゃせん。あきらめとくれ」
幸「んなこと言わんと、おくれ、おくれ……。あかんのん？　要らんわーい！……おくれぇ。あかんのかい？　要らんわーい、もう。（店に戻って）今もどった」

んなこと言わんと、おくれ、おくれ、おくれ……。

女「どやった？」
幸「あけへん」
女「見てみなはれ。あんた一人、やいの、やいの言うたかて、先さんにも御都合と…」
幸「何や、御都合もクソもあるかい。坊主がいかんねん、坊主が。本人に言いもせんと、『あかんあかん、あかんあかん』言いやがって、ほんまにもう。いやー、おれはこれぐらいのことであきらめんぞ、あきらめんぞ、あきらめんぞ」
女「あきらめんというて、仕方の…」
幸「いやぁ、あきらめんわい。こうしよう。よし、あのね、伝吉つぁん呼んできて、お光と二人きりにして酒肴出そう」
女「あんた、何を考えてなはんねん」
幸「わしら二人はおったらあかん。留守にせないかんよって、おまえ風呂行け、風呂行け、うん。俺は何や、そうやね。ちょっとまあ一杯ぐらい飲んでやで、ほいで急に思い出したような顔して『あ、思い出した』てなことを言うてね、『得意先へさして植木を持っていかんならんのを急に思い出した』てな顔でね。で、表出るでしょ。あー、得意先はもちろん行けへんで。ぐるっと裏手へ回んねん。この間修繕したばかりの焼き板の塀があるやないかえ。あそこにこんな節穴出たあんねん。そこから、こう覗《のぞ》くねで、ええっ。中は伝吉つぁんとお光と二人きりやないかいな。伝吉つぁんかて、お光に何とか思やこそ、再々うちへ遊びに来るねん。うちら二人だけで誰があんな来るかい。そうやろ。酒の一杯も入ったら、伝吉さんかて手の一つも握りよるわい。そこをこう見込んどいて、ばーっと入って、『伝吉つぁん、何ちゅうことしなはんねん』『まあ、お父っつぁん』『お父っつぁんもクソもあるかい。ほんまにもう。好きやとか、何とか、思やこそ手の一つも握ったんやろ。ほんまにもう。手握ったら、子どもが生まれるぞ。うち養子に来い』」

女「よう、そんなアホなこと考えなはったな、あんた」

幸「何でもかまへん。おい、酒肴用意せえ。おまえ伝吉つぁん呼んでこい！」

呼ばれて参りました伝吉つぁんこそ、暗剣殺※に向こうたようなもんで、

伝「あの伝吉でございますが、御用でございますか」

幸「ウワーッ、伝吉つぁん、いや、まままま……。用と違うね、あんたとこう一杯飲もうと思て、まあまあ座ってんか。おーみーつ、お光、お光お光お光。よーし、そこへ座れ。今日はお父っつぁんと伝吉つぁんでこんなことすんねん。お酌《しゃく》してくれないかんぞ、たのんだで。おっと、おっと、おっと、おっと……ううっ。ンンッ、（女房に

※　易の方位で、最悪の状態。

目くばせし）何してんねん」
女「（平然と）なんやねん」
幸「何してんねん」
女「なんやねん」
幸「（小言で）おまえ、おったらあけへん。風呂行け。打ち合わせ忘れたんか。風呂行かんかい、風呂」
女「お風呂？　いま行てきたとこ」
幸「誰の許しを得て行てきたんや、アホ。もう一遍行ってこい。もう一遍行ってこい」
女「日に何遍…」
幸「何遍もかまへん行ってこーい。同じ風呂できまりが悪かったら、遠いほうの風呂へ行け、遠いほうの風呂へ、おまえ。大阪じゅう風呂屋ぎょうさんあるわ。あっちこち行ってこい。ほんまにもう。行ってこーい！（女房を見送って）伝吉つぁん御免。嬶《かか》風呂行きよってん、『お客があるさかい、行たらいかん』言うのを、『どうしても行く』て言うて、どんならんで、ほんまに。おっ、お光一杯ついでくれ。おおきに有難う。うん、よーし、よしよしとついでもろうて、（わざとらしく）あ、思い出した…。えらいことを思い出してしもうたなぁ。伝吉つぁん、御免。ちょっとね。あのね、得意先へ一軒、植木持って行かんならんのをころっと忘れてね。これから行ってくる。直《じき》帰ってくる、直帰ってくる。直帰ってくるけれども、直のじきと違いまっせ、うん。あのー、『じきーじき』ぐらいでっさかいね。ごちゃごちゃとしやはるぐらいの間《ま》はあると思います。そこんとこをよう考えてもろたら結構です。ええ。ほかの者なら任しまへんで。伝吉つぁん、あんたならこそ任しまんねん。お光任しまんねんで。こちゃこちゃっとあってもうても結構ですよってね。すぐ帰って、すぐやよって、そのま飲んでてもうたら結構です。直帰って…直やけど直のじきと違いまっせ。『じきー…じき』、ぐらいですさかい、ひとつそこのとこをよう何してもうて、伝吉つぁんとお光と、伝吉つぁんとお光と。ハハハ、熱いこっちゃな」

なんて親父さん、頭から湯気出して表へ飛び出しましたんで、

幸「ここへ置いてーと、裏へ回って、焼き板の塀の節穴…。オワッ、ありました。へえ、この間大工怒ったったんやで。『何でこんなところに節穴出すのんじゃい』って怒ったったやけど、今度会うたら誉めてやらないかんわい。表彰してやらないかんわい。てっへへっ。(節穴からのぞくしぐさ)伝吉つぁん、こうして見るとええ男やなあ。お光もそれに負けんぐらいの別嬪や。有難い。お雛はんの夫婦《みようと》や、ほんまにねえ、えー、若いということはええこっちゃなあ。二人とも、もじもじもじもじして。わいらにも

ああいう時代があったんやけどなぁ。もう随分と前の話や。忘れてしもたんや。（通りかかった近所の人に）あ、こんちは。おかえんない。※今日はええお天気でございまして。おそらく明日もええお天気とちがいますかえ。西の空が赤うございますよ。またいっぺん（盃をほす手つきをして）こんなことを…。おおきにありがとう。え？ なんでもございません。いえ、ちょっと…。近所の人や。おかしいと思うてるやろな。おのれでおのれの家、覗き見してんねんさかいな。（再び塀の穴をのぞいて）…モジモジモジモジ。しかし、伝吉さん、ええ男や。男前やなあ。けど、ありがたいことに、うちのお光も、それに負けんぐらい別嬪や。なんであんな別嬪ができたかなあ。わしゃ、へちゃげたような顔してるしなあ、うちの嫁はん、パイライフみたいな顔してる。ひょっとしたら、あれ、俺の子とちがうんかな…。（また通りかかった別の近所の人に）え？ ああ、こんちは。ご苦労さんでした。ええお天気で結構でした。明日もおそらくええお天気やと思います。西の空が赤うございますわ。またいっぺん（盃をほす手つきをして）こんなことを…。（また塀の穴を覗いて）ええ。何や言うてるわ、間がもたへんねん『うちのお父っつぁんは、きょと※※のあわて者でしょう』……何をぬかしてけつかんや。親はきょとのあわて者でも、娘ええ娘産んだあんのじゃい。ええ。『お

※ おかえりなさい。 ※※ 落ちつきのない人。

若いということはええこっちゃなあ。二人とも、もじもじもじもじして。

一ついかがでございます？』。うわぁ、あんなこと言うようになったんやな。教えもせんのにどんならん。伝吉つぁん恥ずかしそうに飲んでる、飲んでる。（またまた通りかかった別の近所の人に）こんちは。ご苦労さんです。明日もええお天気でしょう。またいっぺん（盃をほす手つきをして）こんなことを…。よう人の通る日やなあ。堪忍してもらいたいわ、ほんまにもう。（塀の穴を覗いて）え？『お光ちゃん』ぐーっと飲んで『お光つぁん、あーたもおひとつ如何でございます？』。うわぁ、伝吉つぁんも言わんことないねがな。あんな顔してて、陰で何してるやわからんな。どんならんでほんま。よーし、よーし。しかしながらまあそれを受け取って飲め。受け取って飲むところから事が始まるぞ、うーん。飲め、飲め、飲め。何してんねん。ええっ？『私はいたって不調法で』？不細工な。不調法もクソもあるかい。おまえ、相手がだれるやないかい。困るやないかい。飲まんかい。飲ま…何……。不細工な奴や。何も一升も二升も飲め言うてんのやあれへんやないか。おまえ。盃一杯ぐらいの酒飲めへんか、ど不器用、何を…ほんまにもう、ええっ。もう何じゃで、もう、ねー、お茶、お花、縫針、琴、三味線、何でも仕込んだんねけども、酒だけ仕込むの忘れてるやないか。どんならんぞ。一杯がその……。だ、だ、見てみいな。もう伝吉つぁんだれてきてるがな、ええ。『お父っつぁん、なかなかお帰りやございませんな』。…当たり前よう。ここから覗いているということが分っからねえなぁ。起こることが起こるまで帰りませんよ。直の『じき』は伸縮自在ですぞ、おう。えー『さようならば、私はこの辺で失礼をいたします』？　あかんあかん、帰したらいかん、帰したらいかん、呼びとめ、呼びとめ。ぐっと止めないかん、止めないかん。袂《たもと》でも何でもぐっと握って止め。『さようならば、そういうことに』。何じゃ、送りに立ってけつかる。不細工な、あのお光という奴は」

焼き板の塀ぐーっと（さらに節穴をのぞき込んで塀に顔をこすりつける）…顔半分真っ黒けになったんねん。

幸「お光！」

光「まあ、お父っつぁん、面白い顔」

幸「ほっとけえ。もう。親おもろい顔でも、娘はええ娘を産んだんねん。ええ。『違います。鏡見なはれ』。何をぬかす……ウワァ。親この通り、おまえ、顔まで苦労《くろう》して娘のことを思てるのじゃ、ほんまにもう」

女「ただいま」

幸「家の中がこないもめたあるちゅうのに、どこ行てんねん、おまえはぁ」

女「お風呂行てたんやないかいな」

幸「世帯人が日に何べん風呂行くねん」

女「無茶言うたらどんな…。あんたが行け言うたさかい、行ったんやないか。どうやった?」

幸「あけへん」

女「見てみなはれ。あんたが一人がやいのやいの……」

幸「違うがな。お光がいかんのやないかい」

女「お光っちゃん。ちょっとこっちおいなはれ。お母《か》はんが叱られてるやないか。あんた、伝吉つぁんの前で、どんな行儀の悪いことしてやったんや? お母はんがそんなこと教えましたか。どんな行儀の悪い…」

幸「違う! 行儀が良過ぎんねやないか、おまえ。盃に酒の一杯も飲めんで、不細工な、ほんまにもう。ちいとおまえの尻くせの悪いところでも仕込んどけ」

女「待ちなはれ、あんた。何言いなはったん、あんた、いま。『尻くせ悪いとこでも仕込んどけ』? 人聞きの悪いこと言いなはんな。わたいが何した言うねん」

幸「何したって、おまえ、わしと初めて一緒になったとき、『これが初めてです、初めてです』言うてたけど、サラや言うてたけど、どうも二、三遍先にあった……」

女「あ…、怒るし、しまいに。あきらめなはれ」

幸「いや、おれはどんなことがあっても、あきらめることがでけん」
親父さん、顔半分真っ黒けにして、顔から汗出して、頭から湯気出して頑張ってみましても、こればっかりはどうしようもない。それから、二、三縁談がございましたんでございますが、お光のほうが進まんもんでございますから、そのままに。しまいには、もう『あの植木屋の娘は、おそらく男嫌いであろう』というようなけったいな噂が立ちかけました、さて、ある日のことでございます。
女「あーた、あんた、あんた、あんた、あんた！」
幸「大きな声出すな。どうしたい」
女「偉いこっちゃわ。うちのお光のお腹が大きいねやと」
幸「えっ……お光の腹が大きい。お光の腹が大きい。ウェーン。そやさかい言うてるやないか。ああ、そやさかい言うてるやないかい」
女「もうどない言うて怒られても仕方がない。これは女親の役、わたいが……」
幸「当ったり前やないか。何ちゅうことしてくれてん、ほんまにもう。何ぼ大きなった、大きなった言うても、まだ子どもやねんさかいに、ご飯食べるときは、そばにおってちゃんと給仕してやらないかんと言うてるのに、もう。お櫃《ひつ》ごと、あてごうとくよって何ぼでも食べよんねん。ウウウッ……。嫁入り前の娘の腹がブーッと大きいやなんて、かっこ悪いよ」
女「何を言うてんねん。アホ。でけたんやがな」
幸「お尻に？」
女「でんぼと違うがな、もう。アホやな。酸っぱいもんが食べたいようなことになったあんの」
幸「食わしたらんかい、夏みかんでも、ザクロでも」
女「赤子《やや》が出来たんやないかいな」
幸「お光、あれに、子ができた。めでたい！」
女「アホ…。相手の男はんがどなたはんや、わからんねで」
幸「おっ、えらいこっちゃ」
女「いま気がついてん」
幸「よーし、相手の男が誰やということを、おれはお光を呼んで…」
女「アホなこと言いなはんな。あんたが大きな声で聞いたら、あの子怖がって何もよう言わへんさかい、あんたどこぞ行てなはれ。わたいが聞きます」
幸「アホなこと言うな。おまえ。相手の男が誰やちゅうのは一番肝心なとこやないか。一番おいしいとこやないか、おまえ。それをおまえが一人で聞こやなんて、おまえ、ずっこい※※、ずっこい、おまえ。私にも一緒に聞かしてちょうだい」
女「何を言うてはるねん。あの段梯子上がったとこの戸口《こぐち》にいてなはれ。わて段梯子の下へお光呼んで聞くよって。あんたに聞こえるような大きな声で言うてあげるよってにな」
幸「そうか、大きな声で言うてくれなあかんぞぉ。うち、の、お光、は、ボテレン、じゃあ。うちのお光はボテレンじゃ（と踊りながら階段を上って行く）」
女「喜んでんのかいな。けったいなおっさんやこと…。お光っちゃん、こっちおいなはれ。お光っちゃん。こっちおいなはれ。いいえ、この段梯子の下、おいなはれ。大事なお話があんの。うちは代々、大事なお話は段梯子の下ですることになってんの。お母《か》はんの目、見てみなはれ。お母はんの目を見なはれ。あんた、隠してることがあるな？ 何ぼ隠したかてあかんの。お向かいのおばちゃんに聞いて、ようわかったあんの。お風呂で見はったんやと。お乳の色も変わってるし、もう帯もせんならん言うやないか。あんた、お腹に赤子《やや》があんねてな」
光「お父っつぁんに知れたら叱られる」
女「お父っつぁん、いまお留守。わたいのほうから、叱られんように、あんじょう言う

※ おでき。 ※※ ずるい。

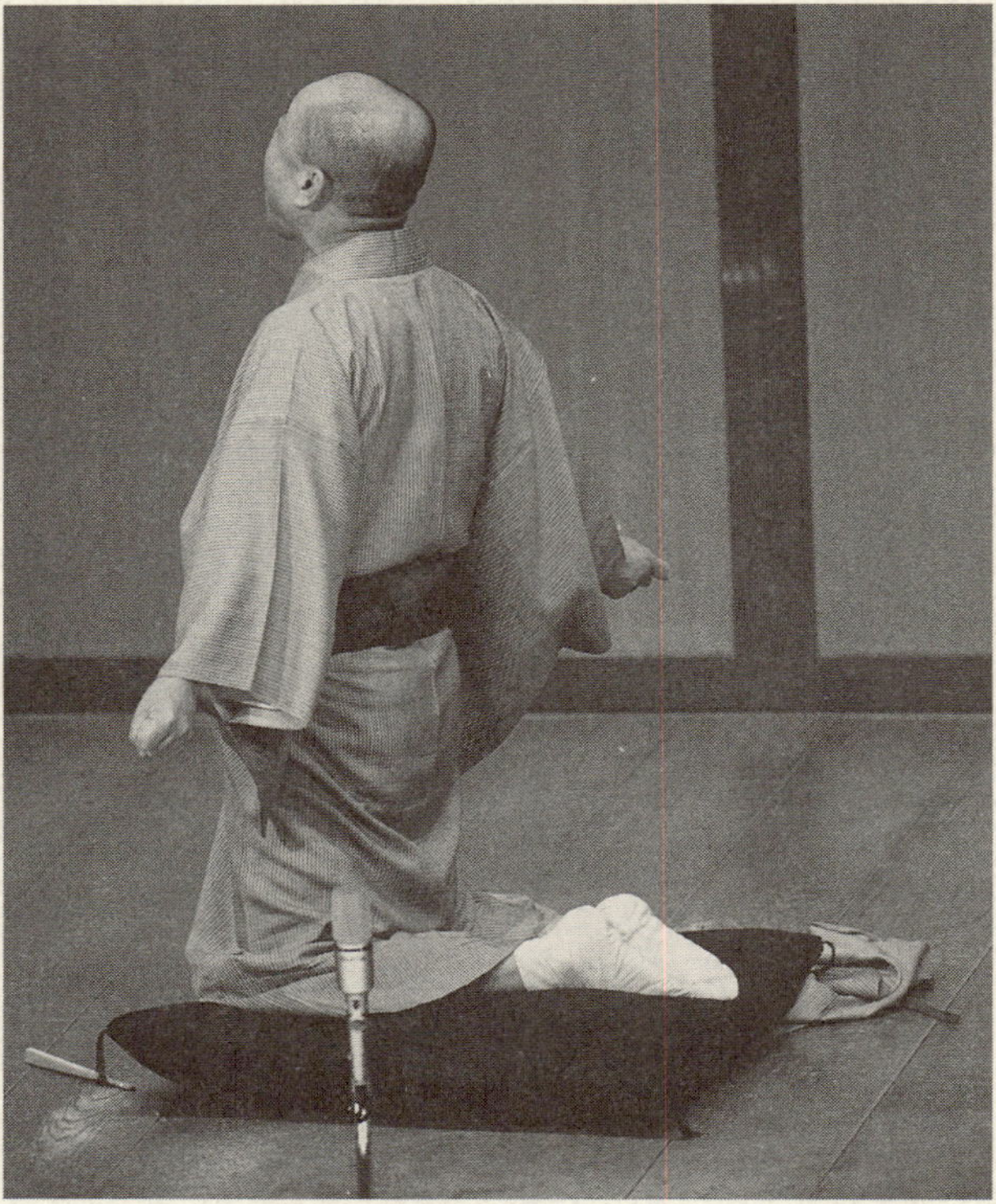

あーんたのお腹を大きぃしてやったんは、お寺の…、伝吉つぁん！

てあげる。相手の男はんはどなたはんだんねん。相手の男はんはどなたはん……」
光「（小さな声で）あのー……」
女「あのではわからへんねん。相手の男はんは一体どなたはんだんねん」
光「あのー、…お寺の…伝吉つぁん」
まさかと思うていたお寺の伝吉つぁんという言葉が耳に入った。願《ねご》うてもないことでね。ちょっとも早《はよ》う、これを親父さんに言うてやりたいというんで、嫁はん、大きな声出しよって、
女「ほたら、何かいなぁ。あーんたのお腹を大きぃしてやったんは、（二階に向いて大声で）お寺の…、伝吉つぁん！」
親父さん、二階からころころんで落ちてきよった。
幸「逃げえでもええ。逃げえでもええ。逃げえでもええ。ようとった、ようとった、ようとった。あのとりにくい伝吉つぁん、ようとった」
女「何じゃ、猫が鼠捕ったように言うてなはんねん」
幸「これから寺行って、伝吉つぁんもろてきたろ。（寺へやって来て）和尚さん、こんにちは、和尚さんこんにちは」
和「また来よった。しばらく来《こ》いで助かってたんや、どうしたっちゅうねん」

幸「(両手を前に突き出して) 伝吉つぁん、養子にもらいまひょうか。伝吉つぁん、養子にもらいまひょう」

和「何じゃいそれ、何ちゅう恰好や、これは。何遍言うたらわかるねや。あれはいずれ五百石の家督…」

幸「家督も何もないわい。うちのお光はボテレンじゃー。うちのお光はボテレンじゃー」

和「ほたら何かいな。うちのあの伝吉が、おまえとこの娘のお光のお腹を…」

幸「大きいしてやったんや。伝吉つぁん、養子にもらいま。これから、接木から根分けから、植木屋のことせんど仕込んでね、大阪一、日本一の植木屋にします。まあ、和尚さん安心しとくんなはれ」

和「まあまあ、有難いことと言や、有難いこっちゃが、何遍も言うようじゃがな、あれはいずれ世間へ出て五百石の家督を…」

幸「そうそう、それもなるような話にしまひょか。とりあえず伝吉つぁん、うちに養子にもらいます。よろしいか。子どもがでけます。男の子。男の子がでけたら、これを向こうへやってだんな、これに五百石でも八百石でも継がしたらええやおまへんかいな」

和「そらそやけども、お侍の家を、そう取ったり、継いだりできるかいな」

幸「取ったり、継いだりて、接木も根分けもうちの秘伝でおますがな」

解題

主人公の幸右衛門さんがとてもチャーミングな一席です。溺愛する一人娘を思う気持ちを漫画的に演じておられました。

和尚さんは幸右衛門に対してはぞんざいな口調でしゃべっていますが、その女房について語る時は「おまえとおかみさん」というようにちょっと丁寧な言葉を使っています。幸右衛門と比べると、その女房は疎遠ですから丁寧になるわけですね。

「こういうちょっとした言葉使いが嬉しいネタです」（枝雀師談）

枝雀さんは、伝吉さんとお光ちゃんを二人きりにしておいて表に出た幸右衛門さんが、塀の節穴から自宅の座敷を覗くシーンで、偶然通りかかった近所の人に声をかけられる演出をとっています。幸右衛門さんは「こんちはー」と挨拶をしてやりすごした後、「おかしいと思うてるやろな。おのれでおのれの家覗いてんねさかい」とぼやくという段取りになるわけです。これは、下座の三味線方でもある枝代夫人のアイデアです。夫人は枝雀さんの一番近所にいる「聞き手」として、お客さんといっしょに笑っているだけでなく、いろんな意見やアイデアを出しておられるのです。

夫人の話になったから言うわけではありませんが、この噺でも、おかみさんも重要な役割をつとめます。お光ちゃんが行儀がよすぎて伝吉さん誘惑計画が失敗に終わったと

知った時、幸右衛門さんがおかみさんに、

「ちいとおまえの尻くせの悪いところでも仕込んどけ」

と言ってしまい、おかみさんもお光ちゃんをほったらかしにして
「待ちなはれ。あんた。何言いなはったん」

と口喧嘩になるあたり、枝雀さんは、

「筋とは直接関係ないけど、こんなこと、あるある…と思うところです」

と言っておられました。

娘さんのお光ちゃんが妊娠していることを知った幸右衛門さんが「うちのお光はボテレンじゃあ」と踊りながら二階に上がって行くくだりは、娘をキズものにされているのに……と不自然に思われるかもしれませんが、江戸時代に年頃の娘が「男ぎらい」であるということは、現代とちがって大きな問題だったのでしょう。

このサゲは米朝師がこしらえたもので、本来のものは、伝吉が植木屋へ聟に行くのを断ります。和尚さんが「なぜ行ってやらんのじゃ？」と質問すると「相手は植木屋。根はこしらえものじゃと思います」というものでした。昔の露店の植木屋には根が天然ものでなく、こしらえものになっている安物があったそうで、妊娠がこしらえものという意味になるわけです。それでは、いかにも伝吉さんが悪者になってしまい、後味が悪くなってしまいますね。

口《くち》入《いれ》屋《や》

割合、ま、楽な商売でございまして、気楽でもございますね。まずあの、労働時間、少《すく》のうございますよ。今日なんか私らもう、このお仕事だけでございます。大体一席三十分ぐらいなもんでございますからね。考えてみますれば、一日の労働時間が三十分でございますからな。後はすべて休憩時間でございますから、労働時間短《みじこ》うございますね。また労働量も少のうございます。せんならんことはと申しますと、ま、あそこからここまで歩いてくればいいわけでございます。後はもう安楽にこうしてお座りいたしまして、好きなこと「パーパーパーパー」言うていればいいだけのこってございますからな。

ひとつよろしくおつき合いのほどを願うわけでございますが。口入屋さん、これはただいまで申しますというと、まぁ職業紹介所なんでございますね。一昔前でございまして、船場辺《へん》でございますな。いわゆる女子衆《おなごし》さん、女中さんでございますね。口入屋さんというところへ集まりましてですな、そっから世話をされて、いろんなところへ、船場辺の商家へ女中奉公に出かけられるわけでございますがな。それが口入屋さんなんでございますね。女子衆奉公を求めてでございますな、十五、六から二十《はたち》前後の若い女の子がぎょうさん集まっているわけでございましてね、一段と高いところで、まあ風呂屋の番台みたいなところでございますかな、一段高いところで結界《けっかい》※というようなものを引き回しましてね、いわゆるこの―帳面付けいたしておりますのが口入屋の番頭さんでございますがね。若い女の子に取り囲まれまして、まことに結構なお商売のように見えるのでございますが、なかなかこれが大変やったそうでございますよ。女のお子は一人や二人はよろしけど、ぎょうさん寄るとやかましゅうございますから、ワアワアワアワアワア、やかましゅございますからね。これをおさめるだけでも大変でございまして、

番「これこれ、やかまししてもたら、どんならんやないか。静かにしなはらんか。ワアワアワアワアと女の子が三人寄ったらかしましいちゅけど、こっちのかしましいのと、あっちのかしましいのと、べェーと上へ上がって、空中で激突してるやないかいな。ほんまにもう、静かにしてもらわな、どもならんでぇ」

なんて言うてますところへね、表から大抵飛び込んで参りますのが丁稚さんでございますね。やっぱ同じ奉公人でございますけどね。洟垂《はなた》れた丁稚さんでございますけど。憎まれ盛りの丁稚さんでございます。「口入屋のおっさーん」なんて。

番「ほーら来た。布屋《ぬのや》の丁稚や。どんなりゃせんわ。お前、えーっ。何しに来たんや」

※　帳場の座机の三方を木の格子で囲ったもの。

定「いや、女子衆《おなごし》さんを連れに来たんですけどね」
番「女子衆さん連れに来たんは、わかってるけどね。お前《ま》はんとこの注文が大体おかしいぞ、いつも」
定「何がおかしゅうございますか」
番「『何がおかしゅうございますか』てね、別嬪《べっぴん》の女子衆さんよこしてくれ、女中さんよこしてくれ、という注文はないことないけど、お前とこ変わってるね。だれがあんなこと言うのか知らんけど、なるたけ山から這いだしの人間三分で化けもん七分てな不細工なね、見たらウェーとなるような、戻す※ようなね、不細工な女子衆さん欲しいちゅうねん。だれがあんなこと言うねん。またね、陰へ回ってそっと耳元でそっと言うてくれたらええけどね、お前、人間正直ちゅうのか何ちゅうのかやで、暖簾こうめくるなり、『おっさん、えらいすまんへん。今日も化けもんみたいな女子衆さんお願いします』って、お前さん大きな声で言うねやで。ほんなんみんな聞いてるで。その『化けもんみたいな』ちゅうの聞いてるでしょう。『あんた行てくれる』って、気ィ悪うするんですよね、やっぱりね。それあかんですよね」
定「ちがうよ、今日は一番別嬪の女子衆さん連れて帰るのれ《い》すよ」
番「ほほう、『れ《い》すよ』っておかしいけど、えらい風向き変わったなあ」

定「そうです。そやけど何もね番頭さんに十銭もろうて頼まれたんではありませんよ」
番「『たんではありませんよ』て、わざわざ自分で白状してるようなもんやないか、お前。番頭に十銭もろて頼まれて」
定「頼まれりゃあせんちゅうのに」
番「『頼まれりゃせん』て、そんなもんなんぼ隠したかてあかん。ちゃんとおまはんの顔に書いたある」
定「あっ、顔に書いてますか。だれが書きよってんな、悪いことしよんなあ……もー。（顔をこすり）とれたでしょう？」
番「あほ。そんなことしてとれるか。ようそんなことして遊んでるで。まあまあ、そのことはともかくとして、とりあえずのとこは何じゃで、あのー気に入った子があったら連れていき」
定「あっそうですか。わー、ほんにぎょうさんゴロゴロゴロゴロしてますねぇ。しかしあんまりいいのはありませんね」
番「おいおい、西瓜《すいか》買いにいってるように言うのやないがな。ゴロゴロしてるけどあんまりええのんございませんねて」
※　吐く。

定「本当ですよ、あのおっさん。あのね。あっ、あの人ちょっときれいな人と思いますよ」
番「どの子ぃな」
定「あの向こう側向いて座ってる人ですけどね」
番「お前も大分人間変わってるね。向こう側向いて座っているもんの、何で顔がわかんね」
定「顔はわからないですけど、後ろ姿が粋《いき》ですよ」
番「『後ろ姿が粋ですよ』て、後ろから見てわかるか」
定「大抵わかりますよ。あんた、すんません。こっち向いて顔見せてもらいます……。ブーッ。おっさん、すんませんけどね、あの人のことはね『鼓《つづみ》のかけ声』と言うんですよ」
番「何」
定「『鼓のかけ声』と言うんですよ」
番「何や、その『鼓のかけ声』て」
定「知りませんか。後ろから見て『イヨォー』前から『ポンッ』」
番「あ、これこれこれ」
定「ほんまですよ、あんまりええのないですね。あっ、おっさんあの人えらいきれいな」

番「いちいち指差すねやないがおまえ。どの……ああ、あの子か。ああ、あんた、あんた。いや違う、違う。今後ろ向いた、そうそう、あんた、あんた。あんたが気に入ったと言うてるでね。とにかくこの子と一緒に行てくれるか。行き先は『布屋さん』ちゅうて、古手屋《ふるてや》さんじゃ。古着屋さん。いたってええおうち、話が決まったらまた私が後で証文まきに行くでね。※とりあえずこの子と一緒に行てもらいたい。な、定吉《さだきつ》とん、ひとつよろしゅうおたの申しま」

定「結構でございます。ちょっと下げて行きますので」

番「何や漬物みたいに言うてんねやないがな。頼んだで」

定「(子どもらしく歩きながら) へえっ。ははは、ははは、へへえ、ご苦労さんでございます。いーえ大丈夫でございます。すぐでございまして、間もなくでございまして、ええ、いや、違いまんねや、あのね、あのね、あのね、ここら女の人と一緒に歩いてたらね、あのね、後でね、『おいお前、こないだ女子と一緒に歩いてたやろ』なんてね、あの丁稚仲間省《はぶ》かれまんので、『助平《すけべ》、助平』言うて省かれますのでね、先いてますよって、向こうに布屋と染め抜いた暖簾かかってまっしゃろ。向こう家《うち》ですのでね、向こう先いてますよって。後で来ておくんなはれや。

※　契約書をとりかわす。

……番頭はん、ただいま」
番「これ、『ただいま』やないわい。どんなりゃせんわ、ほんまにもう。ちょっと使いに出したらどこへ行ってるねん、ほんまに長いこと、長いこと。どこ行ってたんや」
定「無茶言うて…。『どこ行ってた』てようそんなこと言いなはんね。あんさんに言われて口入屋へ女子衆さん、(小指を出してから、手をあわただしくさし出し)十銭、十銭…女子衆さん…女子衆さん連れてきて」
番「手なしでもの言え。手なしでお前は。えっ、あのそれで何やねん」
定「え、いやちがう別嬪の女子衆さん、別嬪の」
番「おったか」
定「おりました。十銭ちょうだい、十銭ちょうだい」
番「え?」
定「十銭ちょうだい。あんた『別嬪連れて帰ったら十銭やる』言うてなはった…」
番「また後で」
定「『後で』ったかて。後でくれなんださかいというてですよ、これお上へ願《ねご》て出るというわけにまいりませんよ。そうでしょう。ですからもう今日《きょう》びはどなたさんに限らず現金で願て……」

番「何が『現金』や。どんならんなあ。十銭やってこませ。女子衆はいつ来るねん」

定「もうそこまで来てはりまんねで」

番「それを先言わなあけへんやないかい。どんなりゃせん。もう来《く》んねやろ。あの、上へ上がってるのはだれや、友吉《ともきっ》とんか？　ちょっと私の羽織出してんか。えっ、違う、違う、それと違うねん。まだ一遍も手《て》ェ通したないやつ。こないだ買《こ》うたやっちゃ、はあ。何ぞのときに着ようと思って。今日がその『何ぞのとき』やねん。はいはい、おおきにはばかりさん、そいからな、こないだ、あの何やで、え、夜店で鏡買うたちゅうてたのだれやったやな。久七《きゅうひっ》とんか。こっち貸しなはれ。こっち貸してちゅうねん。お前、世知《せち》弁《べん》※な奴《やつ》ちゃなお前、こんなもん。鏡てなもん、おまえ、十遍映したらもう映らんちゃ、そんなもんやあれへんやないか。何遍映したかて同じこっちゃ。バカやで、ほんまにもう、バカやで、ほんまにもう（扇を鏡にしてのぞきこむ）…ちょっと髭《ひげ》剃っときゃよかったな。もう仕方がない、間に合わんわい。そっちやっとけ。おいおいこれ、これ、これこれ。おまはんら何をしてんねん、おまえ。初めての女子衆が来るねやないか。おかしな顔した男、こんな顔して皆ずらずらっと並んでたらおまえ入りにくいが、引っ込め、引っ込め」

※　世知にたけ、ずるい。ケチ。

番頭、己《おのれ》が一人前《ひとり》へ出まして、何じゃその、来る女子衆と見合いでもするような了見になっておりますところへさしてね、やって参りました。最前《さいぜん》の女子衆さんでございます。初めてのこの家ちゅうのはなんとのう入りにくいもんでございますよ。初めてですから、恥ずかしいもんでございます。ちょっとこう……（左の袖口を口に当ててもじもじした様子）女の人がこうしてますと、なかなか色気あってよろしけどね、私がこうしてますとね、何や映画館で前のやつにプーッと一発やられた…。頭とお尻と七・三に振りましてね、「ぼうふらが水害に遭うたような格好で」なんて言いますけど、どんな格好やわかりませんけど。

番「あんたか、こっち、こっち、こっち入って。はいはいはい。まあまあそこへ腰かけとくれ。お座布団《ざぶ》持って。構やせんのや、当てて、当てて。ハハハハ、いや、あの何じゃでご苦労さんでした。いやいや何じゃで、ほんまは奥へ通ってもらわんならんねんけれどもね、こうして店の端《はし》で番頭が止めたりなんぞして、『おかしい具合やなあ』なんて思てかわからんけどね、家はお上といや、旦那《だん》さんと御寮人《ごりょん》さんの二人きりでね、一切は店をあずかるこの番頭の私が仕切ってますので、ちょっとお話しさせてもらわんならん、はぁ。後の喧嘩先にせぇちゅうことがあるね。

うちはまことにお給金が安い。半期でこれだけしかないねん。五円やがな、えー。

あんたみたいなきれいなお子や五円ぐらいでは白粉代《おしろい》にも足らんやろうけれども、さあ、この五円を何とか辛抱してもらうというと、これが、十円になるや、結句《けっく》二十円につくやわからんちゅうて。『ははあ、もらいか落ちこぼれでもあんのいかいな』なんて思てかわからんけど、そういうものは一切《いっせつ》ない。ねぇ、ただ、こうして、家は古着屋やさかいね、ほーらもう店にあるもんが、若い女子衆さんの欲しいもんばーっかり、ちょっとこれ見てみなはれ。(手拭を広げて反物に見立てて)やーええ柄やなあ。茶色いとこへこうして白がずーっと入ってやで、赤いのがちょっと入ってあるやないかいな。何とも言えんで、あんたら着たらよう似合うねで。うん。

札付いたある。『メチヤ』と書いてある『メチヤ』と。なんぼのこっちゃわかるか？　わかりまへんか。わからいで当たり前、これはうちの符牒や。三円七十五銭。これ、あんたね、よそで買おうと思うたらね、十円より下じゃどんなことがあっても手に入る品物やないで。こういうものが半値以下で手に入ります。『それにしても半期五円やそこらで、そんな高いものが』なあんて思うやろけれども、それがまた買えんねん。不思議なもんやな。

ちょっと話して聞かせるけどな、この間もそう、丹波の園部《そのべ》から、おもよどんちゅう女子衆が来てたんやで。来る時はこんな小さな風呂敷包み一つ持って来ただけやけれども、帰るときには柳行李に一杯やでぇ。身の回りのもんをすーっくりそろえて去《い》んだんで、その後、何の嫁入りの道具、何の仕度もなしにそのままシューッと嫁入りがでけたというのが、そう、用事さえ済んだらこうしてお店へ出てきて、『なーんぞええもんはないかなあ』と思てこう探してるねん。『おもよどん、この帯がえらい気に入っているようやないか。あんたやったら五円にしといたげるで、持っていきなはれ』て勧めんねん。『まあ最前から欲しいなと思って見とりましたんでございますけれども、今五円というような大きなお金の持ち合わせがございませんねん』。かわいらしこと言うねんで。『今払わいでもええ。少しずつできたときに、入れ掛けしていたらそいでええ。そうしなはれ』言うて、自分の部屋へ持って帰っとくやろ。しばらくすると、『あのこの間、ご本家へお使いにまいりましたときに、ちょっとお小遣いをいただきましたの。これ、この間の内入れに、ちょっと五十銭だけ』言うて、内入れ、内入れ。五円のうち五十銭の内入れや。これいかんねん、ほんまのところは。嘘でも四分《しぶ》が一、三分《さんぶ》が一、入れてもらわないかんねけど、五円のうち五十銭の内入れ、ほんまはいかんねけれども、『よし、よし』ってなもんやな。帳面の端へ『五十銭入り』と、こう書いとくでしょう。しばらくするとまた三十銭、二十銭、十銭、五銭、三銭、二銭、一銭、七、八遍も入ったころに、もう帳面のほうは筆の先や…ドガチャガドガチャガ、ドガチャガドガチャガ…ドガチャガドガチャガドガチャガ。あの勘定はどうなっちゃったのかな、ドガチャガドガチャガ、もう済んじゃったのかな、ドガチャガドガチャガ。ここんとこよう聞いときなはれ。肝心なとこだっせぇ。

そうそう、一遍もこんなことあったで。国許からおもよどんのとこへさして手紙が来た。十円の無心。どうしても十円いるちゅうねん。親が大病で入院させんならん。『まあ、国許のもんもどない思てるのか知らんけど、女中奉公してるもんに十円てな大金がでけるもんかでけんもんかな』えらい怒ってんねん。『まあまあ、そう言うてやりな。よくせきなりゃこそ言うてきたんやないか。何とかしてやったらどやね』『してやりとうございますけれども、今十円というようなまとまったお金……』とこう言うねん、えー、『まあ私が貸してあげるわけにはいかんけれども、お店にはお店のお金がある。融通しといたげよう』『お貸しいただきましても、お返し申す当てがございません』て。『この間と同じこっちゃがな、一遍に返さいでもええねがな。できたときに、あるときに少ゥしずつこう入れ掛けにしていたらそいでええ、そうしなはれ』なぁーんて早速送った。折り返し嬉しそうな返事が来てな。『おかげさんで生まれて初めて親孝行の真似事をさせていただきました。つきましてはこれこの間、い

※　よほど。

帳面のほうは筆の先や…ドガチャガドガチャガ、ドガチャガドガチャガ……。

らんものを二、三売りましたのと、お小遣いを少々ためてましたのが、七十五銭。これ、ちょっとこの間の内入れに、よろしゅうおたの申します』

十円のうち七十五銭の内入れ。いかんねんで、嘘でも四分が一、三分が一入れてもらわないかんね。いかんねんけれども、『よし、よし』っちゃなもんやね。帳面の端へ、えっ、七十五銭入りと書いときますでしょう。しばらくするとまた五十銭、三十銭、二十銭、五銭、三銭、一銭、七、八遍も入ったころに帳面のほうは筆の先で……ドガチャガドガチャガ…。あれはどうなっちゃったのかなあー、もう済んじゃったのかなあー。

ここよう聞いときなはれ、一番肝心なとこだっせ。えっ、ここらにゴロゴロゴロゴロしてるけれどもね、こら皆案山子《かかし》同様です。ズボーッと立ってるだけ。まあ言うたら上から物を食うて下から出す、まあ人間の製糞機みたいなやつばっかり。こういうその気の利いた計らいは番頭の私じゃあないと、(腹をポンとたたき)ブホッ、うん、でけませんのでね、うん、いや、ハハァ。ここでまあ一つ言うとかんならんのは、私《あたくし》、何やで、え、来年は暖簾分けしてもろうて別家《べつけ》さしてもらう体《からだ》になったあんねん。ちょっとお話しときますけどね、参考のためにね。うん、まあまあ一軒の主《あるじ》ということになれば、さしずめ要《い》んのが女房。で、まあまあ私も内々《ないない》、ええ女のお子はおらんかいな、なんてまあ探してはいるのじゃが、うーん。私にひとつその悪い、そのまあ病気というか癖というか、まあまあそれがあるというのは、そのねえ、夜中によう寝ぼける、なあんてことがね、あるらしいで。おしっこ行った帰りなんかにね、あの、人のお布団の中へヒョコヒョコと入っていくてなことがまあ、チョイチョイあるらしいが、ああ、うーん。

まあまあ、こんなこと滅多にないねやろうけれどもね、何かの間違いであんたのお布団の中へヒョコヒョコと入っていったようなときにな、『キャー』とか『スー』とか、『番頭さん』なあんて言われるとまことに困る。んんんー、ふぅー。来年の別家も川口で船割るてなことになってもいかんのでねぇ、そこはそう、さっきも言うたその、十円と帯の一件もあるこっちゃし、そっちはそっちでドガチャガドガチャガドガチャガなんてしといてくれたら、魚心あらば水心、水心あらば魚心てなことを言うやないかいなー、ぼてちん」

○「何を言うてなはんねん。何でんねんあんた」

番「私はね、女子衆に給金の決めをしてます。番頭というものはなかなかつらい仕事ですよ」

○「いやいや、あのね、女子衆に給金の決め言うてはりますけど、女子衆はもうとうに奥へ入りはりましたけどね」
番「これ、だれ、これ。だれ？」
○「それね、杢兵衛《もくべえ》どんが風呂敷かぶって俯《うつむ》いてはるんですけど」
番「何をすんねん、杢兵衛」
杢「ハハハハ、番頭さん、まあいろいろとあるんですね。すべて聞かせていただきました。私、今んところ帯はよろしいけどね、でけましたらその十円というやつをドガチャガドガチャガとお願いします。ま、お好きでしたら毎晩でもお越しぃ」
番「だれが行くかいもう、バカにすない」
大騒ぎでございますが、奥では御寮人さんが、
寮「定吉、定吉はおりませんのか。定吉」
△「ほーら御寮人さん怒ってはんでえ。あんじょう言うとかなあかんでえ」
定「へーイ。御寮人さん、ご用でございますか」
寮「ご用でございますかやないやないかな。あてがいつも言うてるやろ。うちは若い男の人ぎょうさんいてはるねさかいに、なるべく不細工なお子を連れといでと言うてんのに、何でこんなきれいなお子連れてきてやったんや」
※　もうちょっとのところでとりやめになる。中止になる。

定「わっ」
寮「何が『わっ』やねん」
定「わあー、あ、違いまんねん。あの御寮人さん、私も向こう行《い》てね、言うたんです。『なるたけ不細工な、不細工な不細工な女子衆さん、べちゃっとした女子衆さんお願いします』言うたんですけどね、口入屋の番頭さん言うてはりましたよ。『今年は何や知らんけどね、梅雨に降って土用に照りましたんでね、どことも女子衆の出来がええ』言うてはりました」
寮「お米やがな、ほんまにもう。そっち行ってなはれ。そっち行てなはれ。気ぃ悪うしてもろたら困ります。いーえー、うちはな、若い男の人がぎょうさんいてはるよってになあ、ちょっときれいなお子が見えてやったら、もうお店がごちゃごちゃごちゃ揉めてしゃあないねやわ。あんたせっかく来てもろた。いててはもらいますねけれどもな、うちは下《しも》の女子衆が欲しかったんやけど、あんたみたいなきれいなお子、もったいないやないかいな、な。上《かみ》の方を務めてもらおかいなと、今こう思うてますねけども。上ということになったらちょっとこのなあ、あの、お針が持てんならんねけど、あんた、お針のほうはでけんのか」
女「まあ御寮人さん、あのお針のことを申されますというと、穴があったら入りたいように存じますんどす。亡くなりました母にほんの手ほどきを受けただけでございますので、ただもう単衣《ひとえ》もんが一通り、袷《あわせ》が一通り、綿入れ一通り、羽織に袴《はかま》、襦袢《じゅばん》、十徳《じっとく》、被布コート、トンビにマント、手甲、脚絆、甲掛け、そのほか針の掛かるもんでございましたら、綱《つな》ぬき※から雪駄の裏皮、畳の表替え、こうもり傘の修繕…」

寮「あんた、今何言うてやったん。こうもり傘の修繕までやってやの。器用なお子やないか。それからなあ、これはなけりゃならんというのやないねんけれども、あれば重畳《ちょう》と思うて尋《たん》ねんの、うちの旦《だん》那さん、まことに派手好きなお方。ご酒召し上がったときなんかな、『ちょっと三味線弾きんか』てなことおっしゃるのん。わて、お稽古さしてもろたんやけど、不細工な女子《おなご》でな、あんたお三味線のほうはどうえ？」

女「まあ御寮人さん、お三味線のことを申されますと消え入りたいように存じますんどす。これも亡くなりました母にほんの手ほどきを受けただけでございますので、ただもう、地唄が百五、六十と、江戸唄が二百ほど上がりましただけでございます。それにまあ義太夫が三十段ばかり。常磐津《ときわづ》、清元、荻江、薗八《そのはち》、一中節、新内、よしこの、騒ぎ唄、大津絵、都々逸、とっちりとん、祭文、チョンガレ、阿呆陀羅経」

寮「あ、あほ…、阿呆陀羅経までやってやの」

※　雪ぐつの一種。

女「それからもしお子たちが夜習いでもあそばすようでございましたら、率爾《そつじ》ながらお手本ぐらいは書かせていただきます。書はお家流、仮名は菊川流でございます。盆画盆石、香も少々はきき分けますで。お点前《てまえ》は裏千家、花は池坊、お作法は小笠原流、謡曲は観世流、剣術は一刀流、柔術は渋川流、槍は宝蔵院流、馬は大坪流、軍学は山鹿流、忍術は甲賀流。そのほか鉄砲の撃ち方、大砲の据え方、地雷の伏せ方、狼煙《のろし》のあげ方……」

定「ふぁー、番頭はん、ご注進」

番「大きな声出すな。どうしてん」

定「えらい女子衆さん連れてきました。何や知らんけどね地雷火伏せて狼煙あげる言うてはりますれす。番頭さん、手水場《ちょうずば》※行きは鎧兜で行きなされ」

番「もう、何、あほなこと言うない、もっとあんじょう聞いてこい」

寮「まあまあ、そんなお子にいてても、もうたらあても安心やわ。で、あんた生まれはどちら」

女「京でございます」

寮「京はどちら」

女「寺町の万寿寺《まんじゅうじ》で」

寮「賑やかなとこやないかいな。はあはあ、で、ご両親は今でもそこにいててやのか」

女「私まことにかたの悪い※※ものでございまして、両親には幼い時分に死に別れましたんどす。心斎橋の八幡筋《はちまんすじ》に伯父が一人おります。伯父《おっ》さんの世話になってましたようなわけで。伯父さんはほんええ人で、仏はんみたいな人でおますけど、伯母はんのほうが根が他人。口では大きなこと言いはりますねけれども、至ってお腹の小さいお人。何かと目で斬って見せ※※※られますのが辛さに、かようにご奉公させていただきます」

寮「まあまあ、気の毒なお子やないか」

女「さようなわけでございますので、もしお世話になれるようでございましたら、目見《めみ》えの晩から泊めていただきますと縁があるとかないとか申しますが、今晩からご厄介になりとうございます」

定「番頭さん、ご注進」

番「どした？」

定「あの人ね、京都の人らしゅうございますよ」

番「やっぱりそうでしょ。やっぱりそうでしょ。で、私言うてんねん。え、私、京やちゅうのに久七とん、紀州や和歌山言うて聞かんねん。久七とん。やっぱり京やと、うん、京都。ね、和歌山の女は陽気でええけどね、京の女やないと肌がああいかんわい、

※ 便所。※※ 運。※※※ 冷たい攻撃的な視線を送る。

やっぱり京や。京はどこや」
定「寺屋の饅頭屋や言うてはりましたですね」
番「えっ？」
定「寺屋の饅頭屋や言うてはりましたですよ」
番「や、だれが商売聞いてんねん。所やがな、第一お前、寺屋の饅頭屋てけったいな商売どこにあんねん」
定「いや、所ですよ」
番「所が寺屋の饅頭屋、寺？　寺屋の饅頭…あっ、寺町の万寿寺」
定「あっそう寺町の万寿寺ですね。で、おっさん心配なしに鉢巻きしてはるらしいんですね」
番「そのおっさん、どんなおっさんや？　何で心配なしに鉢巻きせんならんねん」
定「いや、そんなとこに住んではるんですけどね。大阪ですよ」
番「大阪で心…配なしに、鉢…、心斎橋の八幡筋か」
定「あ、そやそやそや。おっさん仏はんで、おばはん化けもんや言うてはりましたよ。何やしらん口の大きい、大きい、お腹のちっちゃい、ちっちゃい人でね、目で顔斬って痛い、痛い、痛い……」

番「お前、何を聞いてきたんや」
定「そやから、とにかく今晩から泊まらはりますのです」
番「それをお前《ま》はんら、ものがわかってないちゅう…。何で今晩から…。あのね、こういうところはね、なんぼ気に入っても今日は目見え、一遍帰ってまたあら…、ええ、……ああ、うん、そうやけども、ちょっと事情があって、今晩から……二階へ……。おい、聞きなさい。今日はもうお仕事おしまい。早いこと店閉めて表、掃除しょ、はいっ、しまい」
定「まだ大分早《はよ》うございます」
番「はー、かまへん、かまへん。今日はかまへん。今日はめでたい。女子衆が目見えめでたいど。もう今日はお仕事おしまい。おしまーい、おしまいー」
陣頭指揮取ってはります。「おしまーい」。
定「まあ何にしても結構。（扇をほうきに見立てて使いながら）え、しかしながら、ねぇ、ついぞあれ、早じまいさす番頭ですか。何じゃかんじゃ、『夜なべ、夜なべ』って人使わな損みたいに言うてるやつが。己に思惑があるもんやさかい、まあ、何にしても早じまいは結構です、うん（扇をひしゃくに見立て表に水をまきながら）…お向いの常吉とん、今日うち早じまいや。何でや知ってるか？　あのね、今日うち別嬪の女子衆さん来たんや。番頭はん喜んで『早いこと寝よう、し、仕事しまいや、早いこと寝よう、寝よう』言うとんねん。今晩うち来てごらん。夜中ゴチャゴチャ、ゴチャゴチャとおもしろい。五銭くれたら見したるよ」

番「何を言うとんねん」

定「しまいました」

番「掃除が済んだら大戸を閉めよう」

定「何でございますか」

番「大戸を閉めなはれ。大戸、大戸、大戸を閉めなはれ」

定「大戸ですか。大戸を閉めるんですか。まだ明《あこ》うございますよ」

番「かまへん。閉めたら暗《くろ》うなる」

定「あだ、だ、あだ、あらー、そら、内《うち》ら暗《くろ》なりますけど、表、明うございますよ」

番「今晩はええ月夜やなって皆でまあ、言え」

定「あ、そう、そうでっか」

ガラガラガラ、ガラガラガラ、ガラガラガラ…。（下手から上手へ膝で歩きながら戸を閉めるしぐさ）

番「静かに閉めえ」

定「閉めました」
番「閉めたら神さんにお灯《あか》し、あげよ」
定「あっ、そうですか、はいはい、いますぐ。ねぇ、次々と用事があるだけおもしろい。（神棚に向かって）あんさんも今日は早うからお灯し上げてもらいなはって結構でございます。たまにはこんなこともなかったらいけまへん。へい、上げました」
番「上げたら、しめして回れ」
定「え？」
番「消して回れ、消せ。もう、すぐに消せ」
定「今上げたとこですよ」
番「かまへん。それは上げるということに意味がある。上げたらそれでよろしい。しめせ」
定「（神棚に向かって）すんません。んな、あない言うてはりますから消さしてもらいます。あなたの幸せも束の間の幸せとなり…」
番「やかましい」
定「へい、消しました」
番「消したら布団敷いて寝ようぞ」

定「まだご飯食べてぇしまへん。ご飯、ご飯、ご飯……」
番「やかましい、お前は。…もう、…何で飯食うねん！」
定「そりゃ食いますよ」
番「さあ食え、早《は》よ食え、さあ食え、早よ食え、さあ食え、早よ食え……」
定「やかましな、食べてられやしまへん」
番「早いこともう片づけ。掃いて拭いて寝間ひいて早よ寝えもう」
定「やかましな…」
番「ハー寝間ひけ、寝間ひけ、寝間ひけ…。ハー寝ぇ寝ぇ寝ぇ……、さあ寝ぇ、早よ寝ぇ、さあ寝ぇ、早よ寝ぇ……」
定「あんた、やかまして寝られしまへん、それでは」
番「わしが寝えへんかったら寝よらんな」
なあんて、番頭も泣きながら隣の部屋へ、お布団敷いてとりあえず寝てしまいました。世間がしーんと静まります。
杢「グーッ、ガーッ、ガーッ。（布団から目を出してあたりを見まわし、隣に寝ている久七に）久七とん。ガーッ…。久七とん…。グーッ。（寝ているのを確かめてにんまり笑い）…それではちょっとおしっこに（と布団を出かかると）」

久「何ですか？」

杢「何じゃ！　お前起きてんのかいな、おまえ」

久「…番頭、何じゃ『やかまし、やかまし』て、己が先寝てしまいよりましたな」

杢「ほんまだんな。しかし、今日来たあの女子衆、別嬪だんな」

久「別嬪だんな。あんたね、あのね横町《よこまち》の葛籠《ぼて》屋の女子衆と今日来たあの女子衆とどっちが別嬪やと思いなはる」

杢「何を言うてなはんねん。葛籠屋の女子衆がどうしました。あほらしもないあんなものあなた、女子衆だてら紅《べに》や白粉ベタベタベタベタ塗って、あーた。パタパタパタパタ、あんたあんな粉《こ》ォのふいたんよろしいんか。え、あんた大福餅抱いて寝なはれ」

久「あほなこといいなはんな…」

杢「どうしました」

久「今日ね、日が暮れにおもしろいことがおましてん」

杢「どうしました」

久「いや、わたいあのね、へェ、三番蔵《さんばんぐら》へ行こうと思うて、漬物納屋の表通ったら、ほいたら、中でゴソゴソゴソゴソ音してまんねん。何やなと思って見たらね、今日来たあの女子衆がね、こう漬物の重石《おもし》持ってウロウロしてまんねん。『何してなはる』言うたら、『あかんもんどすえな、女子というものは。漬物の重石が重とうて持ち上がらへんのどすえ』言うさかい、『退《の》きなはれ。わたい、持ったげまっさ』って、『よい』と持ったったらえらい喜びよって、『おおきにはばかりさんどす。おおきにはばかりさんで』京の女ちゅうのは色気ありまっせ。ものの言いように。『おっ、きにはばかりさんどす』って、言葉ぐっと押さえつけてもの言いまっしゃろ。『おっ、きにはばかりさんどす』って。私も、『いンえッ滅相もない』『率爾《そつじ》ながらお名前は』と聞くさかい、『久七《きゅうしち》と申します』『まあ久七さんとお聞きしたらお懐かしゅうございます』『ははあーん、あんさんには久七さんという愛しいお方がおいでになる』『違いますの、私こう見えましても所帯破りでございますの。夫に死に別れましてかようにご奉公させていただきますけれども、その夫の名を久七と申しましたので、思わずお懐かしいと言うたわけで。お気に障らはったやったらどうぞ堪忍しとくれ』『何をおっしゃる、あほらしもない、わたいも久七、同じ名前だんな。これをご縁によろしゅうおたの申します』言うて、そう、わたい表へ出ようとする。女子衆はそこにいますわね。ほいでこう、すれ違いしなに、私のお尻《しり》と女子衆のあのおいど※がボーンと当たった。柔かいおいどだっせ。こっちぎゅっと見よって、『まあ、わてのおいどがいかにいっか※※いとて、何もお突きやへぇでもええやおまへんか』て、また突き返してきまんねや。柔かいおいどでボーン。『何も突いてしまへんがな』と『お突きやしたが』『突いてしまへんがな』『お突きやしたが……』(尻で杢兵衛を突き出す)」
杢「(布団の外へ突き出されて) これこれこれこれ何をすんねん、何をすんねんこれ」
番「隣やかまして寝てられんぞ」
久「うわー番頭、目覚ましよった。おやすみ」
杢「おやすみ」
番「おやすみ」
宵のうちはワアワアワアワア言うておりましたが、そのうちに次第に夜が更けてまいります。皆がグーッと寝入ってしまいました。一番初めに目を覚ましましたのが二番番頭の杢兵衛。
杢「あーあーあああー、(下座 鐘の音) ひとしきり寝たなあ。ハッ、番頭もう上で寝てこましとんねん。早いこと一番番頭にならないかんわい…。番頭、寝とるがな。寝忘れとんね。こらええなあ。よしっ、この間に抜け駆けの一番槍を」
と、そーっとお布団抜け出しますというと、台所と取り合いの障子をばスーッ。(下座「とっつるがん」) 暗闇ん中…。(手さぐりで歩く) 二階へ上がる梯子段…。

※　お尻。※※　京都弁で「大きい」という意。

杢「痛っ。(額を押さえ、同時に下座を止める) ゴロゴロの戸※が閉まったあんねん。御寮人さんや。今晩あたり来そうやちゅうので、ゴロゴロの戸閉めてんねん、錠下ろしてんねん、どんならん。若いもん同士好きなことさしときゃええがな。あんたはええわいな。もう歳いってんのやさかい。今さらお布団の中へ帰られへんが。どっかから二階…。そうや台所へ回って膳棚《ぜんだな》足掛かりで薪山《きやま》から上がったらチャリ※※みたいなもんや」

なんてね昔の船場辺の商家にはね、あのいわゆる奉公人の箱膳でございますな。あれをこう仕舞《しも》うておく棚がございまして、膳棚でございますな。薪山と申しまして、タキギヤマと書きますから大体は薪をしもうておくためのもんやったんでしょう。物置がございまして、これが二階と下とがこう行《い》け行《い》けになってまして、錠が下りておりませんので、こっから忍び込もうというわけで。足掛かりにしようというので膳棚へさして手でがっと重みかけたんですけど、拍子《ひょうし》の悪い、この膳棚というものは腕木でもってこう支えられているわけですが、長年の使用に耐えかねてでございますね、腕木がちょっと腐っていたのでございます。弱りが来ていたんでございますね。そこへぐっと力を入れたもんですからね、膳棚が肩の上へガラガラッと落ってきた。

杢「(右肩に担げて) これ何したの、これ？ つまり膳棚担《かた》げたの？ 何をすんのよ。おっ、向こうの腕木ひっついたあんねんねぇ。ということは、下ろすわけにもいかんの、これ。こっちだけが取れたの。えええーっ！　明日の朝までこんなん嫌やで」膳棚担げてしもて。二番目に目を覚ましたのが一番番頭。「おっと寝忘れた。人に先を越されては」と、やっぱり頭ゴツーン。「こっからいかいでもええわい。台所へ回って膳棚足掛かりに薪山から」。同じ勘定つけたんです。今度は片方が取れてますから、手を掛けるか掛けんうちにガタガタッ。

番「（左肩に担げ）何したの、これ？　膳棚担げたん？　何やいこれは。えらいグラグラするやないかい」

杢「そこへお越しになりましたのは番頭さんのようでございますけど、ご番頭と違いますか」

番「そういう声は杢兵衛どんかい、おい。これ二人で担げてんのかい、膳棚を。一番番頭と二番番頭と。バカなことすんねやないがな、これ。おっと、揺《ゆ》ったらいかん。コトッと何やこけた。醤油差しと違うか、醤油差しと。そんなもんが倒れたら騒動……醤油が流れてきた。背中へ入ったあ。やいとの皮が剝けたんねやがな。ふーん、しみる、しみる」

※　二階へ通じる引き戸。※※　手もないの意。

そういう声は杢兵衛どんかい、おい。これ二人で担げてんのかい。

膳棚担げて泣きだした。三番目に目を覚ましましたのが三番番頭。こいつもやっぱり頭コーン、「こっから行かいでもええわい。台所へ回って…」。こいつはまたね、井戸側の上へ乗ってね、そいで天窓の紐にぶら下がって、ブーンと弾みつけて駆け上がろうと、ターザンみたいなことを考えたんです。考えは一番良かったんですけれども、女子衆が今日来たところでございますから勝手がわからん。天窓閉め忘れてあったんです。あれ、閉まってますとご承知のように、ぐっとこたえますけど、開いてますとその分だけガラガラーッと伸びる勘定になるんで。ちょっと引いてみりゃよかったんですけど、いきなりワーッと乗ったもんですから、そのまま井戸ん中へズーッ。

番「だれや井戸ん中へはまりよったでぇ」

久「(頭の上で紐を摑む。下座　鐘の音)そこでお声がいたしますのは番頭さんと杢兵衛さんのようでございますけれど、ちょっと上げてもらえまへんか」

杢「それがなかなか上げてやれんぞ。こっちゃ二人で膳棚担げているぞ」

久「膳棚、まだ命に別状おまへんけど、わたい井戸へはまったらよう泳がんねん」

番「大きな声出したらいかん。あかん、明かりがチラチラ見えてきた。御寮人さん来はった。えらいこっちゃ。放《ほ》り出して逃げまひょか」

久「逃げたらいかーん。逃げたらいかーん。あんたら逃げられるけど、わたい逃げられしまへんねで」
番「あかん。そこまで来はった。逃げられへん。このまま寝よ。このままいびきかこう。(担げたまま寝たふり)グーッ」
杢「(同じく)ガーッ」
久「(頭の上に紐をつかんだまま寝たふり)グーッ」
寮「(手燭をかざすしぐさ)天窓の紐が井戸の中に入ってるやないか。(井戸の中をのぞきこんで)怖《こわ》っ! そこにいてんのだれ? まあ久七やないかいな。どうせお行儀の悪いこと考えてなはったんやろ。まあまあ、ええざまやこと。これに懲りないけまへんで。えらいこっちゃないかいな。けど、はまったらえらいこっちゃ、大事やないかいな。ちょっと今お店のお方呼んであげるよってにな、ちょっとあのお店のお方、番頭さん(と、手燭のあかりであたりを見ると)……まあまあ、まあまあ、お店総出やないかいな。番頭はんに杢兵衛どん、膳棚担げていびきかいて何をしてなはんの」
杢「宿替えの夢を見ております」

解題

夜ばいという艶っぽい行為が題材になっていますが、「艶笑譚」というほどの際どさは感じられません。夜ばいを題材にしてはいるものの、全体的にはからっとしたドタバタ噺に仕上がっています。

東京落語ではサゲの趣向を聞かせるだけの短い噺になっていますが、上方落語では女子衆の「立て弁」という一人しゃべりが入っており、それがもっともらしさを出しています。

また、寝床での杢兵衛さんと久助さんの会話も、昔の住み込みの奉公人の心の動きが伝わってきます。こんな本筋とは関係のないような部分も、雰囲気を出すためには重要なのです。

そして、後半になりますと、枝雀落語らしい華麗なアクションが続出します。番頭に言いつけられた定吉さんが大戸を閉めるところも、口で「ガラガラガラガラ」と言いながら、戸に手をかけた形で下手から上手へ数メートル、膝でツツツツーッと歩いていました。この演出は『八五郎坊主』でも使っておられましたが、このおかげで枝雀さんは膝を悪くしておられました。これもいわゆる職業病でしょう。この場面を演じたあと、元の位置に戻りながら、

「ぼちぼち、芸風を変えなあかんと思うてるんでございます」なんて誰に言うでもなくぼやいておられました。現在は二番弟子の桂雀三郎さんが忠実に「芸風」を伝えておられます。

また、店の者を一刻も早く寝させて女子衆のところへ……という下心を持っている一番番頭が、ようやくみんなを布団に入れ、その枕元で「さあ寝ぇ、早よ寝ぇ」とやかましく言うので、寝ている丁稚が、

「あんたがやかまして寝られしまへん!」

と抗議をする姿を、枝雀さんはクルッと仰向けになって後頭部を見台にのせて表現します。つまり、見台を枕に見立てるという離れ業を見せてくれているわけで、他の演者では技術的にも体力的にも不可能な演出だと思います。

「夜ばい」の場面になりますと、「とっつるがん」というコミカルな曲にのって、忍んで行く動きを見せてくれます。そして、台所で落ちて来た膳棚を肩の上にかついでしまった杢兵衛さんと一番番頭のやりとり。さらには、天窓の紐にぶらさがった久七さんが井戸の中にはまってしまうという大ドタバタシーンが続きます。そこらのアクションシーンについては、ぜひ映像でお楽しみください。「膳棚」とか「薪山《きやま》」とか、今ではわかりにくくなった言葉も出て参りますが、深い意味はわからなくても、だいたいの雰囲気さえわかれば御理解いただけるのが落語の強みかもしれません。

不《ふ》動《どう》坊《ぼう》

縁というものは妙なもんでございます。いろんな縁はあるのでございますが、ま、一番不思議なんが、この夫婦《みょうと》の縁でございましょうね。出雲の神様《かみさん》があれをお結びになるというのでございますね。ですから、良縁に恵まれんとして、出雲のほうへお詣りなさる方が、たくさんにあるのでございますな。どのように縁を結んでおられるのでございましょう。やっぱり作業所があるんでございましょうね。出雲の神様が何人か寄られまして、「ボチボチ仕事にかかりましょうか」てなこと言うてね。おそらく、こう紐《ひも》が出てんじゃないかと思うんです、両側からね。この男側と女側からね。「そちら何か手頃なんありませんか？　ありませんか？　えっ、二十六歳、兵庫県、男子。ああ結構です。背が高くて、フウ、少し、えっ、鼻が大きい。ああ、そう、そんな。ちょっと待ってください。こっちね、えー、二十三の女です。はい。徳島県。背は少し低いが、なかなか、かわいい顔。これいきましょうか」「いってみましょうか」「じゃあ、これとこれとを結んでおきましょう」ちゃなこと言うて、まあ、結ばれるわけでございましょう、おそらくはね、フンフン。「そちら何かありませんか」「こっちね。ええ、えー三十六の女です。

再婚ですけれども、あの、器量そこそこ、学歴、え、頭脳、あ、そこそこ、え、えー行儀そこそこです。そちら何かありませんか。えっ、四十五の男、初婚。はあはあ背が高く、うんっ？　何、あの、頭そこそこ、フン、行儀そこそこ、ウン、あの、容姿そこそこ。あ、じゃあ、これとこれと、やってみましょうか」ちゃなことというて、またこう結ばれるというようなことじゃないか、と思うのでございますね。「こちら九十八の女ですけど、そちら何かありませんか。えっ、百二十五の男。あっそう。それとこれとを結びましょう」なんて、次々と結ばれていきますね。何時間作業が行われるのかわかりませんが、なんぼ神様だとて、これ六時間も七時間も続きますと、段々これね、退屈してきますすよ。もうほぼ完了しまして、「アーアーアーアー。まだありますか。うん、そう。そっち何本残ってます、え？　こっち二本残ってんですけど、え？　そっち三本、そう。女が二本と男三本、じゃこれ一つにしときましょう」なんてね、わけのわからん縁が、結ばれたりなんかするのでございますが、本当に夫婦の縁というものは不思議なもんでございます。

家「利吉《りきつ》つぁん、居てなはるか」

利「お家主《いえぬし》さんですかいな。どうぞこっちィ入っとくんなはれ。そこ早いこと閉めてもらわんと、風がビャーと入ってきますので。いつまでも寒いこったんな」
家「さいな。なぁ、ちょっとも早《はよ》う暖かなってもらわな、どもならんねがな。まあまあもうしばらくの辛抱じゃと思うで」
利「いや、ほんまにな、一日も早うにな」
家「さあさあ、そう思てんのじゃが」
利「何でんねん、今日は」
家「いや、他のことでもないがな、今日寄してもうたんは他のこっちゃない。どうじゃな利吉つぁん、ぼちぼちお前さん、嫁さんをもらうような気はないかいな、とこう思てな」
利「何です、嫁はんをば。ワァー、急な話だんな。ええ、ちょいちょい、よそからも言われまんねん、『おい、ぼちぼち、どや』ちゃなこと。もうこの年でっさかい、『おい、そこそこの年だっさかいな、言われまんねけど、死んだ親父が言うてました、『おい、嫁はんとお仏壇だけは、持ち急ぎしなや。気に入らんさかいてそうちょいちょい取り替えるわけにいかんで』言うてね。そらそうです。嫁はんかて、お仏壇かて、月に一ぺん、ちゅうわけにいきまへんのでね。また私《わて》、女ちゅうのは、ここだけの話、女の人には悪いけれども、あんまり好かんのです。ええかげんなもんだ。しゃべりだ。いらんこと言いだ、あんた。こっちの話こっち持って来《き》い、こっちの悪口向こうへ持って行きでっせ。しょうもない嫁はんもろたがために、あーた、今までうまいことといってた親戚づきあいとか友達づきあいが、めちゃめちゃにしられてしまう、ちゃなことになる。ようこれ、あっちこっちで聞く話でね」

家「さあさあ、そんなこと、ないことはないけれども。私が世話をしようという、そんなええかげんなお人と違う。いたって物言わず」

利「物言わず、結構です」

家「お前さんもよう知ってるこの長屋の女子《おなご》はんやで」

利「待っとくんなはれ、もうし。えー、この長屋の女子で物…。あほなこと言いな、たいてい皆ええかげんなしゃべりが多い…。あっ、この長屋の女子で物言わずちゅうたら、奥の端の糊屋のお婆《ば》ん。あら殺生や、今年八十九でっせ、あんた」

家「誰が八十九のお婆さん世話をしようちゅうねん。私が世話をしようというのは、奥から三軒目、不動坊火焔の女房のお滝さんや。どうや、気に入ったかえ」

利「あんた起きてなはるか、あんた。寝言は寝てから言いなはれ。何言いなはった今。不動坊火焔の女房のお滝さん。よその女房世話してどうしまんねん。あんた、はっきり起きなはれや、あんた」

家「そこじゃい、ええ。人間というものは、利吉つぁん、わからんもんやなあ」

利「何でんねん」

家「不動坊の先生、こないだうちから九州のほうへさして巡業に行ってたんや。幸い九州の方は何とかうまいことといたんやが、帰りにもう一儲けしようというので、馬関※から中国筋、細《こま》こう打って帰ってきた。ところがまあ悲しいことに、これが散々の不入りや。広島の宿へ着いた時には、もうにっちもさっちもいかんようになったとこへさして、弱り目に祟り目ちゅやっちゃ。チブス患ろうて、ゴロッと死んでしもたんや」

利「えっ、不動坊の先生死にました？」

家「さあ、大きな声出しなはんな。まあまあ、こんな病気で死んだナニ、放っとくというわけにいかず。むこうのほうでお葬式出してしもうて、お滝さんのとこへさして手紙が来た。『医者代、宿代、葬式代、何じゃかんじゃで、三十五円というお金を持って、引き換えにお骨《こつ》を取りに来てもらいたい』。お滝さんうちへ来たがな。こうこうこうこういうわけ、他のこっちゃない、放っとかれへんがな。さっそく三十五円という金を貸してやると、それを持って広島へ行て、引き換えにそのお骨を受け取って帰ってきた。とまあ、こらこいで済※※んだんやが、さて。ここにお滝さんという後家はんがでけて、うちへ三十五円というまあ借金が残った勘定や」

利「そうです」
家「お滝さんの言うのには、『腐っても芸人でございます。今ある道具や着物を売り払うたかて三十や四十の金はすぐにでけます』。けれどもやで、それうちィ返してしもうたら明日《あす》にち裸で暮らさんならん勘定になるやないかいな。『自分の口から言うのも何でございますけれども、私もまだ老い朽ちた身というのやなし、その三十五円というお金を、ま、結納がわりに出してくれはる人があったら、それ相応のところへ、縁付きたい』とこう言う。まあ言や、わからん話でもない。結構な話やないかいな、あれだけの女やさかいな。まあ誰彼というよりも、気心のわかった者《もん》のほうがええかいな、と思って利吉つぁん、お前《ま》はんのとこへ言いに来たんやが、どや、相手お滝さんや、嫁にもらう気ないかい」
利「おおきありがとう。お座布団《ざぶ》当てとくんなはれ。お座布団どうぞ。うっかりしてました。二枚でも三枚でも当てとくなはれ。よう持って来とくなはった。よそへ言いなはんな。結構です、お滝さん。前々から私、『結構な人やな、あんな人とほんまに、うそでも所帯が持てたらな』と思てました。あたりまえだっしゃないかい。掃き溜めに鶴て、あの人のこってっせ。こんな長屋にねえ。あらあ別嬪《べっぴん》さんやわ、頭賢いわ、

※　下関の旧称。※※　これはこれで。

ちょっと人と応対さしてもそつはないわ、お滝さんお滝さんお滝さんお滝さん。お滝さんと所帯が持てまんのかい。あのねあのねあのね、お滝さんなら私ね、三十五円が四十《しじゅう》円でも出しまっせ」

家「えっ」

利「三十五円が四十《よんじゅう》円でも出します」

家「そうか、んなまあ向こうも困ってるもんのこっちゃさかい、四十円出してやってくれるか」

利「そこやっぱり、三十五円にしときまひょか」

家「あほなこと、何じゃそりゃ。三十五円でええねやないかいな。いらんこと言わいでもええねがな」

利「いや、うれしい、というところを」

家「いや、うれしいのは、わかるけれども。ほなこの話進めてもええか」

利「進めるとか進めんとか、んな悠長なこと言うててもろたら困りま。こうしまひょ。三十五円というお金は、さっそく明日お宅へお届けしま」

家「あーこれこれ、そない急《せ》かいでもええ。またでけた時にぼちぼち」

利「いや、そんなこと言…、人の話あんじょう聞きなはれ。しまいまで聞いとくなはれ。

三十五円というお金は明日お宅へお届けしま。ほいでお滝さん、今晩から来てもらうというようなことに」
家「猫の子もらうねやないねで。今晩からちゅうのはあんまり…。お前さんかて、やっぱり誰ぞ相談のひとつ」
利「アー、あほらしもない。親はとうに死んでおらんし、兄弟はなし、親戚は遠いし、我が身さえ、得心したら、もうそれで…」
家「おう、身軽な体と言やあ身軽な体やが。ウーウーウーウーウーンウーンウーンウーン。『そうと決まったら、たとえ一晩の辛抱もできん』。んな、おかしい言いようをするねやない。えっ、ウーウーウーウー。よっしゃ。な、まあまあ、事情が、事情やでな、向こうに話をして、お滝さんも得心なら、そういうことにしょうか」
利「ひとつよろしゅうお頼申しま！」
家「大きな声出すねやないが。そうと決まったら、お前《ま》はん今晩花婿さんや。汚ないやないかいな。『男やもめに蛆《うじ》がわく』とはよう言うたもんやな。ここら一ぺんきれいに掃除して、まあ祝い事のこっちゃ。酸い酒の一合も買うて、尾頭つき、何でもかめへんさかい用意して、お風呂へも行て、あんじょうしとかなあかんで」
利「ひとつよろしゅうお頼申しま。あ、えらいすんまへんでした。あのー、お茶もあげまへいですんまへん。おうちへ帰ってゆっくりおあがり」

家「何を言うてんねん。あんじょうしとかなあかんで」

利「おおきありがとう。ありがとう。スビバセンね。アリガトウ。アリガトウ。…ありがたいやないかいな。ウァー、お滝さんと所帯が持てる、夫婦《みょうと》になれる、何ちゅうこっちゃ。人間は真面目にこつこつ働かないかん。ありがたいこっちゃ。お滝さんお滝さんお滝さん。一遍にめでとなったあんねん。朝起きた時こんなこと、ちょっとも、こっから先もわからなんだんや。お滝さんお滝さん。あー、ありがたいな。まず風呂行て、男前上げてこ。えー、風呂行くのに、……鉄瓶さげてどうすんねん、これおい。鉄瓶持って風呂行ってどうしようちゅうねん、これ、えー。風呂の湯、これに入れて何をする。どんならんでほんまに。うれしいさかい目も見えてないねん。ウロ来たあんねん、※どんならんわい。えー、戸締まりだけはと、ヨイトショと。内らから閂《かんぬき》かけたら、出るとこあれへんがな、どんならんで。目も見えたない、ウロが来たあんねん。あの、お隣の、ちょっとすんまへんけどお風呂行て来ます。えっ何です？　へえへえへえ、わかりました。すぐに帰って来ま。あー、かなんかなん。なあ、やもめはこれやさかいかなんねん、ひとり者ちゅのはね。えー、ちょっと風呂ひとつ行くのにも、隣近所へ気がねせんならん。あほらしなってきたで、ほんまにもうねえ。しかし、まあまあ明日から、ウー、アー、(袖を顔の前にあわせ)寒い日やとは思たが、こない寒いとは、ウー、(歩きながら)しかしまあまあ、めでたいな。あー、めでたいなめでたいな、か。めでたいなめでたいな。めでたいなめでたいな。(風呂屋の暖簾をくぐり番台に向かい)風呂屋のおじさん、めでたいな」
風「気色の悪い人やな。何ぞめでたいことおますか」
利「何ぞおますか、て、今晩うちへ嫁はんが来《く》んねん」
風「そら、あんたとこが、めでとおまんねやないかいな。うちは、どうっちゅことおますかいな」
利「『うちはどうちゅうことおますかいな』。薄情なこと言いないな。お前とこかて、めでたいで」
風「うちが何でめでたい」
利「何でめでたいて、今まで風呂入《い》りに来るのん、わい一人やないかいな。嫁はん貰《もう》たら二人で来るがな。風呂賃が一人前めでたい」
風「持って廻ってめでたいねやな。まあまあそこ置いときなはれ。あー何でっせ、あの、気ィつけなはれや」
※　うろたえている。

利「やかまし言うな。ヨットコショと、ヨッと。おい、この着物あんばい見といてや、今晩の花婿の祝言衣裳になりまんねで。盗られたら承知せんで、ほんまにもう。エー、めでたいなめでたいなァか。えらいすんまへん、入れてもらいまっせ。めでたいなあめでたいなあ。めでたいなめでたいな。（前を流しながら）めでたいことで洗おなら、※やなんて、へへ、にわかでけたある。あ、きれいにしとこ。へっへっ、入れてもらいまっせ。（熱さをこらえてゆっくりと湯舟に入る）ヨッ、オッ、体が冷えきったあるよって、湯が食いつくな。湯に口があるとは思わなんだ。（手ぬぐいで汗をふくしぐさ）ハッハッハッホー、ハーア、ハハハハハ。ええお湯でんねェ」

○「結構なお湯でんねェ」

利「ハァー、めでとおまんねェ」

○「何かめでたいことがおますか」

利「『おますか』て、そら、こっちの話でんねけどね。まことにつかんことを尋《たん》ねますねけど、あんさん、嫁はんというようなものを、所持しますか」

○「あんたそんなこと、風呂ン中で聞くこっちゃおまへんで、あんた。『嫁はんてなものを所持しますか』て、私もこの年でっさかいね。まあおかげさんで嫁はんもありゃ、

※「めでたいことで払おなら」という厄払いの文句のパロディ。

ハッハッハッホー、ハーア、ハハハハハ。ええお湯でんねェ。

子どももおますわ」

利「あっなるほどね。その年でっさかい、嫁はんもありゃ、子どももおますか。再びつかんことを尋ねまんねけど、その嫁はんというようなものが、今晩来る、という日ィのその昼間ですけど、ハッハッハッハッハッ」

○「(気色悪げに)大丈夫ですか。『嫁はんというようなものが来る、という日ィの昼間はどんな気がした』て何を思い出さすねやぃな。三十年から前の話やがな。そうだんな、まあ今晩嫁はんが来るという日の昼間は、まあ、嬉しいような恥ずかしいような、まあ何とのう、そわそわとして、オッホ、気の落ち着かんもんだんな」

利「そうですそうです。そわそわして気の落ち着かんもんだ。やっぱり風呂行く時、鉄瓶さげたか」

○「そんなことしまへん」

利「そんなことしまへんて、内らから閂かけてどっから出んねん」

○「知らんがな、そんなこと」

利「知らんやなんて、隠したかて皆わかったあんねん。上げてもらいまっせ。ヨットシヨット。(湯槽から出る)ハァー、さあ男前あげないかん。今晩うちィお滝さんが来てくれるとは。何ちゅう幸せ者《もん》やろな。お滝さんが来たらどう言う、『なぁ、お滝さん、お滝さん』……。あっこれやな。『お滝さん、お滝さん』てなこと言うて、『まあ、我が女房をさん付けにするやなんて、こんな人やと思わなんだ』てなこと思われたらいかんしな。と言うて、『おい、お滝』『まあ、今まで朝晩、顔合わしてても、お滝さん、お滝さん、と言うていたのに、我が女房になったとたんに、おいお滝、やなんて、こんな人やとは思わなんだ』てなことなってもいかんし、難しいなあ。なまじ今まで知ってるだけになあ。けどまあまあ、言うだけのことは、言うとかんならんわな。『お滝さん、えー、まあまあこうして縁があって、今日、私《わたい》の嫁はんということになってもらいまんねけれども、これも不動坊の先生の一件さえなければ、こういうことになりもせず。それも三十五円という金のために、いやな男に身を任さんならんなァと思うたら、ほんに金が仇《かたき》の世の中やなあ、と思てはりまっしゃろな、お滝さん。けどそれではいけまへんで、それではいけまへんで。そういうことやおまへんで。不動坊の先生の一件はともかくとして、前々からあなたのことを、好いたらしゅう思とりましたわ、とか何とかそういうことがあって、それへこの不動坊の先生の一件。それがそうしてこうなって、これがこうしてこうなって、とそれなりゃよろしいよ。それなりゃよろしいよ。好いたらしいも何もなしに、ただ金のためにいやな男に身を任さんならん。それではあなたが惨めな。あなたが惨めな。また私も惨めな。そうじゃないかお滝さん。そうじゃないかェ、お滝さん。お滝さん、お滝さん。何とか言うたらどやねん！』」
×「ちょっとここ代わってもらえまへんか。何やしらんけど私の顔見て恐い顔して怒ってはりまんねけど、根っから心当たりがおまへんねん」
利「ポーンと言うてやると言うと、何を言うても相手は女。先だつ物はただ涙。『フェー、フェー、フェー』」
△「風呂屋のおっさん。放り出せ、放り出せ。頭ン中虫がわいたあんねんで、この男」
利「(女形の声色で)『そりゃ、私じゃとて』」
△「気色悪う！　女形《おんながた》になってまっせ」
利「『不動坊火焔という遊芸稼ぎ人を亭主に持っておりますと、上べは派手なようでございますけれども、夏は夏枯れ、冬は冬枯れ、芸人の息する所は、ほんわずかよりありゃいたしまへん。同じ所帯の苦労をするのなら、どうぞ堅気のお方と所帯の苦労を共にしてみたい、と思うとりましたが利吉つぁん。この長屋にはあんたを入れてやもめが四人《よつたり》居てはりますけれども、あんたをのけた他の三人、ろくな人は一人として居てておませんさ。すき直し屋の徳さんの顔は鰐皮の瓢簞《ひようたん》みたいな顔でおます。かもじ鹿《か》の子《こ》活洗《いけあら》いのゆうさんは鹿の子の裏みたいな顔で、東西屋の新さんは商売柄とは言

いながら、大きな太鼓をお腹にのせて、ドンガンドンガン町ン中歩いたはりますけれども、家ン中はヒーフルヒーフル、節季の払いもさっぱり泥貝チャンポンでおますわいな。そこへいくと利吉つぁん、あんたはお金があって男前で程が良うて親切で、〽ほんに女子と生まれたからは、こんな殿御と添い臥しの、身は姫御前《ごぜ》の※』」

△「浄瑠璃語り出したがな」

利「『今宵こうして来たからは、あんたに任した体じゃもの、どうなと信濃の善光寺さんは、こないだ阿弥陀池で御開帳があったやないかいな』」

タッポン。

△「アハ。あほやなこいつはほんまにもう。とうとう、風呂へはまりましたで、ほんまにもう。湯ン中で、ニタッと笑《わろ》てまっしゃないか、気色の悪い男やな、この男は。しっかりしなはれ」

利「おおきありがとう。ハハハハハ」

徳「利吉つぁん、利吉つぁんやおまへんか」

利「あっ、ああ、こら徳さん」

徳「『徳さん』やないがな。何を言うてなはったんや、あんた。ごちゃごちゃごちゃご

※　義太夫『本朝廿四孝』十種香の段の一節。

ちゃ」

利「いや、それでんねん、面目ない。実ね、今日ここだけの話ですけどね。不動坊の先生とこのお滝さん、うちへまあ嫁に来てくれる、とこういうことになりましてね」

徳「聞いてりゃ、そんなあんばいやったが。で、今ごちゃごちゃごちゃごちゃ言うてなはった、あれは一体何でんねん」

利「さあ、お滝さんが来たら、ああも言おうか、こうも言おうかと、ちょっと痴話げんかの下稽古」

徳「しょうもないことしなはんな。ほな、何ですかいな。お滝さんが来たら今のあれ、べらべらとみな言うつもりですか」

利「あ、まあ言や、そういうことでんね」

徳「ふーん。それやったら、ちょっと聞いとかんならんな。何や言うてなはったで。『この長屋にあんたを入れてやもめが四人《よったり》居てるけど、あんたをのけた他の三人、ろくな奴は一人も居らん。すき直し屋の徳の顔は鰐皮の瓢箪や』ちゅうてなはったが、誰の顔が鰐皮の瓢箪だんねん。誰の顔が鰐皮の瓢箪だんねん!」

利「(相手が徳さんと気づいて)すき直し屋の徳さん」

徳「徳さんやないわい。誰の顔が鰐皮…」

利「ワァッ！　いや。ワァー、いやいや。いや、ちょっと待ちなはれ、違いま、違いま、すき直し屋の徳さん、違いま違いま…。あのね、この話ね、お滝さんのとこへ、『直し屋の徳さん』いう人が来まんねん。この人お滝さんがちょっと好きでんねん。『好きな直し屋の徳さん、どうしてはんねやろな、好きな直し屋の徳さん、この頃あんまり姿が見えんな、好きな直し屋の徳さん、すき直し屋の徳さん』とこうなったわけで。『すき直し屋の徳さん』と違う、『好きな直し屋の徳さん』でんねん。今日ンとこちょっと急いでまんので、お先ィ失礼、さいならごめん」

て、もう逃げるようにして帰っていきました。後に残った徳さんが、怒ったの怒らんの、でございます。早速帰ってまいりますというと、やもめ連中呼び集めよった。

徳「こっち入ってんか」
ゆ「何やねんな、急に呼び出したりして、なあ、おい」
新「さあさあさあ、何やねんな急に。どうしたんや？」
徳「どうしたもこうしたもあれへん。こっち入ってくれ、ちゅうねん。ほんまにもう、むかむかしてんねん」
新「何むかむかしてんねん」
徳「いや、なぁ、お前、えー、不動坊のな、不動坊ンとこのあのお滝が、金貸しの利吉ンとこへ嫁に行く、ちゅうねん」
ゆ「そうそう、それもね、あの、わいらも聞いてね。こら、何じゃ、めでたいな。何ぞ祝いせないかんなあ、ハハ、言うてね」
徳「何が祝いやい。何が祝いやい」
ゆ「怒ってますね」
徳「怒らいでか、コラ。実、おれは今、風呂へ入ってたんや。中で、一人で笑《わろ》うたり、泣いたり、怒ったり、わけのわからん奴入っとんねん。見るとこれが利吉や。え、言うに事かいて、『この長屋にあいつ入れてやもめが四人《よったり》居てるが、あいつをのけた他の三人ろくなやつは一人もおらん。すき直し屋の徳の顔は鰐皮の瓢箪、鰐皮の瓢箪』。こんなこと言いよったんやぞ」
ゆ「フフフフ。怒りな、怒りな。そのままや」
徳「何をぬかすねん、あほ。こら、お前らのことも言うてたぞ。えー、『かもじ鹿の子活洗いのゆうさんは、鹿の子の裏みたいな顔で、東西屋の新さんは、商売柄とは言いながら、大きな太鼓を腹にのせて、ドンガンドンガン町ン中歩いてるけれども、家ン中はヒーフルヒーフル、節季の払いもさっぱり泥貝チャンポンや』とこない言うとったぞ」

ゆ「それぐらいのことは、言うでしょうね」
徳「こたえんな、お前。何でやねん」
ゆ「いや、こないだね、わい、あいつにね、五円借りたんや、フン。で、『五十銭ずつ返すで』言うたんね、二へんだけ返して、あと知らーん顔してるので、それくらいのことは、言われるでしょうねぇ」
徳「こたえんな、この男は。んなことするさかいそんな……。おら、もうむかむかして、何とか仕返しを…」
ゆ「大きな声出してそんなこと言いな。仕返しか？　こうしたらどう。こうしたらどう」
徳「えっ」
ゆ「こうしたらどう」
徳「どうすんねん」
ゆ「三人並んで行くねで。三人並んで行かな、いっしょに行かないかんで、一人一人ではあかんねで。三人並んで向こう行ってね、ほいでずらっとこうこう並ぶでしょ。ほんで向この戸をガラガラーッとあけてね。三人が手ェつないで、揃て向こ向いて、『イーッ』って……」

徳「お前、年は何ぼになんねん、お前は。ようそんな頼りないこと言うてるで。それぐらいのことで腹癒えるか、バカ。えー、おれにちょっと思惑がある、というのは、不動坊が死んでじきに嫁入りするやっちゃないかい、行くほうも、もらうほうも、あんまり気の良《え》えもんやないわい。どや、ここでそこ当て込んでやで、今晩向《む》こへ不動坊の幽霊出したろと思う、どやこれ」

ゆ「幽霊を」

徳「そうや。『わしが死んでじきに嫁入りとは胴欲《どうよく》な、それが恨めしてよう浮かばん、二人とも髪をおろして坊主になれ』ちゅうて、二人の頭クルクル坊主にして、明日の朝それ見て、『ワァー、ワァー、坊主や、坊主や、ワァワァワァー』と笑おちゅうねん。こんなんどや」

ゆ「ハハハハハハハ。おもしろそう、おもしろそう。私こんな人間ですけどね、人が難儀すんのん見んのん、ほん好きでんねん」

徳「そういう人間、ちょいちょいあるもんや、そういう人間は」

ゆ「幽霊は誰がなんねん」

徳「うれしそうな顔すな。この中の者《もん》ではあかんわい。顔に覚えもありゃ、声にナニもある。心当たりあるちゅうのは、隣裏に住んでる軽田《かるた》胴斎《どうさい》ちゅう講釈師、同商売や、死んだ不動坊と。これが不動坊の先生の留守に、お滝さんの袖引きよって、お滝さん気の強い女や、ボーン（肘鉄を食わせる身振り）とこれいた。そのいかれたむかつきが胸にあるよって、言うたらやりよると思うねん、ハァ。ほいでゆうさん、えらいすまんけどな、瓶持って行て、アルコール買《こ》うてきて。幽霊《ゆうれん》火、ボーッと幽霊《ゆうれん》火出すさかいな。で、新さん、えらい商売道具使てすまんけど、太鼓持って来て。ドロドロドロドロ。やっぱり、そういうのをナニしてやらんと、少々のことでは、驚かんわい。そいだけのことしといてくれたら、あとは万事、おれがするよって、な、ほなひとつよろしゅうたのむで」

ゆ「よっしゃ、わかった」

なんてね。しょうもない相談というのは、またたく間にトントンとかたづいてしまうもんでございましてね。日が暮れになりますというと、ゾーロゾーロ集まってまいりまして、まだ少し早いというので、チビチビ飲んどりましたが。

ゆ「先生、おそいけれども、大丈夫やろかね」

徳「ああ大丈夫、大丈夫。え、おら昼間行て、『実はこうこうで』たら、『それはなかなか面白かろう』言うてなはった。あの先生も、ここにボーンといかれたむかつきと、アァ、大体あんなことが好きそうな先生らしい。おもしろい。え、もうじき来てくれはると……（表へ）へい、どなたです。どな……あっこれはこれは先生ですかいな。えらいすまんこってす。へえ、あの、どうぞこっちィ。お肩やおつむに白い物がついてますが。はあ、やっぱり来ましたか」

軽「はい。先程からな、チラチラとな」

徳「こら、寒いとこ、えらいすんまへんでした。どうぞどうぞ。ちょっと、ゆうさん、のきのき。お座布団《ざぶ》を勧めて。えー、先生、どうぞ、熱いのをひとつな。どうぞどうぞどうぞ。おうおう新さん、ちょっと、熱いの燗《かん》できたら、こっち持って来てんか。先生来てくれ……えらいすんまへん、すぐに……おう、こっちこっち、どうぞ熱いのを」

軽「あー、これはこれは、寒い内には何よりのもの。（湯呑みの酒を飲むしぐさ）はいはいはい。ハッハッハッ。ウーッ、いやあ何ともいえませんな。いや結構結構。フフフ、ウム？　ウム？」

徳「先生、どうなさったんです」

軽「あまりの寒さのために、えらいもんですな、指がかじかんでな、この湯呑がとれませんぞ。これをとるためにもう一杯」

徳「んなおかしい言いようしなはんな。何ぼ飲んでもうても結構です。先生、言うてもらいますことわかってもうてますかいな」
軽「はいはいはい。あー、『わしが死んですぐに嫁入りとは胴欲な、それが恨めしゅうてよう浮かばん、二人とも……（酒を飲んで）髪をおろして坊主になれ』」
徳「結構です。で、着てもらう物《もん》ですけどね、ちょっとこれちゅうもんがなかったんで、母者人《ははじゃひと》の、私《わたい》のお母《か》んの長襦袢でんねん。ちょっとそこ、ちょっと立ってみとおくれやす。ゆうさん、ちょっと、うしろからファッとナニして。（ゆうさんに）いや、お前が着るのと違うがな。こんな（幽霊の手をして）恰好しィないな、お前。よっぽど幽《ゆう》霊《れん》やりたいねんな。けったいな奴やな、こいつ。先生のうしろから着せ掛けて、そうそうそう、そんなこって、ほいで、ちょっとこうナニしてもうて、ちっとこんな恰好を。いやあ、それで結構、充分です。ほなぼちぼち出かけます」
軽「よかろう」
ポイッと表へ出ます。何と申しましても、寒気の厳しい折柄でございます。綿をちぎって投げるような雪がチラチラ。（下座　鐘の音～ゆきの合方）
徳「ブルッ、ウー、（袖を胸の前であわせふるえながら）こない冷えるとは思わなんだやないかいな。これやったらもうちょっと飲んできたら良かったたな」
ゆ「ほんまやな、おい。こない冷えんねやったら、もうちょっと飲んできたら良かったな」

徳「まあまあ、帰ったらまた飲んだらええがな」

軽「ウー、あなた方はな、冷える冷えるとおっしゃって、まだ着物を着てござるでよろしいが、わたしゃこの長襦袢一枚では、寒うて」

徳「えらいすまんこってす。帰ってもらいましたら、すぐにまた飲んでもらいますので。（ひとさし指を口に当てて）シー。おい、その間《あわい》さへ、はしご入れたあんねん。こっち持ってきて。（はしごを立てる）そうそう、おっと、長い物持ってんねん、気ィつけよ、危ないぞ、よしよしよし。わい先上がるよってにな。（屋根の上へあがる）ヨッ、ハァー、一時《いちどき》に降ったんやなァ。真っ白。（紐を下に垂らして）よし、おい、これにな、まず太鼓くれ、太鼓。太鼓くれ」

ゆ「何ですか」

徳「太鼓をくれ、ちゅうねん、この紐に」

ゆ「あの、太鼓ですか。新さんね、何や撥《ばち》忘れた言うて、取りに帰りましたけどね」

徳「不細工な奴ちゃな、ほんまにもう。太鼓はあんねやろ、太鼓は」

ゆ「太鼓はあんねん」

徳「あったらええやないかい。お前でもええやないかい。ちょっとくりつけ」

ゆ「あっそう。新さん怒れへんかね（紐を引く）」
徳「（紐を引っぱられて）おい、ちょっと待て待て、おいお前。むちゃすな」
ゆ「……（紐で太鼓の胴をくろうとする）……」
徳「アホかお前は。太鼓のぐるり丸うくってどうすんねん、お前。生涯かかってもくれるか。太鼓の環《かん》があるやろ、環が、環に通さんかい、どアホ」
ゆ「環？（片手で環を持って、ぁいた手で太鼓のぐるりをさぐる）……環ないけどね」
徳「環のない太鼓があるか。よう探してみィ」
ゆ「……ン。（環を持ち替えようとしてようやく気付き）プー。環、手の中」
徳「シーッやかましい。新さん来たか。新さん来たか、よっしゃ。先生さき上がってもらえ。先生さき上がってもらえ。先生先生、はしご、下から三段目がちょっと柔《やわ》ンなってまんので気ィつけとおくれやっしゃ。へいへいへい。先生ちょっと大柄でっさかいな、気ィつけてもらわんと。あ、へいへいへい。おう、上がって来い、どっちが先でもかまへん。どっちが先でもかまへん、上がって来い。おうおう、何ゲラゲラ笑てんねん。何ゲラゲラ笑てんねん。えっ、ゆうさんの頭の上で新さんがプッと一発……。おい、そんな、もう、しょうもないことして遊んでんねやあれへんが、お前。充分足もと気ィつけよ。充分足もと気…、おっと、落ちたら大事《おおごと》やで。先生、どうぞこっち

環？……環ないけどね。

ィ来とくんなはれ、どうぞこっちィ廻っと、先生、ちょっとこっちィ。へェ、ここでここで。ここがね、利吉とこのへェ、天窓でっさかい、こっから下りてもらいます、へえ。先生の体をぶら下げる物《もん》でっけどね。これ、ちゅうもんがなかったんで、晒《さらし》三本用意してまんねん、へェ。晒をば三本ね。えー、早よ言うたら、褌《ふんどし》だすけどな、ええ。いや、きれいに洗《あろ》てますから大丈夫。はい、これで先生の体をばな、よいしょ(晒で胴をくくる)、こっから下りてもらいま」

軽「褌が切れる、というようなことは…」

徳「いや、大丈夫です、大丈夫。そいでね、先生、ずっと気ィつけて、真っすぐに下りてもらいませんとな。ちょっと振りますと、向こがそう、利吉とこの井戸になってますのでね、充分に気ィつけてもらいますようにね」

軽「……褌が切れるというような」

徳「いや大丈夫です。じいわり下りとくんなはれ、(褌をたぐり出す)へェ。よっと、へェ、あっちこっち、そう、そこへ手ェかけて、こっちィ足かけてもろて。へい、ちょ、ちょっと待っとくなはれ、ぼちぼち降りとくなはれ、ぼちぼち。へ、ちょっと、へェへェ、新さん、ちょっと代わって、ちょっと代わって。よし、ゆうさんゆうさん、ゆうさん、あの、アルコール買《こ》うて来たか、こっちィ瓶おくれ」

ゆ「えっ（瓶を渡す）」
徳「（受け取りながら）うれしそうな顔やなお前の顔は。…蓋しとかなあけへんやないかい。気が抜けてまうやないかい。どんならんな、あいつは。（扇を瓶に見立て口から注ごうとする）…出てけェへんやないかい」
ゆ「いっぱい詰まってます」
徳「いっぱい詰まってる？（瓶の口をなめる）…甘いやないかい」
ゆ「一番上等です」
徳「上等？どこに売ったあんねん」
ゆ「角の餅屋に売ってましょ。皿に入れて一つ五厘」
徳「何がい」
ゆ「あんころ」
徳「えっ？」
ゆ「あんころ。あんころ餅。あんころ」
徳「…あんころ？誰があんころ買《こ》うてこい、ちゅうてんねん。お前」
ゆ「お前言うたで」
徳「『アルコールを買うてこい』ちゅうねん。あんころとアルコールとまちがえる奴があるか、お前。あんころで何で幽霊火《ゆうれん》がたけんねん、お前。第一、お前、考えたらわかるやないか、お前。どこぞの世界に、瓶持ってあんころ餅買いに行く奴あるか、お前」
ゆ「おっさんも言うてた、『詰めにくおます』言うて」(下座　止める)
徳「去《い》ね、ぼけ、かす、ひょっとこ！　ほんまにもう。おら、むかむかしてきたな、ほんまにもう。アルコールとあんころとまちがえるやなんて、ほんまにもう。『おっさん詰めにくい』じゃ、ほんまにもう。去《い》ね去ね去ね。お前らともう行動を共にすんのはむかむかするわ、ほんまにもう。我と我が身が情無《なさけの》うなるわ、ほんまにもう。去ね去ね去ね去ね。即刻去んでくれ、ほんまにもう。去んでな、暦見てな、良《え》え日があったら、目ェ噛んで死んでしまえ、どアホ。お前らの顔は二度と見とないわい、かす、ラッパ」
ゆ「(泣き出して)ヒェーン、そらわしはアホじゃ！　そらわしはアホじゃ！　アホなりゃこそね、アホなりゃこそね、この雪のしんしん降る中ね、鼻ずるずるいわしながら、お前、こんなとこでうろうろうろうろ屋根の上でしてんねやないかい、お前。これ大体お前の考えたこっちゃで、お前。これが賢い奴のすることか、これお前。わいは、向《む》こ行てね、三人並んでイーッしょう、言うたんやで。このほうがよっぽどましと違うか、考えたら。お前が悪いか、わしがアホか、下の利吉に聞いてもらおか！」
徳「ちょ…（あわてて制する）」
軽「（上を見上げて）上で何やらもめ事が起こったようですが、私の体、上げるとか下げるとかしてもらわんと、褌が腹へくいこんで」
徳「えらいすんまへん先生。さあ、新さん代わろ。もう太鼓だけでええ、太鼓だけで。よっしゃ代わった。新さん、ひとつ頼むで。ほな先生いきまっせ。それいけ！」
軽「（下座　ドロドロ。ねとり）恨めしい。恨めしい」
利「ちょっと、ちょっと待っとくんなはれ。お滝さん、ちょっと…。いや大丈夫です。恐いこと、恐いことおまへん。んな、世の中にそんな恐いことおますかいな。ちょっと手燭《てしょく》※、手燭こっちィ貸しとおくんなはれ。手燭こっちィ貸しとおくんなはれ。あんた誰や、あ、あんた誰や」
軽「不動坊火焔の幽霊」
利「不動坊の先生の幽霊？　はーあ。また何しに来はりましてん」
軽「それですね。あの、わしが死んですぐに嫁入りとは胴欲な、それが恨めしゅうてよう浮かばん、二人とも髪をおろして坊主になれ」
利「あ、さよか。また妙なこと言いに来はりましたんやね、遠い所から。ええ何です、

『わしが死んですぐに嫁入りとは胴欲な』？　よろしやないかいな。え、あんさんがお達者な時からでっせ、私とお滝さんが何ぞおかしいことでごちゃごちゃとあった、ちゅうねやったら、文句言われても仕方がないけども。はっきりあんたが死なはってから、ちゃんとした仲人いれてもろた嫁はんやおまへんかいな、え。どこに、いちゃもんつけられるナニが、文句言われる筋合いがどこにおまんねん、あんた。ようそんなこと言うて、あんた、出てきなはったな、えっ、それともう一つだっせ、一番大事なことだんがな。あんたが不細工にも残して死んだ、あの三十五円という借金。そこそこ大金だっせ、あんた。あれは一体、誰が払《はろ》たと思いなはんねん。あの件は、一体どうなってまんねん」

軽「エェー…、それは何も聞いてないんです。とにかく恨めしい」

利「けったいな幽霊やな。わかりました、先生。あんたもね、十万億土とかいう遠い所から出て来なはってん、素手でも帰れますまい。えっ、『地獄の沙汰も金しだい』ちゅうことがおますわい。十五円、十五円、これでひとつ手ェ打って帰っとくなはれ」

軽「エッ、十五円。お金でね、解決を、はあ。えー、上が三人、私で四人。十五円は分けにくいなあ。もう少々恨めしい」

※　手に持つ燭台。

利「けったいな幽霊やな。よろしい、もう五円はりこんで二十円。これで手ェ打っとくなはれ」

軽「二十円。一人頭が五円。よろしいなあ。じゃあ手を打ちましょう（幽霊の手つきのまま手を打つ）」

利「おかしい恰好しなはんな、あんた」

軽「それではまあ、いついつまでもお幸せに。（謡で）〽四海波静かにィ…（下座　大ドロ）」

徳「わあ、『四海波』謡《うと》うとる。引っぱり上げたれ、引っぱり上げたれ。ウァー」

下ろす時は、ぼちぼち下ろした。上げる時が、ビャーッとむちゃくちゃ引っぱり上げたもんですから、えらいもんでございますな。この褌の結び目がでございますな。天窓の角の所へボーンと当たってブチッと切れたんで。先生中へドスーン、屋根の上の三人、表へさしてガラガッチャンガッチャン。

徳「あー痛い痛い。何をすんねん、お前。痛ァ。人の上から落ちてくるやつあるかい、不細工なやっちゃ。また太鼓かかえて落ちてこいでもええやないかい、あ痛ァ。先生どうしはった」

新「何や中で、ウーン痛い、言うてはる。どうしょう」

徳「放っといて帰ろ帰ろ。ファーッ」

と、皆帰ってしまいましたんで。

利「大丈夫、お滝さん。恐いことおまへん、恐いことおまへん。何の恐いことおますかいな。いよいよ、恐いことおまへんわい。どこぞの世界に、あんた、幽霊《ゆうれん》が、『痛い。ウーン』ちゃなこと言いまっかいな、あんた。誰ぞの転合《てんご》だ、転合だ、わかってまんねん。ほーら見てみなはれ、ほーら、そこで腰を押さえて、何じゃ腰さすって、半分泣いてる奴、おまっしゃないかい。お前誰や、お前誰や」

軽「へっ、へへへへ、へー」

利「何が、へへへや、お前。誰やお前は」

軽「この隣裏に住んどります軽田胴斎という講釈師で、婚礼の晩の余興にちょっと」

利「何が余興じゃ、ほんまに。ははあ、またこの長屋のやもめ連中のしわざやな。先生、あんた、ウソでも人から先生とか何とか言われる人が、ようこんなしょうもないことのお手伝いしはりましたな。あんたもあんまり、しっかりした人やおまへんな」

軽「へい、最前まで宙に浮いとりましたんで」

枝雀さんは師匠の米朝師から教えてもらいました。

長屋の屋根に上がった徳さんが、まわりの屋根に目をやって一言、

「…真っ白」

と言うのは枝雀さんの工夫です。この一言で、眠りに就いた大阪の町に、白いベールのように雪が積もっている景色が見える思いがしませんか?

そして、先に上がった徳さんが下に居る二人に「太鼓をくれ」と言った時、太鼓の持ち主の新さんが撥《ばち》を取りに帰っていて、ゆうさんしかいないというのは、「新さんが居たら太鼓の環《かん》がわからないのは不自然だろう」という枝雀さんの理屈であります。

もともとのサゲは、取り押さえられた軽田胴斎に、利吉が「なに、講釈師。お前らが何が講釈師やい。横着師ちゅう奴や」と言うと、胴斎が「いえ、幽霊稼ぎ人でございます」というものでした。明治時代に芸人を「遊芸稼ぎ人」と呼んでいたのを「幽霊稼ぎ人」とシャレたサゲでしたが、今となっては、マクラで言葉の説明をしておく必要があります。

そこで、枝雀さんは一九七二年二月、小米時代に新しいサゲを考えました。宙吊りになった胴斎が、利吉から「二十円で成仏してくれ」と頼まれます。胴斎が「坊主にしよ

うか、二十円にしようか」といつまでもはっきりしないので、利吉が「こら！　何ごちゃごちゃ言うてんねん」と聞くと、胴斎、答えて「へえ。迷うてます」……というものでしたが、さらに改良工夫を重ね、七八年の十二月には、この本に収められた「宙に浮いとりました」の型におさまりました。

この噺には、今はわからなくなった珍しい職業が出てきます。

「漉き直し屋」というのは、書きつぶした紙を溶かして再生紙にするリサイクル業のこと。徳用のちり紙をこしらえるので「徳さん」です。

「かもじ鹿の子活け洗い」の「かもじ」というのはヘアーピースのこと。「鹿の子」は、女の人が髷《まげ》にかける絞り模様の布です。つまり、頭につけて油だらけになったヘアーピースと鹿の子の布を傷めないように洗うので「活け洗い」なのだそうです。湯で洗うので「ゆうさん」なのであります。

「東西屋」は今のチンドン屋さんのこと。古い型では新さんの仕事は「東西屋」ではなく「祓いたまえ屋」という神社に所属しない下級の神職になっていました。神職だから「しんさん」というわけですね。

……などとエラソーに蘊蓄を傾けておりますが、これみな、米朝師に教えていただいたことの受け売りであることを白状しておきます。

あくびの稽古

お稽古と申しますものは、いわば真似から始まる訳でございますね。学ぶというのも「まねぶ」という言葉から来たというのでございますが、結局真似をするところからこのお稽古というものは、始まるのであろうと思われるのでございます。猿真似という言葉がございますが、お猿さん、まことに物真似が、上手《うも》うございますね。何でもすぐに、この、人のすること真似するんですね。ある人が、お猿さん一匹飼《こ》うてましてね。この男の人が頭かくと、やっぱり頭かくね。お水飲むと、お水飲むね。ご飯食べると、ご飯食べるようなかっこうするね。お尻をかくと、お尻かくというようなことで、何してもね、寝転ぶと寝転ぶと。『おかしなお猿やなあ』いうて、何でもかんでもすべて真似するんです。何ぼお猿さんでもね、真似するところと真似せんところがあってええんやと思うんですが何でもかんでもそっくりそのまま、真似するんです。おもしろい猿もあるもんやなあと思てね、ある日考えまして、私がここにおるからね、私の姿見てあれこれ真似しよるねんなと思てね。私の留守の間、一体何をしとるのかいな思て、私の姿見えんようにしてやろうと思てね。一遍表へ出て、ドアの鍵穴からこうのぞいたらね。そのお猿さんも向こからこうのぞいてたというようなね、えー、話があんのでございますが、まぁまぁ真似をするという、お稽古というものは、その辺から始まるのではないかと思われるのでございますが……。

○「(呼びとめて)ウワァィオー」

×「何じゃい、おい」

○「『何じゃい』やないがな。どこ行くねんな」

×「何やお前。お前かいな、ちょうどええとこで会うた。おい、つきあいしてえな、おい。つきあいしてェな、おい」

○「何がい」

×「『何がい』って、つきあいして」

○「いや『つきあいして』って、腹大きい」

×「いやいや、物食いに行こうっちゅうのやないねん。ちょっと稽古行くねんな、つきあいしてえな、おい」

○「おうおう、また始まったな。おい、また稽古かい。おまえぐらい、また、稽古の好きな男もないな。あのくせ、止《や》まってたんかいなと思ったら、また、んなこと言うてんのか、ええ。もうわい、堪忍してもらうわい」

×「なんで」

○「なんでって、おまえの稽古のつきあいは懲りてんねん」

×「何で懲りてんねんな」

○「『何で懲りてる』って、そやないかいな。お前ぐらい、また、稽古の好きな男もないな、何じゃかんじゃよう稽古するでぇ。たしか、お前が一番初めに、『おい、わい三味線の稽古してんねん、ちょっとつきあいして』言うたんが、忘れもせん、いまかちょうど三年前や。はいな、なぁ。まあまあ稽古てなものはせんよりするほうがええかいなと思て、『そうかい。ほなまぁ行きいな』ちゅうて、わいついて行ってやったん。お前の稽古してたん何や、「春雨」か。『チントンシャン〽はるーさめぇに』と、ちょっと何じゃで、えー、粋《いき》な端唄やないかいねェ。お師匠《しよ》はん、『チントンシャン〽はるーさあめェに』って、『さあどうぞやってみなはれ』って、『よろしゅうおます』ちゅうて『ジャンジャンジャン』ちゅうねんや。お師匠はん、『チントンシャン』。お前、『ジャンジャンジャン』。何であないジャンジャンジャン言うのんかいなと思て、ひょっと見たら、お前、糸三本一遍に弾《はじ》いてんねで。無茶したらどんならんやないか。お師匠はんが、『何しなはんねん。三本一遍に弾く人がおますかいな。一本ずつにしなはれ』言うと、お前の言うことがおかしいがな。『いやあ、お師匠はん、わたいら三本一遍に弾かな頼んのうおますわい』てお前、力ずくで三味線ひいてどないすんねん、お前」
×「はははは」
○「笑いごっちゃあれへんがな、お前」
×「あんなん、じきやめたや」
○「やめたほうがええわ。あんなもん何年やったかて上手になるか、お前。その次に、バタッと会《お》うた時に、『おい、今度わい、ちょっと踊りの稽古してるねん。つきあいして』って、『んな、んなもうやめとこ』たら、『いやまあ、そう言わんとつきあいせい』ちゅうさかい行てやったら、「奴さん」や、稽古してたんが。『チンレンチンチリガンチチトチチチンチンツハァー〰したこら』と、お前、あそこ、言やぁお前こんなかっこう（踊りの手ぶり）しながらぐるぐるぐるぐる歩いて回るだけのとこやないかい、ええ。お前、あの歩くちゅうことがでけへんねな。不思議な男やねェ、普通の人間はねェ、右手出したら左足が勝手に出るようになったんねん、これ。右足出たなら左手が出ると、互い違いになるもんや。不思議な男やねえ。どういう体のつくりになってんのかねお前。右手出したら右足同じようについて出んねん。左足が出たら左手が出てる。お師匠はん、『何してなはんねん。なんばになってまっしゃろが。なんばだっしゃ、なんばでんがな』言わはった。お前の言うことおかしいが、『いえいえ、何おっしゃるお師匠はん、うちはどっちかというと難波より心斎橋の方が近うおます』て、お前、だれがお前、電車の停留所聞いてんねん。どんならんで、ほんまにもう」

×「ははは」

○「笑いごっちゃないやないかい」

×「あんなんじきやめた」

○「やめたほうがええわ。何十年やったかて上手になるか、ほんまにもう。それから、今度バタッと会《お》うた時に、『今度浄瑠璃の稽古してんねん。つきあいして』『わしゃもうだまされんで、二回だまされてる。えらい目に遭《お》うてるやないかい。堪忍して』言うたら、『いやいや、浄瑠璃だけはちょっと自信があるねん。お師匠《しょ》はんも大分にね、見込みがあるちゅうてくれてはるねん。つきあいしい』て、またうかうか行ってやったがな。稽古してたんが何やったいな。「太十《たいじゅう》」…「太閤記十段目※」忘れもせんわ。『夕顔棚のこなたより現れいでたる武智光秀』あら、お師匠はんさすがお上手じゃい。おおらぁ勢いのあるところやさかいなぁ、向こうは、〽夕顔棚のこなたよおりー、あらわれいでたある、たけちいみつーひでっ。えらいとこやね。さすがお師匠はん上手やよ。お前にやってみなはれ言うたら、お前、『よろしおます』言うて、赤い顔して『ウフウフホンギャホンギャホンギャ』てな、『何を言うてなはんねん。早いこと声出しなはらんかい』『ややゆうがおおだ…ややややいやいやいやいやい、ゆよゆやないゆゆゆゆやいやいやい、ゆうやけこやけで日が暮れて』とお前…、無茶言うのもええかげんにしとかないかんで、お前。どこぞの世界に『夕焼け小焼けで日が暮れて』てな、お前、浄瑠璃あるか。お師匠はん、思わん言葉に『ブッー』と吹き出しはって、もうあまりのあほらしさに『ちょっと失礼』ちゅうて、お便所行ってしまいはったんやで。そんなことお前、ちょっとも構《かも》てないわ。『あらわれいでたる、たけちめえつうへでえー』ちゅうた。どこぞの世界にお前、『たけちめつへで』てな人があんねん。それがまたえらい声や。お前の横手で猫が丸うなって昼寝してたんや。あの声でバーッと一間《けん》程飛び上がって下へおりてギャッちゅうたで。えらいもんやね。猫ちゅうのはね、たいていどんなとこから落ちてもね。自分でうまいことクルッと回ってドオッとうまいこと落ちるもんやけど、ふいを突かれるて、あのこっちゃね。思わず飛び上がったもんやさかい、もう用意も何もでけてないわ。下おちてギャーちゅうた。あれからどこかへ行てしもたらしいね、あの猫。帰って来《こ》んらしいで、お師匠

※『絵本太閤記』全十三段の十段目。武智（明智）光秀の三日天下の史実をもとにした人気狂言。

「あらわれいでたる、たけちめえつうへでえー」

はんとこへさして。エーそれでもお前、そんなことちょっとも気にしてない。『ホンガホンガホンガホンガホガホガホガ』言うてた。四、五人待ってはったんや、『どうもこちらへ順番は今日中には回ってきそうにない』ちゃなもんや、一人帰り、二人帰り、皆帰ってしまいはった。そんなことお前、目見えてないわ、第一。『ホガホガホガホガホガホガホガホガホガ』言うてたら、隣の嫁はん入ってきはったで。『えろう、お悪いようでしたら、お医者はん呼びまひょか』てね、あの言うといたるけどね。あれ、稽古屋の隣の嫁はんやで。ということは、稽古屋でせんどまあ、まあえげつないのも聞いてはるとせんならんで。その耳の肥えた嫁はんでも、お前のあれを浄瑠璃とは判ずることがでけなんだわけや、ええ。んなまさか、嘘言うこともでけず、『いえ、これま、まあ何とか治まりそうです』言わなしゃあないがな。ほたら、向こも、『ああこれも浄瑠璃やったんかいな』ちゃなもんで、『まあどうぞお大事に』言うてまあ帰らはったやないか。それでもお前、そんなこと構《かも》てへんわ。『ホガホガホガホガホガホガホガ』言うてたら、今度巡査が入ってきたで。サーベル下げて、ジャラジャラ言わして、『時節柄悪い病気がはやっておるが、何なら交番へ届け出てもらわにゃいけん』ちゅうて、お前チビスかコレラみたいに言われてんねで。まさか、巡査に嘘つくこともできず、『いえいえ、これ、実は何でんねん、浄瑠璃の稽古でんねん』

たら、またあの巡査がどこの人や知らんけど、浄瑠璃をご存じなかったんやね。『浄瑠璃とはいかなるものか』ちゅわはったんやね。『いかなるものか』って、『こげなものです』とかっこもでけへんがな、お前。『まあまあ、こうして赤い顔してホガホガホガホガ言うもんです』言わなしゃあないやないかい。んなら巡査、お前の顔じいっと見てはって、『ふふーん、世間は広いのお』て、『こういうことが楽しみになるか』ちゅうて。『まあまあ、世間が明《あか》いうちは許さんことはないが、闇が迫れば止《や》めにせい』ちゅうて、『人心を惑わす』言うて、『事故のないように』て『まあとりあえずこのたびは差し許す』ちゅてまあ帰らはったわい、ええ。それでもお前負けてへん。『ホンガホンガホンガホンガ』言うてたら、やっとお師匠はんお便所から出てきはってん、手ふきながらね。お師匠はんの腹ん中じゃ、おそらくもう何ぼ何でもお前去《い》んではると思てはったんやね。ぼちぼちあきらめて去《い》んでるさかい、次の人のお稽古にかかろうかというぐらいの腹の段取りで出てきはったと思う。もう一つの腹の段取りもあったんやろうけど、その両方の腹の段取りで出てきはったと思う。ひょいと見ると、お前がまだ『ホンガホンガホンガホガ』言うてるがな。お師匠はん、お前の顔じいっと、不思議そうな顔してじいっと見て、『ほお、あなた、ご精が出ますの』と言わはったんや。ええ、嘘でも、自分が稽古してもろてるお師匠はんにね、『あなた、ご精が出ますの』ちゃなことだけは言われなや」
×「ははは」
○「笑いごっちゃないちゅうねん」
×「あんなん、じきやめた」
○「やめたほうがええ。何百年やってもじょうずになるか、あんなもん。それからしばらく会わなんで助かってたんや。半年ほどしてバターッと会《お》うた時に、『おい、わいお前。今度柔道の稽古してんねや。つきあいして』ドキッとしたで。当り前やないかいな、えー浄瑠璃、三味線、踊り。そんなんはどうちゅうことないけど、柔道、柔《やわら》、一つ間違うたら命にかかわるで、『危ないことやめときや』言うてんのに、『いやいや、大分もう腕上がったんね』言いながら日本橋《にっぽんばし》かかったがな。ひょいと向こ見て、『向こから来る男を投げ飛ばす』『あほなこと、赤の他人やないか。あほなことすな』言うてんのに、『いやいや、許すもんか』て、何が許すもんか、何もしたはらへんやないか。ダダダダダーッ、走っていって『イヤー』ちゅうた。えらいなと思たで。『や声《ごえ》』ちゅうのか、あの声。やっぱりそこそこ稽古せな出んもんじゃい。稽古はせんならんもんやなて、ひょいと見たら、橋の真ん中にズボッと立ってはんのは向こうから歩いてきてはったその人やで。下でドボーン。『助けてくれ、ゴボゴボゴボゴボ』言うてんのお前やないかいな。お前は助け上げんならんわ、その人には『昨日病院から出てきましたんや。ごめんなさい、ごめんなさい』言うて、せんど謝らんならんわ。もう お前の稽古のつきあいには懲りてんね」

×「ははは」

○「笑いごっちゃないっちゅうねん。ほんまに」

×「まあまあ、そんなこともいろいろあったでしょうけど」

○「『いろいろあったでしょうけど』？　無《の》うてかい。ほんまにもう」

×「いやまあ、そんなこと皆打ち忘れて」

○「忘れることできるかい、んなもん」

×「そんなこと言わんと、もう一遍だけつきあいしてえな。もう一遍だけやねん。もうこれで稽古のし納《おさ》めにしようと思うねん」

○「けったいなやっちゃなほんまにもう。今度は何の稽古しょうちゅうねん」

×「あくびや」

○「えっ？」

×「あくび」

○「えっ？」

×「あ・く・び」
○「何っ？」
×「あーくーび」
○「いや何も言葉が聞き取れんのとは違うねん。『あくび』ということに驚いてんねん。意外の念を持ってるわけや。あくび？　ちょっと尋ねるけど何かい、あくびちゅうたら、退屈になったらアーアーアーアと出るあのあくびかい」
×「そう」
○「あほか、お前、何であんなもんの稽古せんならんね、お前、退屈になったら勝手にアアアアと出てくるやないかい。何ならわし、お前にいろんなせんど退屈な話しようか、すぐにあくびぐらい出るで」
×「い、いや違うがな。そう一概に言うもんやないで。稽古しようちゅうねん。『御あくび稽古所《どころ》』ちゅうて、お前、大きな看板上げよってん。わざわざ、お前、何じゃで、んな看板上げて稽古しようちゅうねん。普通のあくびとはどこぞ違う、何かこう粋な、風雅なところがあるように思うよ」
○「何をぬかしてけつかる。あくびに風雅もへいがもあるか、ほんま」
×「そんなこと言わんとちょっとつきあいしてえな。わい、ちょっと人より早うね、一足先にお稽古して、後から来るやつの代稽古《だいげいこ》※てなことを…」
○「だれがそんなことの稽古に行くか、お前の他に。お前一人じゃおそらく、後にも先にも」
×「そんなこと言わんと、もう一遍だけつきあいしてえな」
○「うるさいな、行けえ」
×「そないに偉そうに言わいでも…」
○「ほんまやないか、あたり前やないか。どんなならんわ、ほんまにもう、災難ちゃなどこに転がってるかわからんな、ほんまにもう。わしゃ向こうの辻あっちへ曲がろうと思てたんや。何の気なしにひょいとこっち曲がったら、お前にバタッと会《お》うてしもて、どんならんで。災難ちゃなどでにあうやわからんわい。しかしまあまあ、いや言うものの お前の両親《ふたおや》はええことしたわ、早いこと死んで。ええ、ねえ、生きてるうちにお前、あくびの稽古のつきあいをさされんならんなんて、んなおそらく思……」
×「そうごちゃごちゃごちゃごちゃ言いな。おいこの辻曲がったとこや、ついてきてえな、おい。どや、ここや」
○「上げよったな、『御あくび稽古所』。たははは、あったな。なるほど、世間広いなあ。んなまあ稽古してもらい、さいなら」

×「あ、ちょっと待った待った。『さいなら』やないが、お前。ここまでついてきてもらうくらいなら、わい一人で来るやないかいな。初めてのとこや、一人で入るの面目ないよってにね、気まりが悪いよってお前について来てもうてんねんさかい、一緒に入ってえな、一緒に入ってえな」
○「うるさいやっちゃな。入ったらええやないかい」
×「(奥へ) こんちは、先生いてなはるか、こんちは」
先「はい、あ、どなた? あの、どなた?」
×「ええ、あの先生は?」
先「はい、私《わたくす》が」
×「ああ先生ですかい。わたいら何でんねん、町内の若い者《もん》でんねんけど」
先「おお、これはこれは、いやぁ一日も早く、あー、ごあいさつにと思うておりましたがな、いろいろなことに手間取りましてな。明日にでもまた、名札《なふだ》を持ってごあいさつにと思うておりましたが、先《せん》を越されますて恐れ入りますな」
×「ああさよか、いや結構で」
先「何の御用で?」
※　師匠の代りに稽古をつけること。

×「いえ、何でんねん。看板上げてまんな。お稽古ちょっとしてもらいたいと思いまして、お稽古をね」
先「あなたが、あくびの、お稽古を、お若いに似ぬご奇特な」
×「ええ、もう奇特でも何でも結構です。稽古を」
先「あ、結構です。どうぞこちらへ、お連れの……」
×「あっちゃちゃ、あの男もね稽古したい言うてまんねんけど、ちょっと仕事のことで十日ほど、エー、やぁ、よそへ行きまんので、また帰りましたら一緒に」
先「ああ、さようか。それにしても上がってもらやァよろしいのに。いやあ結構です。どうぞそのまま、そのまま。さあさ、どうぞ前へな」
×「先生、ひとつよろしゅうおたの申します。先生、何ですかいなあの、えー、あくびちいましたら、もうあの一番のっけのことを聞くようですけど、アーアーアて、あの退屈なときに出るアアアーというあのあくびですか」
先「はい、あー、基本的にはあのあくびに違いございませんがな。あれは私《わたくす》どもでは『駄あくび』と申しますてな、風情も何もないものでな。やはりこのあくびというものは、長年お稽古をつみませんとな」
×「先生、あくびちゅうたら、いろいろ……」

先「はい、一口にあくびと申しますがな、春夏秋冬、四季折々のあくびな。『婚礼のあくび』、『魚釣りのあくび』、『説法のあくび』と、いろいろとな、ア、段階が」
×「おおなるほどね、先生、私《わたい》初めてですのでやさしい、やさしい、やさやさ……」
先「や、やかましいな。ん、では、『もらい風呂のあくび』なぞはどうですかな」
×「えー、『もらい風呂のあくび』とおっしゃると」
先「はい、銭湯へ参りますとな、払うものが払うてあるによって、熱ければ熱い。ぬるければぬるいとこの、小言というものが言えますがな。知った先、または隣近所でもらい風呂をすることがある。払うものが払うてないによって小言が言えぬ。大抵は家人の入った後、ぬるい湯が多い。そのぬるい湯に小言も言わず、長らく入っておりますとな、体が、芯から底から、ほこほことぬくもってまいりますでな。これと退屈とがないまぜになりますて、秋などは窓越すに、月を見ながら……ア、ア、アーッ（あくび）…。まことに風雅な」
×「どこが風雅でんねん、あんた。私《わたい》のあくびとどこが違います」
先「そ、そういうもんではない。お素人の目からはその違いがわかりにくいがな」
×「え、先生、もうちょっと私《わたい》らもっともっとピアーとハデな」
先「ハデなあくびはございませんが。では…、『将棋のあく…』」

×「よっ先生、わて将棋好きでんねん、ぜひともそれを」
先「はい、それではな、それに決めますかな。もそっとこちらへお寄りをな。よくごらんをな、稽古というのは真似をするところから始まるということをな。この扇子を煙管《きせる》の心で。よろしいかな？　よくごらんをな。（扇を煙管にして）盤がある。相手がいる。盤と相手の顔を七分三分に眺めるな。この目元をごらんを。首の曲りな。……『長い思案じゃなあ。（退屈したように）下手な考え休むに似たり、ハ、どう考えても詰んだあんのじゃ……。ははは、まだか、将棋もええが、こう長いこと待たされたら、退屈で、退屈で……アー（あくび）、たまらぬわい』」
×「うわあああ。何じゃおかしいこと言わはるなあ、先生」
先「いや、笑《わろ》ていてもろうては困ります。あなたがお稽古を……」
×「ああさよか、ちょっとやらしてもらいます。これ何です？　え、この何です、扇、扇子をこれ煙管のつもりで、煙管のつもりで、煙管のつもりで（扇をキリもみし）」
先「竹とんぼではございません」
×「盤があって。えっ相手、顔、七《ひち》分三分、七分三分、結構です。やらしてもらいます。七分三分…」
先「そのような心持ちでということ」

将棋もええが、こう長いこと待たされたら、退屈で、退屈で……。

×「何でした、のっけ。え？（せっかちに）長い、長い、長い、へえ思案じゃな、よし、よろしゅおます。『長い思案じゃなあ』」

先「見得を切るのではないのでな。もそっと穏やかに」

×「『長い思案じゃな。えっ、下手な考え休むに似たり。これはもうどう考えても詰んだあんのじゃ。まだか。将棋もええが、こう長いこと待たされたら、退屈で退屈で、ファーイ、たまらんわい』」

先「何じゃいそれは。何じゃいそれ。お前さん、遊んでなさんのか。お稽古しようという気がありますか。あなたには、人に聞かせようという気持ちがある。これが一番いけませんな。いちびり心※という……。芸事は何でもそうですがな、人がおろうがおるまいが、天地間我ただ一人という無心、無私、無我というところをな。今《いバ》一度やりますで、その心をな」

○「（あがりがまちに座って部屋の中の稽古をながめながら）あ、あほや、何しとんや？これ稽古？ほっ、こんなこと笑わんとようやれんなあ。（煙管に火をつけて吸いながら）フゥー、うーんまあああんなこと習いにこういう男もいかんけど、看板さえ上げなんだら、習いにも来んねや。アハハハッ、世間は広い。フーッ。えっ『いま一度』？プッ、フン、何遍やったかて変わらへんやないかい、そんなもん。アーア、

（煙管を吸いながら）長い稽古やなぁ、アーア、下手な稽古は休むに似たりちゅうてな。しょうもない稽古ならせんほうがましやで、ほんまにもう。フーッ、まだかいな。稽古もええけど、こう長いこと待たされたら……退屈で、退屈で…ハアーア（あくび）、たまらんわい」

先「オーッ！　お連れさんはご器用じゃ」

※　ふざけること。

解題

東京では『あくび指南』というタイトルで演じられ、小人数のお客の前でごく淡々と演じて、聞いているお客もつい釣り込まれてアクビをしてしまい、ほんの数回クスッと笑わせたらいい……というようなもの静かな噺だったらしいのですが、枝雀さんの手で大ホールでも爆笑が連続するネタになりました。

およそ二十年前に、一番弟子の桂南光さんが得意ネタとして演じるようになってからは、南光さん（当時はまだ「べかこ」でした）に「これは、あなたのほうがおもしろい。私はもう演りませんから、あなたが演ってください」と譲り渡したネタです。

「けど、後に『やっぱり私も演ります』とおっしゃって、また演ってはりました」とは南光さんの証言です。

枝雀さん以前には、橘ノ円都師や、円都師の教えを受けた先代桂文我師が演じておられました。文我師のこの噺には、飄々としたとぼけた味があり、柔道のエピソードの後に稽古に付き合うのをいやがる相手に「おまえかて質屋に行くのにつき合わせたやないか」と逆襲する場面がありました。

ひとくちに稽古屋といっても、さまざまあります。上方では『どうらんの幸助』に登場する浄瑠璃（義太夫）の稽古屋をはじめとして、踊りや唄などを専門に教える場所がありました。その雰囲気は『稽古屋』という落語にも描かれています。中には唄から踊りから鳴物、お茶、お花まで教えるというお師匠さんも存在しました。こんな、なんでもこいの師匠を「五目《ごもく》のお師匠《つしょ》はん」と称していました。

ただし、この噺のように生理現象をレクチャーしてくれる稽古屋さんは、さすがになかったように思います。

この「御あくび稽古所」には、稽古屋というよりは道場の趣があるように思えます。師匠のユニークなイントネーションのおしゃべりも、聞いているうちにとてもチャーミングに聞こえてきます。そして、大真面目に対座してアクビの稽古をしている師弟の姿には、なにやら禅味のようなものまで漂ってきます。……きませんか？

枝雀さんから「なぜアクビは伝染するのか？」という理由を教えてもらったことがあります。

「誰ぞがアクビをしまっしゃろ。ほたら、その場にアクビ一つ分だけ空気が余分になりますわな。と、その余った分を誰ぞが吸わないかんようになるさかい、アクビが出るんです」

……多分ウソやと思いますけど、あのお顔で、あの口調で言われると、うっかり信用してしまいそうになりますよね。

替り目

お酒のお噂でございます。寒なりますとゆうとやっぱり、日本酒なぞは、ことにいや増しておいしいようにも思うのでございます。結構なもんでございますね、なんにいたしましても。『酒は百薬の長』と申すのでございます。酒は百薬の長。薬の中の薬やと、言うのでございますね。もっともこれは、飲むほうからいいました言葉でございまして、飲まんほうからいいますとゆうと、『命をけずるカンナ』なんて申すのでございます。憎たらしいことが言《ゆ》うてございますが、まあ、程々に飲んでいる分には、こんな結構なものはございませんが、まァ人によって、程が違ったり、また、程を過ごしたりするところに具合の悪い所があるのでございますね。

アー飲む程に酔う程に、だんだんと頭の神経が少し、まァ、エー、おだやかになってまいりますと申しますかナ、エー、朧《おぼろ》になってまいりまして、言ったりしたりしていることが、だんだんとこのおろそかに、ええかげんなことになってまいりますネ。エー、「酔いました酔いました」なんて言ってる人、あんまり酔ってないもんでございます。酒飲みの言うことはあてになりません。

もう酔っている人に限りましてネ、「酔ってない、酔ってない」と言うようなこと、よくございますネ。「誰がア～酔うてんねん！」なんてネ。大きな声で目ェむいてますがね。ほらもう、酔うてんねんどころの騒ぎやない。「私はしらふや！」、なんの素面《しらふ》なことがございますねん、もうへべのレケレケでございますがネ。

反対にこの、酔いました酔いました、といってる人が、存外酔ってないもんです。「酔いました。こんなにたくさんいただきましたん、生まれて初めてでございます。もう何が何やらわかりません。エーごあいさつ申し上げたらええんでございますが、また、お座が白けましてもいけませんので、旦那《だん》さんや皆さん方にどうぞよろしゅうおっしゃっていただきますように。酔いました。何が何やらわかりません。もうこんなにたくさんいただきましたの、生まれて初めてでございます。何が何やらわかりません。失礼をいたします。酔いました。失礼をいたします。何が何やらわかりません。……先程いただきましたお土産の折詰《おり》をとってもらえますか」

お土産の折詰は、けっして忘れないわけでございまして、存外しっかりしているのでございますが。アノなんと申しましても、ええかげんに酔うているアノあんばいとゆうものは、やっぱり飲むもんやないと、わからぬアレでございまして。

留「(酔っぱらい)ア、おおきありがとう。いつも遅までですまんね。うんうん、ほたらもうボチボチと、ハァおおきありがとう。ア、後《あと》かたづけたいへんやネ。エー、手伝《てった》おかえ? 後かたづけを手伝いましょうか? エー、『結構です』? ア、そう、いや、わしも、手伝う気ないけどネ、うん。ちょっとあいそ言葉。ハハハハ、おおきありがとう、さいなら。ウァー、表へ出るとさすがゾクッとするけど、へっ、けどやっぱり何やかんやゆうても、ええあんばいや。ホコホコしてるさかい、ええあんばいはええあんばいやネ。頬に当る風が気持ちがいい。ハハハハ、さっぱりわやや。ヨオ、今日はあーた、お月さん、エー、三日月やね、三日月お月さんちゅうてネ。それになんやね、満月ちゃなことといってまん丸お月さん、立派でええけど、その三日月のお月さんもね、なんとのう、悲しげでいいですね。ハハハハ、さっぱりわやや、エー〜一でなし、二でなし三でなし、四でなしか、五でなし、六でなし、七でもありませんが八でもないよ、か、九でなし十でなし、十一、十二、十三、十四、十五、十六、十七、十八、十九、二十、二十一、二十二が、二十三と…、止まらんは、この歌は、うーん、さっぱりわやや」

犬「ウー、ワン」

留「ア、ビックリした、なんや急に『ワン』てゆうて『ワン』てゆうて。ハハハハ、ウ

アハハハハ、さっぱりわやや。

ァー犬や。クロですか？　茶色ですか？　エー、クロ、クロ、聞け聞け。そのね、あのね、お前は今、犬ですけどね。また、わたしは人間ですけどね。しかしながらね、こうゆうものは因縁因果でございますよ、自業自得ですからね。ですからね、あーなんやで、お前も犬の時にね、犬としての徳をつんでね、うん、来世は、ポコと人間に生まれ替るとゆうようなことをね、そうゆう時に私とあなたと、人間と人間としてまたお話をね、するとゆう日を楽しみにね。……おいちょっと、犬、聞け聞け聞け、コラ！　コラ、アホ、人せっかく話したってるのに聞け！　そんなこっちゃたら、お前、いつまでも犬してんならんぞ。アハハハハ、さっぱりわやや。ウーン。(戸を叩く)…ちょっと尋《たん》ねますけど、…松本留五郎さんのお宅は、こちらですか。ちょっとおたずねいたします。松本留五郎さんのお宅は、こちらですか」

女「(奥から)へェどなた、ちょっと待っとくれやす、いえ、うちのんちょっと今、へェ留守にしてまんねけど、ちょっと待っとくれやす、どちらさんでございます…。(戸を開ける)アホ。やっぱりあんたかいな。声がよう似たあったよってにな、あんたやと思たんやけど、『松本留五郎さんのお宅はこちらですか』、て、松本留五郎て、あんたやないかいな、あんた。まさか自分たずねて帰ってくると思わへんやないかいな。あんた、このごろ毎晩そんなこと言うて帰ってくんねで、きのうの晩は、『聖徳太子さんのお宅はこちらでございますか』。その前は、『坂上《さかのうえ》田村麻呂さんのお宅はこちらでございますか』。あんなむつかしい名前どこでおぼえてくんねん、あんた。早いこと上がんなはれ」

留「『上がれ』いわれんかて、上がるわい。(「都々逸」の節で大声で)〽目から火の出る…」

女「大きな声やなもうホンマに、アホ。大きな声出して。うーん、ご近所ぼやいてはるやないかいな」

留「エー」

女「大きな声出したらいかん」

留「なんでいかん」

女「なんでいかんたかて、ご近所ぼやいてはるやないか。遅いやないかいな、夜が」

留「エ、ご近所ぼやいてるか」

女「ぼやいてはるがな、『やかましやかまし』言うて。そらまァご近所のこっちゃさかい、正面切って大きな声で、『やかましいわい』とは、言わはらへんけども、お腹の中で、『やかましやかまし』て、ボソボソボソ、言うてはるの聞こえるやないかいな、よう聞いてみなはれ、聞こえるやないかいな。やかましてぼやいてはるわいな」

留「ウーン、そらいかんな。それはいかん。そういうことは、罪をつくっていることになるな。よし、思いきって、謝罪にいこ」

女「謝罪なんかいかいでよろしい、もう。お布団敷《ひ》いてあんねん、寝なはれ寝なはれ、もう寝なはれ寝なはれ」

留「そんなこと言うな、おい、ちょっとちょっと、そう、愛想《あいそ》ないこと、ちょっともっといで、ウーン（杯を持つしぐさ）」

女「何をいうてなはんねん、何を」

留「何をて、こうしたらわかるやないか。まさかわい、ガソリン飲むか、お前。わいガソリン飲んで、口から火吐くのか。火吐き男か、わいは。（杯を持つしぐさ）こうしたらわかるやろ、酒や酒や」

女「アホ、何を言うてなはんねん。もうぎょうさん飲んでなはんねやないかいな、もう。よろしやないか、それ以上飲まいでも。もう寝なはれ、お布団敷いてあんねん、寝なはれ」

留「そ…あのね、お前とゆうものはね、なんでそうものがね、わからんの。エ、外で飲む酒とうちで飲む酒は、また、違う、味がね。お前は、『ずいぶんと、外でお飲みでしょうけれども、うちのお酒も一杯だけお飲みになったらどうでおます』とかいうようなことを、言うてごらん、ほいだら、わいのほうとしても、『いや、そうか。これからまた、嫁はんに世話かけんならんな。かまへんかまへん、また、明日のことにしようか』という、気が起こるということをお前、思わないかんわ、ホンマに。それが人の情《じょう》というものや。エー、それを、『布団敷いてあんねん、寝なはれ、もうぎょうさん飲んでる、寝なはれ寝なはれ寝なはれ』てお前、(だだっ子のように胸を開き)寝るか寝るか、寝るか寝るか寝るか…」

女「どんならんなもう。ほんなら、お酒というものは、外は外、内は内でまた味のかわるものやそうでっさかいな、うちのお酒も、少し飲んでから、お休みになったらどうでおます」

留「ウーン、それもええね」

女「アホ」

留「なんでもかめへん、持ってこい。こ、こっち貸せ、こっち貸せ、おい。上等の酒や。わいが特別にあつらえて…。こっち貸せ、わしが注《つ》ぐ、注ぐぞー。おい、湯呑もこっち貸してくれ。こんなうまい酒が他所《よそ》にあるか？　エ、ウーン、お前が注《つ》いだら、盛《もり》が悪い。ネー、(湯呑に注ぎながら)なにが情ないって、こんな結構な酒ね、湯呑の上、少し空《す》かされるちゃな、あんな情ないことありゃせんわい。どや、どんなもんや、どーじゃい。これ、バァー盛りあがったあるえ酒…。(口から迎えて) ありがたいね。おいちょっと、なんなとちょっと持ってこい」

女「何……」

留「ちょっと、ウーン持ってこい、なんなとあるやろ」

女「何」

留「ウー、なんなとちょっと…(手をめまぐるしく動かして一口つまむしぐさ)」

女「なんや、これ(しぐさの真似をして)、これなんやの、これ」

留「なんやて、ちょっとなんなと、つまむもんもってこい」

女「それがもう、なんにも無いの。ごめん、なんにも無いの。今日もうなにも無い、なにも無い」

留「なんにも無いちゅうわけないがな。そうや、なんや言うてた。こうこ※のうまいのんもうたて」

女「ごめん。あれもう、わて皆食《く》てしもた。食てしもた。食てしもた」

留「あのね、あんたは嘘でも女ですよ。『あんなんワテ皆食てしもた。食てしもた』てお前、顔、しわくちゃになったあるやないか。女は女言葉を使いなさい。食

男は男言葉使い女は女言葉使う。これが人間としての…でしょ、そう…ね。『いただ

きました』と、これが女言葉や」
女「そう、ごめん。あれもういただきましたの。わたしがいただきましたの。いただきました」
留「いただくなら、なんぼいただいてもかまへん。食たらいかんよ。そうそう言うてた、貝の佃煮、あれ、あれ…」
女「ごめん、あれ。いただきました。あれ、わたいがいただきました。わたしがいただきましたの。ごめんごめん、いただきました」
留「…そうそう、スルメあったちゅうて」
女「ごめん、いただきました。わたしが、みな、いただきましたの。ごめんなさい。いただきましたの。いただきましたの」
留「…アノー」
女「いただきました。ごめんなさい。いただきましたの。ごめん、ごめん、いただきました」
留「あのね、わい、今、『アノー』て、いうたんや。そら、なにいただいてもええけどね、『アノー』ぐらい残しといてくれ、ホンマに。ちょっとなんぞないのんかい?」
※　たくわん。おしんこ。

女「アノ、ご飯の冷えたんやったらありますけども。冷やご飯」

留「ひ、ひ、冷や飯つまんで、酒飲めるか！　なんぞちょっとつまむもんないのかちゅうねん」

女「茶びんのふたつまみなはる？」

留「……えらい嫁はんやね。茶びんのふたつまんで酒飲んで面白いか？　酒を飲んでは、茶びんのふたをちょっとつまみ。茶びんのふたをちょっとつまんでは酒…。アホなことできるかホンマに。こうせえ、こうせえ、向かいへ行て、こうこ一本もうてこい」

女「なにゆうてな…、なん時やと思てなはんの。寝てはるやないかいな、お向かいやなんか」

留「へ？」

女「お向かい寝たはる。なん時やと思てんねん、夜遅いのに」

留「お向かい寝たはる？」

女「寝たはらいでかいな」

留「わい、さっき帰ってきて、歌うとたら、ぼやいてはったんと違うか？　そんなおかしいことあれへん。歌うとたら、ぼやいて、漬け物もらいに行たら、寝てるちゃ、そんなバカな寝ようあれへんわい…」

女「寝たはんのん」
留「寝てはったら起こせ」
女「起きはれへん」
留「んな、起こしようあるんや…。工夫せえ。バケツん中へ金だらいほり込んで、ガンガラ、ガンガラ、ガンガラガーンて、『ワァー、火事や火事や火事や火事や』いうてみ。皆びっくりしてビャビャビャと起きて、おまえ」
女「当りまえやないかいな。起きてきはったらどうすんの」
留「起きてきはったらいわんかえ、『ヤー、お騒がせいたしましたが無事に火事は収りました』いうて。『わたしの力で収めました。つきましては鎮火の祝いに、こうこおくなはれ』。…よう言わんか。気のあかんやっちゃな。いや、こうせえ、帰る時、角《かど》のおでん屋、戸は閉まってたけども、まだ灯《あかり》ついてた。行て、皿持て行てなんでもエエ、こんにゃくでもなんでもかまへん、三ツ四ツもうてこい、行てこいウーン、行てこい！　ハハハハ…。（誰に言うでもなく）ヤー、いや言うもんのね、ウーン、ええ女や、へへ。やー、しかしね、バーンと言うてやらないかん。言う時には言うてやらないかんよ。顔見た時には、バーンと言うてやらないかん。ね、しかし、ほんまは、あないしてね、ウーン、皿持って、へっ、おでん買いに関東煮《かんとだき》屋へ、言や言うもんのね、可愛《かい》らしい、他人《ひと》が見たらどやわからんけど、わい、見たらいまだに可愛《かい》らしい……、ポチャポチャ。やー、陽気なんええね。わしゃ、どうゆうもんか、妙にまじめな男やからね。こうゆうのには、ああいうのが合いもんやね。ウーン、こういう妙にまじめな男は、落ち込む時がある。うん、それをあれは落ちこまんね、うん。落ちこむ穴がないのネ。ウーン、穴なし女や。ハハハハ、あっちぃファー、こっちぃファーて、明日は明日の風が吹く。その通り、うんうん、無責任なようなけど、んなことあれへん。人間一寸先わからへんがな。明日は明日の風が吹くと思わなしゃあない。それを妙に心配するのがまじめな男や。ハハハハ、ありがたいこっちゃ。こまかいとこに、気は付く、することはだまってチャンチャンとする、人前では陽気に陽気に、ハハハ。お酒もね、『飲める時は、幸せにしていただける時はいただきなさいよ。飲めんようなったらまた、辛抱しはったらよろしい』言うて、『それで気がパァーと発散すりゃ結構なことですよ』。毎晩飲んで帰るね。ありがたい、それで家のことはちゃんちゃんと切り盛りして安心して飲める。考えたら、酒飲みの世話するために生まれてきたような女やね。あいつ外したら、他はないね。まあ、あれも、もう貰い手はないやろけどね。そんなこんなで年とっていくのやね。因果なもんやね。しあわせや、ありがたい、うんうん、いつもね、『すまんなぁ』ちゅうて、腹ん中では言うねけどね、うん、顔見たらねバァーンて、『あっちいけ』、えらそうに言うとかんと、また、なんぞの時にいかんよってにね。腹ん中では、『ゴメンなさいスビバセン』て、顔見たらバンバーン…。（女房に気づき、困った顔）お前まだ行かんと聞いてんのか、お前は、…（再び誰に言うでもなく）皆聞かれてしもた。さっぱりわやや。いや、けどもうああしてアテできたら、ちょっとこれ冷酒《ひやざけ》や。燗《かん》したらうれしい燗。〽燗しましょかねー、よっとせえのさとさと、戸棚を開けてー（水屋から銚子をとり出し酒を注ぐしぐさ）銚子を出してね、サササササササシシススス、スースー。なんの歌やわかれへん、ハハハハハ。銚子に入れた。うち、火種ないねやね、燗したいね」

う「うどーーん」

留「ワァー、うどん屋きよった。ちょうどええ、（表に向って）うどん屋、うどん屋。こっちや、ここや。そう、ここ、そう、そこ、ここ、そこ、ここ、ここ。戸開け、戸開け。アー、こっち入ってきて、入ってきなさい。『おうどんですか』、（銚子を差し出しながら）違う違うこれ、頼む。『エ、おうどんですか』？　違う、これ頼んます、これ頼みます。『おうどん』？　違うちゅうねん、お前耳悪いのか、お前、うどん違う、これ頼みますちゅう…。エ、銚子出して、『これ頼みます』ちゅうたら、ちょっと燗つけて。いやな顔しないな。このことは商売にはならんよ。けど、そこでね、なにがどう巡りまわってまた、商売にならんとも限らん。そうゆう時に、ニッコリ笑って…、ね、それが商売商売、お商売。そうですよ、損して得取れ、ちゅうことね、お願いしますよ、うん、スビバセンね。オイあかんあかん、あかんあかん、バタバタとあおいだらいかん。それでのうても、うどん屋の湯ちゃあ熱いもんや。ええ酒やそれ。ポーッと、ちょっとポカッときたらそれでええ。やけくそになってバタバタとあおいだら煮やしたらいかん、煮やしたらいかん。ちょっとお尻さわってごらん、お尻。お尻さわってごらんちゅうても、お前のお尻と違う。なんでお前の尻さわって、酒の燗わかんねん。ポカッときてる？　そう、それでええ。それでええもうええ、もうええ、こっち貸せこっち。やーおおきおおきおおき、（銚子を受け取り）おおきはばかりさん、ハハハハハ、スビセンね。できたかな、できたかな。ウン…、（銚子から湯呑に注いで飲み）アーうまい。アー、たまらん。燗はうどん屋に限る、ウーン。ア、（湯呑みを差し出し）ちょっと一杯いけ。え、イヤ、え『不調法で』。かまへん。不調法もクチョウホウもあるかい。わいはなにも、用だけさして、仕事だけさして、知らん顔ちゅう男と違う。まァ、一杯いっとけ。たいしてないねん飲んでくれ。嫌な顔しな。損して得とれ。ええ商人《あきんど》ですよ。クーとクーと。ようし、よしおおきにありがとう。酒飲みちゅうのは、一緒に飲んでくれたら、うれしい。ご縁、ご縁。やあ、おおきありが

アーうまい。アー、たまらん。燗はうどん屋に限る。

とう。縁ですよ。え、何『おうどんいかがです』？ いや、ええて、気ィつかうなちゅうねん、お前。酒ご馳走になったさかいって早速おうどんお返しやて、そんな、気つかいな。いや、しかしほんまにな、こうして、おいおい、こ、こ、待て待て、バタバタするな。何？ 荷が気になる？ あー、大丈夫、『ここの親方のご許可得てます』ちゅうたら、わいがちゃんと言うたる。バタバタすな、人の話を聞きなさい。ウーン、縁やで、なんやかんや言うて。そのね、今、得にならんさかいちゅうて、そんな嫌な顔したらいかん。世の中、どっからどうまわって行くやわからんねん。縁やで、すべて。うんうん。あ、縁ちゅうとお前、左官《しゃかん》の留《とめ》、知ってる？『知らん』。あ、そう…、あいそがないね。そう知らんやろけどね、たとえ知らいでも、そこはニッコリ笑って、『まことに残念ですけど存じあげません』とかなんとか言いなさい、それが物の言いようですよ、ウーン。こいつのとこの娘、婚礼や。いや、わいの友達は武骨な男やけどね、小《ち》さい時からの友達や。この娘かて、もう、溝またげて小便してる時から、わい知ってるねん。エー、留んとこ、あいつ留三郎、わい、留五郎て、ご互いに、留、留て、同じ留やけどね。そうそう、あの娘、小さい時に、向《む》こ遊びにいて、飲みにいて帰る時、わい帽子忘れたんや。この娘、奥から帽子もって、チョコチョコチョコチョコ出て来て、『オッタン、ボーチ』言うて、わいそれで『すまんすまん』、言うておぼえてんねん。これ、立派ンなった嫁入りや。早いもんやなあ。早うに嫁はん死なしてしもてな、『後添《のちぞえ》もうたらどや』ったら、『アホいえ、ええ女が来てくれたらええけど、しょうもない女もうて、この子に苦労かけんのがいやや』言うて、男手ひとつで大きしよったんや。『養子もらうのか』ったら『アホいえ、こんなとこへ、誰が養子に来てくれるかい。また、養子来てもうて、気がねして生きていくのは、いやや。ええ男があったら、どこへでも、嫁にやる』言うてた。ええのん見つかった。婚礼や。『親戚少ない、すまんけど、親戚として、出てくれへんかい』。わい、着たこともない紋付と袴で、わい、行た。立派になりよった、きれいに着付けして、ワッーこれ『オッチャン、ボーチ』の子かいなと思た。えらいもんや、留の前で、立派にあいさつすんねん、『お父さん、今日まで、いろいろとありがとうございました。今日《こんにち》嫁がしていただきます』いうて。エ、親子で、あないにきっちりね、あいさつされたら、妙なもんやね。ワイ、留、泣っきょるなと思たらね、泣っきょらへん。えらいやっちゃ。腕しっかりしてるよ腕。あの他の者がね、雇われて頼まれていっても、肝心ここちゅうとこはこいつが、頼まれる。腕しっかりして、人間口はヘタ。ベンチャラよういわん。あ、ブー(げっぷ)、武骨な男や。気持ち表出さん。ブー、泣っきょらん。けど男親やで、えらいやっちゃな、と思てたらね、その娘今度ワイの前来て、『おじさん、いろいろとお世話になりましてありがとうございました。私が嫁ぎましたあかつきには、うちのおとっつぁんが、淋しがるやろうと思いますので、またちょいちょいと、お酒の相手を、しにきてやってください…』言いよった時、フッと留見たら、こんな大きな涙一つだけ、ボロ。ダハハハハ、ワイ好きや、あの男。それで今日もね、オイ、オーイ、ちょっと待て、うどん屋、逃げたいかん、逃げたいかん。オーイ、逮捕するぞー（大きくのり出して呼ぶ）」

女「（戻って来て）大きな声で、何を言うてなはんの。まァお燗ができてるやないか、どうしたん？　ハァ、ハァ、ハァうどん屋さんに、結構なこっちゃないか。おうどんとったげたんか？　おうどんなしで？　まァなにを…、気の毒なこっちゃないかいな、わたいが食べます、わたいがたべます。うどん屋さーん、うどん屋さーん」

◎「おうおう、うどん屋、呼んでるで」

う「エ、うどん呼んでるて、どこです」

◎「どこですて、向この家やないか」

う「どこの…、ウァー、向こには行けまへん、行けまへん」

◎「なんで」

う「今行たら、ちょうど銚子の替り目でございます」

解題

オーソドックスな米朝師の型では、冒頭、人力車に乗って目と鼻の先の自宅まで送らせるシーンがあります。

枝雀さんには飲み屋さんを出て、家へ帰りつくまでの間に、犬と会話を交わすくだりがあります。この犬とのコミュニケーションは、枝雀さんが実際にやっていたことなのです。落語家になって間もないころ、若き日の枝雀さん（当時は小米さん）は、大阪で飲んで酔っぱらってしまい、伊丹市の自宅に帰るのがじゃまくさくなったときには、大阪に近い尼崎市に住んでいるお姉さんのお宅に泊めてもらうことにしていました。そのおねえさんの家にいたのが「ボビー」という茶色のおとなしい大型犬でした。夜中にご帰還になる関係で、塀を乗り越えて庭に侵入すると、家の中には入らずにボビーの横に寝そべって世間話をするんだそうです。その内容は「おまえは、今は犬やけど……」という、この噺の会話そのままでした。つまり、この噺の冒頭にボビーとの思い出を盛り込んでいたわけです。

この噺の主人公は松本留五郎さん。「どっかで聞いた名前だなあ」と思ったあなたは、かなりの枝雀通です。『代書』や『茶漬えんま』といった噺で主役を張った「スター」の名前です。

この速記ではマクラと本ネタとは区別されていますが、後には、マクラで酔っ払いの演じ方をお客様にレクチャーしているうちに、いつの間にか松本留五郎さんのしゃべりになっているという、マクラと本ネタの区分をうやむやにしてしまう演出を聞かせてくれました。

奥さんが関東煮《かんとだき》を買いに出かけたあと、戸だなを開けて銚子を取り出す場面では、高座の下手方向にかなりの距離を四つんばいになって移動します。そんな時でも、野球で出塁したランナーのように、必ず左足のつま先は座布団にタッチしているのが、「落語は座布団の上の芸である」という枝雀さんのこだわりなのかもしれません。

単なる爆笑ネタというだけでなく、奥さんについての内緒の詫び言や、友達の花嫁の父の物語、ことに、「大きな涙一つだけ、ボロ」という一言などは、聞いている者にも涙を催させました。

うどん屋さんに一言もしゃべらせないで、留五郎さんのモノローグにしたのも枝雀さんの演出です。

時間のない時は、奥さんへの詫び言を立ち聞きされるくだりで切ってしまうことが多いのですが、サゲまで演じると噺の奥行きが一段と深くなるように思います。

寝床

もうほとんどブームというより定着いたしましたのがカラオケというやつでございますが、皆様方もそれぞれお歌いになるのやないかと思いますね。いいあんばいでお歌いになります。私もあんまりそんなに好きなほうじゃありませんが、ひと晩に二十六曲というぐらいなもんでございまして。それかてね、そない毎晩歌《うと》うてるわけじゃもちろんありませんが、ある日のことでございます。大阪のキタ※のあるカラオケスナックでね、私歌うとりました。まぁ、あんまり歌うこともないんですけど、ちょっとたまたま歌うとりましたら、そこへあとから、まぁ部長さんか課長さんか、わかりませんねけど、ちょっとデップリした人が、若い女の子を連れてね、三、四人、入ってきはりまして。「いやーぃ、枝雀、歌《うと》とる」なんちゅうてね。まぁ枝雀かてたまには歌うんでございますけどね。で、終わったらね、「アンコール、あそれ、アンコール」なんてね。アンコール、そりゃありがたいことですけどね、ほんとにアンコールしているのかどうかっちゅうことは、お腹《なか》の中はわかりますわな、言い方でね。「ア〜ンコ〜ル」て、こんな失《ひっ》礼《れい》なアンコール、どこにございます。その辺はむかっとしたんですけどね、そやけどまあ、そこは、わたくしは〝まぁまぁ〟で世の中送っとりますからな。それで、「どうぞ。もうあたし、だめなんです」。「ア〜ンコ〜ル」て、まだ言うとんですね。おそらくまぁ若い女の子の手前あるんでしょう、えぇ。「俺、いつもあれ世話してんねん」て、嘘ばっかでいっぺんも世話になったことなんかないんですけど。そんなわけで、「ア〜ンコ〜ル」。私、仕方がないからもう一曲「〜ワァー」ちょっとは知ってる歌を歌いましたら、まだ言うんです、しつこい人で。「ア〜ンコ〜ル」てまだ言うんですね。そいで「いやぁー、だめなんです」。「ア〜ンコ〜ル」。まだ言うので仕方ありませんわ、もう一曲。ここで終わりゃ何のことはなかったのに、これ終わったらまだ言うとんですよ。「ア〜ンコ〜ル」。このおっさんアンコールしか知らんのかなと思うてね、それで、そこで私もちょっとお腹決めましたわ。「あ、そうですか、じゃあ歌いましょう」。それからもうどなたにもマイク……。私、だいたい穏やかな人間ですけどね、いっぺんプチッと切れたらむちゃくちゃね、その、何やるかわからんような気の寄る※※ところがありますねん。「よぉーし、やってやろう」と思いまして。それからもう誰にもマイク渡さずに、もう、ずぅーっと知ってる歌、とにかく知ってる歌、あとで勘定しましたら二十六曲あったそうでございますね。普通はなかなかプロの歌手でもねぇ、間《あいだ》おしゃべりも何にも

※　大阪・梅田界隈の歓楽街。※※　気を散じるの反対語。心の憂さが晴らせない、気分転換ができない。

なしで立て続けに二十六曲歌うことはまずないそうでございますね、すごいもんでございますね。えらいもんでございますよ、そのおじさんねぇ、え、もう五、六曲目から来たらもうさすがにアンコール言わなんだですよ。黙《だま》ぁーってこう、黙々と恥ずかしそうな顔して飲んどりました。私、お腹ん中で、「勝った」なんて思いまして。いや、ま、勝ち負けはどうでもええんでございますけどね。面白いもんでございますね。

あの、歌を歌うっちゅうのは気持ちのええもんですねぇ。私、まぁ分析いたしました、なんで気持ちがええか、いうことですね。まず息出すんですね、歌うちゅうのはね。笑うのと一緒で、〽あーあーあーあーあーーと。ま、つまり、どこまで行っても一緒ですけどね。あんまり息吸って歌いませんよね。(息を引きながら)〽いいういいう……。じゅうーぶんに吐く、いうことですね。そうすると今度は、吐いて吐きっぱなしちゅうことまずありませんからな。吐くと必ずサッと吸います。で、またサー出してサッ、サーッって、いわゆるこの深呼吸の作用なんですね。こら人間をいい気持ち、いわゆるこの快感に導くのは深呼吸なんでございますね。煙草吸うのもニコチンの作用もありますけど、あれも実は深呼吸なんですよね。スーッと吸うてはフワーッ、スーッと吸うてはフワーッ。ですからまぁ、ニコチンの害が気になるお方は、何にもないもんを持ってですねぇ、スーッ、ハーッ、スーッ、ハーッ、としてもいくぶんかは気持ちがよろしいいうわけで、面白いもんでございますね。

そこへリズムっちゅうのか、テンポっちゅうのがね、ドンツク、テンツッテテ、スッテテン。だいたいまぁ、これは心臓の鼓動か何かに合《お》うてんでしょうね、生理的にやっぱ気持ちがええわけでございますね。ドン、ドン、ドンって。やっぱりえらいもんで。ほで、あのパチンコ屋さんの表なんかで、ジャーンジャーンていろんな音楽がかかってくると、人間って自然とそれに合わせてこう歩いてる場合もございますもんね。面白いもので、やっぱ気持ちがいいんでございますね。

この二点かっちゅうと、なかなかそうではございません。その次の一点が大事なんですね。これは何かっちゅうと、「人が聞いている」とゆうことなんで、「わたくしが歌っている」。人間なんてもうなんやかんや言うたって、みんなわたくしがで生きてるわけでございますからな、わたくしがみな服を着てるわけでございますよ、本当のとこ。着物着たり服着たり、わたくしがの固まりでございます。そらそうでしょう、まあこんだけのもんでございますから、わたくしが言うてんとですね、「あなたもわたしもないわ」なんて、「損も得もないわ」言うて、向こうから自転車が来るのにドーン当たったりなんかしたらエライことですから。ま、それはわたくしがで逃げたりもせんなりませんねんけどね。この要素が大きいんですよ。ですから、一時《いっとき》まあ、カラオケのいわゆるマイクの取り合いで喧嘩になった、いうて新聞になんか載ってましたけどね、あんなことがあるんならね、お家《うち》でみなそれぞれ買うてきて、それぞれが歌やええようなもんでございますけど、これ、誰もしない。今、日本人はお金持ちですから、あんな機械ぐらい買えるはずですけど、誰もしないんです。なぜかちゅうと、家《いえ》では誰も聞いてくれないからなんですね。ですから、たぶん聞いてくれるっちゅうことが大きいんですねえ。ですから、よくあの上役の人なんかと行くと、「課長、どうぞ」とか、「部長、どうぞ」って、大抵その上役の人は、「僕はだめだ、歌ったことない。長いこと歌ったことないんだ。だめだ」なんか言う。ああいう時に、「あ、そうですか。じゃあ我々が歌いましょ」ちゅうたらしくじるそうですよ。絶対にそれはだめ。「ま、そうおっしゃらんと、部長」って、もういっぺん、「いやぁ、僕はだめだ」。そこで、「あ、そうですか」。これもだめ。もう一度押すんですよ。「そうおっしゃらず一曲だけでも」と、これなんです。「そうかな」なあんて。いっぺんマイクを持ったらこういう人に限って離しませんよ。いわゆる歌詞カードございますでしょ、あれ、自分の知ってる歌んとこ、みなこう指を入れてこうして押さえるでしょ。ですからまぁ、人が歌い終わったときに〝ウワーッ〟と拍手しますわな、それはまぁ、儀礼的に拍手するいう意味もあるのやけども、「間もなく私の番だな」というんでまあ拍手をしている部分もあるわけでございますからな。

人が聞くっちゅうのはおもしろいもんですね、わたくしがが働くわけでございますね。まぁちょっと前でございます、ひと時代前には、今の流行歌、歌謡曲なんかと同じように浄瑠璃というものが大阪では大変にはやりましたそうでね。こらもう、いや増して※わたくしがありますからな。というのがまぁ、時間も長《なご》うございますし、いわゆる語り分けるちゅうんですかな、この、ああでもないこうでもないといういわゆる節付けに工夫がありますからな。いや増して、わたくしがつまり、なるわけでございますね。昔はお稽古屋さんがたくさんありましてね、お稽古通うんですけど、まぁお師匠《つしょ》はんにしましては、お客ですからな、いわば。皆さん育てて太夫さんにするわけじゃないんですから、いわば月謝が目当てでございますから。うまいことおだてておだてて、わたくしがのお尻をこうこそばしてですなぁ、やるんです。声のええ人はやっぱ一番ほめやすいそうですね。「あーた、あーた声がええの。声が…。声のええ人にはかなわないの。生まれ持ったる美声…」「そうかなぁ。俺ァ声が」ちゃなもんでね、声ね。誰が聞いても「（にごった声で）ウワウワワ」っちゃな声ありますわ。こんな人に、あんた声がええ言うたら皮肉言うてるように思われますから、こういう人は他から攻めます。「あんさん、節《ふし》がよろしい。節回し。や、だいたいその悪声の人に名人が出るの。美声の人にあんま

※　なによりも大きい、多いの意。

り名人は出ないというのは、その声の悪さをどうカバーするかっていう、そういうところから、工夫から名人が出るの。あんた節回しが……」「俺ァ節回しが」ちゃなもんでしょ。節回しもあかん人ありますよね。「あんた、せりふがしっかりしてる。浄瑠璃というものはこれいわばお芝居ですからな、いわゆる人と人との絡み合いですから、いわゆるその、言葉でもって他人《ひと》さんを説得する、これが一番。あんた言葉が……」「俺ァ言葉が」っちゃなもんで。言葉もあかん人ありますわな。「あんた長いこと座ってても、しびれの切れんとこがええわ……」「俺ァしびれが」。んなアホなことはないですけども。なんじゃかんじゃ、ちゅうてね、わたくしがのさばって、まぁいわゆるお稽古するわけでございますがな。今度はお稽古が済みますというと、今度はこれを、人に語って聞かそうという段階が来るわけでございます。こっからが害毒でございますね。うーん、だいたいこの、わたくしがの固まりでございますからな。ことに大家《たいけ》の旦那ンなんかになりますというと、お商売のほうで成功なさってるということは、こっちのほうで成功なさる、ま、わけェございません。天二物を与えずが普通でございますからな。でございますけれども、わたくしががありますから。歌謡曲はねぇ、三分ほどで、ま、我慢済みますけどねぇ、浄瑠璃、長いんです。一段でも一時間からありますでしょ。それ何段もありますからなあ、耐えがたいでしょう。そこへ持ってきてその、歌謡曲よりももっと複雑な節付けがしてございますからな。ところが、いいお浄瑠璃はたまらんとこがございますけどねぇ。結構なお浄瑠璃はまことに結構ですけどねぇ、結構でないお浄瑠璃はねぇ、まことに結構じゃないんですよね。それはなぜかちゅうと、複雑に節付けされたところを、複雑にはずして回るわけでございますから、もう、この不快感ちゅうものは耐えがたいものがあるんでございますが、そういう人に限って自分の姿がなかなか見えませんので、なんとか人に聞かせよう。〽あぁーあ、おーねー、うぅーう。もう調子がはずれてるとかはずれてないとか、そういうこと眼中にございません。声さえ出てればええわけでございますからな。〽あぁあー、あぁあー、あぁあー、あぁあぁー、あーあーうーうーぅあー。……〽夕顔棚の此方《こなた》よりー、現れ出でたるー、たけちみつひでー。わけのわからんことを言うてまんねん。〽三つ違いの兄《あに》さんと。〽今頃は、半七つぁん、どこにどうしてぇー、ござろうな。〽かかるところへ春藤玄ーばッ。なぁーんて、わけわからんねん。

旦「(のどの調子を整えながら)〽あぁ、あぁ、あーあぁー、あぁーんあうあうんおうんー。久七《きゅうひち》はまだもどらんのか、え、今日行てくれてるねてなあ、ありがたいこっちゃないかな、な、今日の会のことについて町内回ってくれているはずやけどな。こないだ誰やったやな、定吉《さだきち》やったかいな、頼んない奴に回らしたところが、大失敗。ねえ、提灯屋さんへ行くのコロッと忘れてしまいよった。どんなりゃせんわい。あの提灯屋さん、ことのほか好きやさかいね。タァー、あれからあの向この親父《おやじ》さんに会うたんびにねぇ、『旦那《だん》さんこないだはお知らせがございませなんだ、取り返しのつかんことといたしました。もうこの損失は生涯かかって取り返すことができませんでしょうな』ちゃな『この次にはどのようなことがあっても必ずともにお知らせを』なんちゃ言われてあたし、そりゃ赤面しましたで。え、いやぁ、あの男なら大丈夫じゃろ。間もなく帰って……帰ってきたのか？ 帰ってきたのか。こっち呼びなさい。あ、久七か、ごくろうさん。こっち入りなさい、こっちへこっちへ」

久「旦那《だん》さん、あー町内、なんでございます、一回りぐるっとしてまいりましてございます」

旦「ご苦労さん。おまえさん、なんじゃで、あたしゃ好っきゃで。え、何か、回ってくれたのか」

久「ええ、ええ、町内ぐるっと、旦那《だん》さん、一回りしてまいりましてございます」

旦「あのー、何かいな、提灯屋さんへは、忘れんように回ってくれたやろな」

久「ええ何でございます、もう提灯屋さんには旦那《だん》さんにあのことを、えぇ、定吉の一件、もうたびたび聞かしていただいておりましたんで、間違いがあってはいかんと思って第一番に参りましてございます」
旦「ご苦労さん。お前さん、そういうとこね、ぬかりがないで私好っきゃねん、ふん。ほいで、なんじゃろ、あの親父さん、喜んでたやろ」
久「え？」
旦「喜んでたやろ」
久「うーうー…、もー、(困ったように)なんでございます、喜ぶの喜ばんのね。このご町内にお住まいさしていただくお陰で、あの結構なお浄瑠璃がこうたびたび聞かしていただけるとは、なんたるこっちゃろ」
旦「……。(けげんそうに)『なんたるこっちゃろ』？」
久「いえ、なんたるありがたいこっちゃろということでございます」
旦「お前さん、『ありがたい』を抜かしたらいかせんで、『なんたるこっちゃろ』と『なんたるありがたいこっちゃろ』と、えらい違いやがな」
久「もうご夫婦の方が涙を流さんばかりに」
旦「お前さん方ねぇ、あまりそう好きでもないお方にわかれへんやろけどねぇ、やっぱお好きな人にとっては、たまらんもんありますでね。んで、あれ何か、喜び勇んで来るのか」

久「え、あれが喜び勇んで、え、来《こ》んのでございます」

旦「いや、喜び勇んで来るのやろ」

久「え、喜び勇んで、来んのでございます」

旦「お前さん、言葉の流れがおかしいやないかいな、ほんまに。喜び勇んだら大抵来るねで」

久「それがなんでございます。もう来たいのは山々なんでござりますけれども、ちょっと事情がございまして」

旦「何かあったのか」

久「ええ、それでございます。あのー、なんでございます、三が町一時《いっとき》に祭の提灯誂《あつら》えましてございます。祭っちゅうものはもう、あちらがやるのでこっちが控えて、ちゅうわけではありません。もう祭はどこでも祭でございます。三が町一時に祭の提灯誂えまして、親父さん今日は夜通しをせんならんてなこってございますね。夜なべでございます。明日の朝、この提灯が貼り上がってないってなことになりますと、これ、お得意をしくじります。お得意をしくじるということは商いに障《さわ》る。もう旦《だん》那さんのお浄瑠璃、聞かしていただきたいのは山々なんではございますけれども、商いを放ってまでとはいうわけにもいきませず、涙を飲んで、ま、この度だけは、まことに申し訳ないことではあるけども、残念ではあるけれども、えー、というようなことで、っていうようなことでございますね。えー、おいでになりません」

旦「あーそう。あーそうかい。提灯屋さん、気の毒な人やね、あの人しかし。え、先回も休まんならん仕儀になって、また今回も。ということになれば、気の毒…。けどね、仕方がないよ。そらぁおっしゃる通り、お商売を放ってってちゃな、そんな、土台にあるのはお商売じゃ。それ放ってっちゅうわけにいきゃせん。あの人のそういう心意気、私は好きやけどね。しかし気の毒なことは気の毒なね。そうか、二度も続けて私の浄瑠璃を聞き逃さなければならぬちゃな、よほど不運な年回りやけど。ま、年回りまた変わりゃ、また、またええこともあるじゃろと思うけどね。あの男に言うといてくらさい。私、あの男にまた日ィ改めて、あの男だけに、さしで、夜を徹して、十二分に語ってあげるような機会を持ちます、ちゅうことをちょっと伝えといてもらいたい。そうか。やぁ、しかしまぁ仕方のないこっちゃ。まぁご商売繁盛で結構なこっちゃ。ほいで、あの何か、豆腐屋さん行てくれたか」

久「えぇナンでございます、豆腐屋さん。参りましてございます」

旦「あれもまた提灯屋に負けず劣らず好きやで。あれが喜び勇んで来るやろ」

久「え、あれが喜び勇んで、え、来んのでございます」

旦「……へ？ お前さん、何や言葉の流れおかしいねぇ。喜び勇んで来んので…、何や…」

久「ええ、そうでございます。喜び勇んだのではございますが、ちょっと事情がございます」

旦「あらー、豆腐屋さんも事情があるのか」

久「ございますねや」

旦「何や？」

久「ご親戚に法事がございましてね。その、油揚げ一切を引き受けましたんやそうでございますね。薄揚げ、厚揚げ、ひろうす※、ま、なんやかんやで、もう数を聞きますと、とてもやないが覚えていられんぐらいの数で。まぁご親戚が多いんやそうでございますね。どうしても、この親父さん、今日は夜通しをせんならんってなことでございましてなぁ。旦《だん》那さんのお浄瑠璃を聞かしていただきたいのは山々なんではございますけれども、ふつふつとたぎっとんのでございますけども、商売を放ってまでというわけにいきません。いわば、なんぼご親戚や言うてもお商売でございますからな、ご法事でございますからな。で、もう、涙を飲んで残念ではあるけども今回だけは……。

豆腐屋さん、お越しになりません」
旦「……そうか。あー、豆腐屋も来んのか。じゃ、その豆腐屋さん来んねンね。（のどを整えながら）〽あー、あー、あーぁー、二人来んか。〽ああーあー。それで、金物屋の佐助はんが来るやろ」
久「え、あれが、来んのでございます」
旦「や、金物屋やで」
久「そうでございます」
旦「（少し怒ったように）何や」
久「いえ、えー、頼母子講《たのもしこう》でございましてねぇ、講元でございます、初回が貰いになっておりますのやそうで。貰いになってる初回をば休むというわけにもいきませず、講元でございますから、やっぱり責任ございます。まことに残念ではあるけれども、旦《だ》那《ん》さんのお浄瑠璃を聞かせていただきたいのは山々でございますけれども、まことにあいすまんこってございますけれども涙をのんでって言うておられ……」
旦「（のどを整えながら）〽はははは〜ん。（思い出し）甚兵衛さんが来るで」
久「あれが来んのでございます」
※　がんもどき。

旦「……何でや？」

久「えぇ、臨月でございます」

旦「甚兵衛さんが？」

久「ぶるるるるる。（手をふり）おかみさんでございます。もういつ何時やわからしませんので。向こう、人手がないもんでございますから、甚兵衛さんみずから、ねじり鉢巻きで、もう掃いたり拭いたり、湯を沸かしたり、もう、大騒動でございます。もう、亭主がお浄瑠璃のんべんだらりと聞かしていただいて楽しい聞かしていただいてる間に『ホギャー』なんて生まれて向こうが大騒動…てなことになりゃあ、もう世間の笑いものでございますので、聞かしていただきたいのは山々でございますけども、今回のところだけはよろしゅうお断りを申し上げてもらいたいとこういうこってございます……」

旦「（のどを整えながら）〽ほぉ～ぉ、（気をとりなおし）森田の息子が来るで」

久「あれが、来んのでございます」

旦「あれかて好っきゃで」

久「好きなんでございますけどね、仕事のことで京都に行っとられますので、今日の間に合いませんな。お母さんが熱でございます。風邪のあとやと思いますねけどね。ま、心を残して京都へ行かはったんでございますけど。まぁそんなことで、今日はどうやら向こうへ泊まりになるような様子でございますね。お母さんのおっしゃるのには、まぁ息子さんは京都、お母さんは病気、というようなことで、まことに……」
旦「(のどを整えながら)〽んんんんんんー。(少し強い調子で)手伝いの又兵衛が来ますな」
久「あれが、まいりません」
旦「何やねん」
久「いえいえ、観音講の導師※でございまして。今晩どうしてもそっちのほうへ行かななりませんので、旦那《だん》さんのお浄瑠璃聞かしていただきたいのはやーまーやーまーではございますけれど、まことに残念ではあるけれども今回のところはよろしゅうお断りを申し上げてもらいたいとこういうことでございま…」
旦「(のどを整えながら)〽……ほー、ほー。(念を押すように)……裏長屋が皆、喜んで来ますねで」
久「裏長屋が喜んで、誰もまいりません」
旦「……おかしいやないかい、それ。誰も来んちゃあ。二人や三人……」

※　観音を信仰する者の互助組織。導師はリーダー的役目。

久「いや、それが残念ながら人が死にましてございまんねん」
旦「死人がとれたのか」
久「そうでございます。人が死にまして夜伽《よとぎ》でございます。お通夜でございます。それ、誰かが行って誰かが行かん、誰かが行かいで誰かが行く、て、そういうことはやはり付き合いとして人の道にはずれますのでございます。もう、行かぬとなれば誰も行かん、行くとなれば誰も行くけども、それはできない。行かぬとなれば誰も行かぬというこ とでございます。これは人の道でございます。一人《ひとオり》もお越しやございません」
旦「………。〽ふぅー…。ちょっと尋《たん》ねますけどね、そういうことなると私、ちょっと何や聞き逃したかわからんけど、今日は町内は、誰、が来るということになってますねん、誰が来ますねん」
久「この際はっきり申しますけど、ご町内は一人もお越しやございませんので」
旦「……（身を乗り出し）ちょっと、久七、前出なさい、前へ出なさい。お前さん、まぁあのねぇ、それならねぇ、始めにここ帰ってきてやで、『ちょっと申し上げます。旦那《だん》さん今日はご町内ひとりもお越しやございません』と、一言で済んだんと違うの？ え。それ、あの人があぁで、この人がこうで、この人がこうで、あの人があぁで、言うてると、たとえ二人でも三人でも姿を現すと思うのが人の気持ちと違うか。

……へふうううう。（気をとり直して）ま、しかし、まあまあ、なあ、用事のある人を、お他人さんのこっちゃ、無理に縄付けて引っ張ってくるわけにもいかせん。あっそうか。いやいや、まだ店の者がある、そうか。今日はそうするとまぁ、必然的に店の者だけが楽しむ会、と、こういうことになるな」
久「わっ！（困ったように）」
旦「『わっ』とは何や」
久「うわ、いや、いやぁー」
旦「今聞こえましたで。『わっ』って何や」
久「いやーぁ、辛い」
旦「な、何が辛い」
久「いえいえ、私、何もお腹に思うてませんのに、口が勝手に申します」
旦「それがいかんじゃないかいな、それが。何が辛い」
久「はい、旦那《だん》さん、それ、ちっと大きな誤解でございます。私やございませんねん。
　番頭さんが辛がってはるということを私が代弁しているのでございます」
旦「異な事を聞きますねぇ。番頭どんが何が辛がってるねん」
久「いえいえ違いまんねん、旦那《だん》さんのお浄瑠璃のことではございませんねん。つまり、昨日のこってございます。あのお得意さんのお相手でぎょうさんお酒あがらはりましてございますね、へぇ、ほいで、だいたいお飲みにならんほうでございますから、もう、夜中じゅう上げたり下げたり上げたり下げたり。汚いお話でございますけれども、もう朝から『うーん』言うてはりましたな。いやー、体が弱りますというと、持病がでます。疝癪《せんしゃく》※が出ましてキリキリ痛いんで、もう。ところがああいうお番頭さんでございます、お仕事一途でございます。冷や汗を流しながらも奮闘でございます。なんとかお仕事のほうはおやりになったんでございますけど、まぁ、晩のほうは旦那《だん》さんのおなぐさみのほうでございますから、とりあえず身体の養生をして、また明日の商いに向かって立ち向かうということで、休んでおります……」

旦「ああそう。ふーん。(気を害しながら) 番頭どんは体のあんばいが悪かったらそら仕方がないが。あぁそうか。そいで杢兵衛どんや皆達者で来るで」

久「いや、それが何でございます、杢兵衛どんが何でございます」

旦「何やねん」

久「あの、何でございます」

旦「何や」

久「あのー」

旦「何やねん」
久「いやあの、（言葉に詰り）何…、かっけ……かっけ、あ、脚気でございますね、脚気でございますね。具合悪いんですね、脚気ですね。クアーッと脚気でございますね、具合悪いんです、脚気です」
旦「……いや何もお前さんが脚気じゃないじゃろ。や、ちょっと待ちなさい、お前さん。脚気言うたら脚がだるぅなるような病気と違うのかい。脚気患うて浄瑠璃が聞けんのかえ。なぜ聞けんねん」
久「いや、それが、旦那《だん》さん何でございます、旦那《だん》さんのお浄瑠璃でございますから、他のお人と違いましてひっくり返って聞く、寝ころんで聞くというわけにまいりませんで、やっぱりお行儀に座らんなりません。長時間でございますので、お行儀よく座るのはやっぱ脚に来ますのやそうで。やはりこれも養生して明日の商いに立ち向かうという」
旦「ふーん。杢兵衛どんも具合が悪いのかい。太七は元気で達者で来るやろ」
久「いゃその—太七どん……はでございま……すね」
旦「何や」
※　胸・腹がさしこんで痛む病気。

久「あのー、がんー」
旦「え？」
久「がん」
旦「癌？」
久「ごんがん、がん、（言葉に詰り）眼病でございます、眼病でございます、眼病なんでございます。そう、太七どん眼病でございます。間違いございません、眼病でございます」
旦「『間違いございません』ておかしいけど。ちょいとお前さん、ちょっとおかしいのと違う、それ。眼病言うたら目の病と違うの」
久「そうでございます。だいたい目の病が眼病でございますね。そういう言い方をいたしますと鼻の病は鼻病《びびょう》でございますね、耳が耳病《じびょう》、耳鼻咽喉、ということで……」
旦「誰がそんなことを尋《たん》ねてますの。いや、違うがな。浄瑠璃というのは耳で聞きますねン。そしていわゆる頭ん中でこう絵をお描きになるためにやで、目をつむってお聞きになるお方もあるぐらいやで。目が悪かったかてかまへんやないかい」
久「それー、それでございます。そこなんで、大事なとこはそこなんでございますよ。他のナニはナンでございますが、旦《だん》那さんのお浄瑠璃が目に毒、と申しますのがでございますよ。旦那《だん》さんがお下手なれば良いんでございますけども、なまじお上手でございます。たまらんもんございますからな。自《おの》ずとこの、悲しみをもよおしますねぇ。悲しみをもよおすと涙をもよおす。このまた浄瑠璃によって起こされた涙というものは、いくぶん他の涙と質《たち》が違うんやそうでございますね。塩気がかなり多いそうでございます。もう『旦那《だん》さんの浄瑠璃だけはどのようなことがあっても全快までは聞くことがならん』という、お医者からのきついお達しでございます」

旦「お乳母《んば》どんが聞きましょ？」

久「あれが、その、血の道でございまして、もう二、三日前からふせっております。今日に限ったわけではございません。それ、ちょっと申し伝えておくのでございます。血の道というものは、これは女独特の病《やまい》でもございます。我々には計り知れないところがございます」

旦「誰がそんなこと尋《たん》ねてますの。計り知れようが知れよまいが、そんなこと私に知ったこっちゃないけど。あきゃあせんのか」

久「あきませんのでございます」

旦「久七、お前さんはどうや」

久「（のけぞって）うぇっ！」

旦「何や」
久「うっ……。わたくしが何でございます」
旦「いやお前さんはどうやちゅうねん」
久「わたくし、ぐるっと、町内一回りしてまいったんでございます」
旦「そら、わかってますよ」
久「な、何をお聞き……な、な、何でございます」
旦「(きつい調子で)そうして皆さん、番頭さん以下、ね、え、ご病気で、ごあんばいがお悪うて、お聞きになれないご様子やけど、お前さんは、ごあんばいはどうかっちゅうことやね。つまり私の浄瑠璃が聞けるほどに達者かどうかということやね。……はっきり言うとくれんか」
久「(泣く)……」
旦「何泣いてなさんねん。達者か病気か」
久「……わたくしは」
旦「え?」
久「……(涙をふき)わたくしは、やっとこの世に生を受けまして今日《こんにち》今までの長きにわたり、風邪ひとつ引かぬ頑強な体に産んでくれましたことを、両親《ふたおや》に……感謝すべきかまた、恨む……」
旦「な、何。頑強に産んでもうてなんで恨まんならんねん」
久「あたしゃもう、嘘も何もつけん真っ正直な男でございますぅ……。旦那《だん》さん、わたくしがもう、一身にお受けするのでございますぅ……皆さんっ、お任せ下さいっ…、(両腕をまくり)やれえぇーっ！」
旦「……。わかりました。今のお前さんの『やれ』でね、すべてが氷解しましたよ。泣きたいのはこちらだ。そうか。お前さん方、ナニかいな、私の浄瑠璃を聞くのいやがっていなさるのか。情けないお方とこうして起居《ききょ》共にすると思いますね、ひとつ屋根の下で。あのね、お前さん方何と思うてるか知らんけどね、世の中にこのお浄瑠璃ほど結構なものはありゃいたしませんねで。あたくしの口から言うてなんやけども、お浄瑠璃というものは昔からですよ、長きにわたって、あらゆる名人上手と言われたお方がですよ、勇ましいとこは勇ましいように哀しいとこは哀しいように、ああでもないこうでもないいこうでもないああでもないと作り上げたもんじゃで。ね。あのねぇ、床本《ゆかほん》を頂いてですよ、あれを素読みにしてさえもありがたいんですよ、ね。そこへ私が節《ふし》なるものを付けてですよ、そうでしょ。え？　何？『その節が邪魔になる』。あら？(奥に向かって)聞こえましたで。誰か今ボソッと言うたやろ。誰の声じゃったかという判別まではつかんけどねぇ、あたしゃ耳は達者じゃ。このごろは目がちょっとおかしくなっているけど耳はよく聞こえます。うん、そうや、そうや。そうや、その節は邪魔になる節や。そらそうや。あたしゃ下手や下手や。あのねぇ、そやけど、言うときますけどね、私はねぇ、何々太夫という名前もろうてねぇ、たくさんのお給金を取って語っているのとは違いますねで。ですからですよ、皆さん方からですよ、入場料ちゅうたらおかしいけど、何かびた一文頂いたことございますか？　それどころかですよ、御退屈になってはいかんと思て、こちらからいろいろとご馳走を用意してですよ…。何です？　何？　『これでお金取ったら警察許さん』？　お、とぅとぅ…。言うことがあったらこっち出てきて言いなはれ、出てきて。陰でボソボソ言わんと。そうや、そうや。わたしゃ下手や、下手やわい。はいはいはい。下手やわ。当たり前や。そりゃもう、難《むずか》しねん。あの浄瑠璃はね。あの浄瑠璃、難しねんで。あれだけの浄瑠璃でもねぇ、たとえあれだけの浄瑠璃でもやで、紙三枚でも高いとこ上がって語れるもんなら、いっぺんお前さん方語ってみなはれ。え？　何？　『下で聞けるもんなら聞いてみぃ』やと？　……わかりました。（涙をぬぐい）どん底まで落ちた気がいたします。はい。そこまで言われて私は浄瑠璃語ることはない。もーお今日から生涯私は浄瑠璃は語りません語るものか語るかぁ、誰が語るか語るもんか語るもんか

そうや、そうや。わたしゃ下手や、下手やわい。はいはいはい。下手やわ。

語るもんか……。生涯浄瑠璃は語らんわい。こら、くそ、もう……。（声を荒げ）おい、ちょっと、町内回ってこい、ちょっと。提灯屋行け、すぐに家空けてくれって。当たり前やないか、こら。浄瑠璃の人情のわからんような人に家を借りてほしいことないのじゃ、こら、ほんまにもう。浄瑠璃の人情のわかる人に無料で借りてもらいます。豆腐屋へ行きなはれ。豆腐屋へ、ねぇ、家貸したら火の用心が悪いって誰も貸さんのを私が好意で貸してますねん。出ていっとおくれ、ほんまにもう。何、頼母子講？　頼母子が何が頼もしいねん。甚兵衛さんのおかみさんが失礼なれ、何やねん、また臨月て。よう子ども産むやないか。確か先月も産んでるで、先月も。ほんまにもう。何じゃかんじゃいうたら子ども産むねで。手伝いの又兵衛が観音講の導師？　何が観音やねん。えぇ、何じゃっちゅうと『ちょっと下方《したかた》に払いいたしますでご融通を』、ねぇ、『大きな仕事を請け合いましたでご融通を』。わたしゃこんなこと私の口から言いとうないけど、わたしがねぇ、ただの一遍《いっぺん》でもいやな顔したことありますのか。『はいはいはいはい、よしよし』て、いつでも快く貸しているのは何がためにということを、私の口からこんなことは言いとないけどやで、こうして誰一人来んような時にも、あの男だけでも来てくれるかいなというナニがありゃこそ。こんなこと言いたくないよ。言いたくないけれども。観音が良かったら観音に金貸してもらいなはれ。お前さんらもそうやで。うちにおったらねぇ、下手な浄瑠璃の一段も聞かんならんねん。おお、結構でございます、どうぞ浄瑠璃のないお家《うち》に行《い》てください。今日限りねぇ、暇出しますで、今晩じゅうに荷物をまとめて親元へ引きとってくれ。もう、あたしゃこんなに気持ちの悪いこと少ないわ、ほんまにもう。あーっ。見台や皆踏みつぶせ、御簾《みす》や皆引きちぎれ。うわーっ、あたしゃ心地が悪ぅー。あたしゃもーーひぃー寝ーまーすーわーい！」

……だだっ子同然でございます。こんなことを聞いて放っといては大変やというので、気の利いた若い者《もん》がぐるっと町内いたしまして、

久「旦那《だん》さん。行ってまいりましてございます」

旦「(泣きながら) ん、ん、家を空けると何か、言いましたか」

久「え、それが何でございますね、あーえらいもんでございますね、提灯屋さんへまいりまして、『実は』なんて私のほうから申しかけますと、『おお、これからおたくへ行かしていただくところで』言うてね、親父さん。『何で？』『なんでって旦那《だん》さんのお浄瑠璃のお誘いを断り、仕事にかかりはかかったものの、今時分、旦那《だん》さんがどのお浄瑠璃をどの顔で、どのお声でお語りになってるかと思うと、そっちへ気がシューッと行ってしもて、もう皆目仕事が手に付きませず。そんなんなら、〃仕事は他の職人

あーっ。見台や皆踏みつぶせ、御簾や皆引きちぎれ。うわーっ！

に任せて、あーたは聞かしてもらいに行きなはれ〃て、嫁さんに言われてこれから行くところでございまんねん』、て、提灯屋の親父さんまいっておりますのでございます」

旦「(鼻息荒く) ふんっ、ふんっ、ふんっ。はぁ、はぁ、はぁ、はぁー。提灯屋来た、提灯屋が来た。はぁ、はぁ、やっと一人来た (煙草に火をつけながら小声で)。しかしここで甘い顔を見せてはいかん。(わざと難しい顔を作って一服して) ……ふふん。帰ってもらいなさい。帰ってもらいなさい。……えぇ、きつく言うとかなくては……あんた方、どない思てるか知らんけどね、浄瑠璃てなものはこちらがやりましょう、そちらが聞きましょう、双方の気持ちが合《お》うて気持ちのええとこでええ芸ができますねで。人の気をこれだけ腐らしといて。今時分一人ぐらいがねぇ、現れて語れると思うか」

久「え、それが何でございます、豆腐屋さんへ続いてまいろうと思いましたら、道の途中でバタッと会いまして、『豆腐屋さん。どちらへ』『これからおたくへ行かしていただくところで』言うて。豆腐屋さんも同《おんな》しこってございます。あー、旦《だん》那さんが今時分どのお浄瑠璃をどの顔で、どのお声でお語りになってるかと思うとそっちへシューッと気が行ってしもて仕事が手に付かん、『そんなことなら』言うてこれもおかみさんに言われてこれからおたくへ行かしていただくところで、言うてほいで、豆腐屋さん言うとりました。この言葉は忘れられはしませんな。『いえ、ちがいますねん、旦《だ》那《ん》さんのお浄瑠璃。摂津大掾《せっつだいじょう》、越路《こしじ》太夫《だゆう》※、なぁんて申しましても会期中なら向こうはお商売、会期中ならお金さえ出せばいつでも聞ける。ところが、旦《だん》那さんのお浄瑠璃だけは、お気の向いた時やないとお語りにならん。名人芸以外の何物でもない』」

旦「……豆腐屋が来た。ふんっ……来た、来た。ふぇ、うふぅー、ふぅー、（もう一服して）豆腐屋の親父ね、あれだいたい人間がね、偏屈者やねんけろね、偏屈やけろね、あの、ことはわかる…。ああいう男とは交際を結んどきなさい」

久「それから、手伝《てった》いの又はんがまいっとりますので」

旦「あら観音講の導師と違うのかい」

久「それが『あんな観音講の導師や皆してるがために旦《だん》那さんの折角のお浄瑠璃のお誘いをばお断りせんならんなことになんねん。もう、観音講や皆けつ食らえや。けつ食らえの観音や！』言うてビヤーッと観音放り出してまいっとります。また、又はんの言うた言葉が耳について忘れられない言葉でございます」

旦「何か言うたのか」

久「それでございます。旦《だん》那さんのお浄瑠璃を、『そら、旦《だん》那さんはお素人衆でございますから、お玄人《くろうと》の人にくらべて、ま、上手下手っちゅうことになったら、まぁお玄人の人にはかなわんかわからんけれども、旦那《だん》さんにはお玄人の人にはない、旦那《だん》さん独特の、声というか艶というか色というか、何とも言えんものが……好き』なーんちゃな…」

旦「……（煙草盆を持ち）うん、手伝いの又兵衛や皆ね、（一服して）下方《したかた》をたくさんに使《つこ》うてるとは言い条、身薄いもんじゃでね、家賃や皆あんまりきつう取り立ててやらんようにしなさい。おだやかによろしゅう」

久「それから裏長屋が一統に、もうみんなでまいっとりますので」

旦「おかしいやないかい、人が死んだんと違うのか」

久「その、いっぺん死んどりましたんでございますけろ、ね」

旦「な、何、何？」

久「いえそのー、ほいでまぁ、ちょっとこう事情を言いますと、『ほな、まぁ明日にしようか』というように」

旦「何じゃて」

久「いえ違いますねん、ちょっと弱っとりましたんでございますが、ちょっと注射しま

※　二人とも人気のあった浄瑠璃の太夫。摂津大掾は明治の名人、三世越路太夫は大正の名人。

したら、ちょっと元気になりまして、『ま、二、三日もつのやないかいな』いうことで、みなさんまいっとられますので、ご気分直されましてたとえ一段でも」旦「それがそういうわけにまいりませんねん。最前大きな声で言いましたじゃろ、『生涯語らん』ちゅうことを言…う…て、あれ聞こえなんだか？　生涯語らんちゅうようなことを私なんや、うかっと言うたような気もするけど、聞こえなんだか。え？『ハッキリ、聞こえました』。あっそぅ。フー、まあそういうこともありますでね、大きな声で『生涯語らん』と言うたけどね、そやけどまぁ、そういうことは男子としてね、『生涯語らん』というような大仰なことは言うべき、吐くべき言葉じゃないよ。うん。そやけんね、皆に聞こえたっちゅうことは聞こえなかったことにしよう。だからもう生涯っちゅうことは、生涯っちゅうことはまぁ、あのー、それ撤回。そいで、またいずれ日を改めてっていうことに……おっ、ちょちょちょちょちょちょう待て。久七、待ちなさい。お前何……バタバタしなさんな、あーた、え。『お断りを言いに行く』か。違う違う。おしまいまで私の言葉を聞きなさい。え。また、また他日、日を改めてというようなことを言うても、とてもやないが皆さん方それではお収まりにならんことはわかるねん。『どうしても今晩是非とも、たとえ一段でも』という皆さんのお気持ちが、ヒシヒシとこちらへ伝わっている。あぁ、そこまで望まれると仕方がないなぁー。ふー。皆も好きじゃなあ。そいじゃまぁ今晩語ることにしよか」
なあんて、旦那《だん》さん勝手に決めてしまいましたんで。
太「なりましたなぁー」
李「なりましたー」
太「あー、今日は逃れられると思いましたが、やはり語ることになりました」
李「なりましたー。しっかし不思議な旦那《だん》さんですなぁ」
太「ほんとですなぁ。まぁうち旦那《だん》さんほど、頭の聡明な、人の気持ちもよくわかる、人の道も踏まえた、まことに結構な、よく物わかりのある結構なお人、人格者と言うても恥ずかしくないお人ですけど、あのご自分の浄瑠璃が人にこれだけ多大の損害を与えると、危害を加えているという、この一点については何のお気づきもないというのは、これは、不思議なことですな。わたくし、もうこないだうちからいろいろ考えとるんですけど、これはまぁ、うちの旦那《だん》さん一代のことではございませんな。おそらく前世からの……。それを別の言葉で申しますと、おそらくここの旦那《だん》さんの先祖に、義太夫語りを絞め殺した奴か何かがおって、まぁその怨念が旦那《だん》さんの血の中を脈々と流れ、子から孫へ、またひ孫へと、連綿と続くこの悪魔の館《やかた》……」
李「何を言うてなはんねん」

店の者《もん》がわぁわぁ言うておりますと表から、

A「こんばんは」

B「こんばんは」

C「こんばんは」

D「こんばんは」

E「こんばんは」

F「こんばんは」

G「こんばんは」

番「あー、皆さん方ご苦労さんでございます。いえ、ちがいますねん。今日はねぇ、あんまり大きな声では言えませんけども、久七っとんにうまいこと言訳させたんでございますけどな、また例によって、あの、『家空けぃ、暇出す』、でございまして。あーた。家空けてもらうよりは一晩ご辛抱いただいたほうがええかいなと思いまして、また例によりましてご足労いただきましたようなこってございます。まことに相済《あいす》まんこってございます。しばらくの辛抱でございまして。えー、こういう物《もん》を今日、ちょっと手まわしてみましたんで、まぁ何でしたらご利用いただきたいんでございます」

○「番頭さん、何でございますねん」

番「えー、薬びんのつめやろと思いますねけどね。まぁ、あちらこちらから集めましてね、キルクの栓ですね。コルクの栓でしてね。これ、どうぞ皆さん方、お一人にお二つずつね、とにかくご用意いただきましてね。そいで、まぁまぁ耐えられるだけは耐えていただきまして、肝心ここ、『これだけはたまらぬ』ちゅうときにポンとこうね、耳にね…」

○「(同輩に)番頭はんのお陰でこんな結構なものが手廻ってまっせ。それぞれにいただいていきまひょ、いきまひょ」

番「さささ、どぞ」

H「こんばんは、お世話になります」

I「こんばんは」

J「こんばんは」

K「こん……」

番「どうぞどうぞ、どうぞお上がり下さい」

△「どうもこんばんは、お世話になります。いつもまことに相済まんこって」

提「さぁさ皆さん方、どうぞこっち、どうぞこっち、どうぞ、ああ、そこらへん、あの、ええように何して。(子供の頭をなでながら)大変やね、ちいちゃい頃から…。あ、豆腐屋さんどうぞこっち、豆腐屋さんどうぞこっち。ここどうぞ、どうぞどうぞどうぞ」
豆「あ、提灯屋さんでございますかいな。えぇ、え、えぇ、あっはっは、やー、提灯屋さん。あはは、また、我慢会ですな」
提「……あんた、そういうことはお腹の中で思うてなはれ、あんた。口に出して我慢会っちゅうことおますかい」
豆「いやー、我慢会です。立派な我慢会です。これ以上の我慢会はございません。どこへ出しても恥ずかしくない我慢会ですね」
提「まぁえらい声ですからなぁ、旦《だん》那さんの声はねぇ。もう普通では聞かれない声ですけどねぇ。なんや、よう深夜にねぇ、動物園の裏を通るとあぁいう声が聞こえるそうですけどなぁ。まぁ悪いことばっかりじゃございませんでねぇ」
豆「そうですか」
提「えぇ、だいたいわて怖がりでねぇ、私。まぁ神経過敏っちゅうんですかなぁ。だいたいこの、雷怖かったんですわ。ピカッ、ゴロッ、ドキーッ、ドキーッ、ちゅうのしてましたけどえらいもんですねぇ。ここの旦《だん》那さんのお浄瑠璃、まぁ何度も何度も聞かしていただいてる間に、やはりこの鍛えられるっちゅうんですかなぁ。ここの旦《だん》那さんのあの声に比べると雷なぞは、たかがしれてますからなぁ。それからもう、このごろはピカと来ようがゴロと来ようが知らーん顔してねぇ、もういつまでも平気でいられるという、ここの旦那《だん》さんのお浄瑠璃の功徳《くどく》やないかと思いましてね。なまんだぶなまん……」
豆「な、な、何で祈んなはんねん、ほんまに」
提「(戸口に目をやり)森田はんの息子はんと違いますか」
豆「えっ、あ、森田はん、呼んだげまひょか。森田はん、こっちおいなはれ、こっちおいなはれ」
森「こんばんは、こんばんは。ご苦労さんでござい……、こんばんはご苦労さんで……」
提「どうあそばしたんです、妙なお顔をあそばして」
森「実はあたくし、大の親不孝をしてまいったんでございます」
提「バカなことを言いなはんな。町内一の親孝行ですよ」
森「いえ、お母さんといさかいごとをしてまいったんでございます」
提「ただならんこと、何でんねん」
森「いえ、あたくし今日、仕事のことで京都のほうへ行っとったんでございますけど、帰ってまいりますというとお母さんが着物を着替えておられますんで、『お母さんどちらへ？』と申しますと、『実はこうこうでこれからお浄瑠璃を』。それを聞きましたときにわたくしの頭が、〝バンッ〟と割れるような思いでございまして。『お母さん、なんという大胆なことをおっしゃる。われわれ頑強な若い者が聞きましても節々《ふしぶし》が痛むというあのお浄瑠璃、病み上がりのお母さんの体にとてものことに耐えられるこっちゃない』とわたくしが申しましたら、『いや、必ず一軒に一人は供出しなければならないこの会のことですから…。どちらかが犠牲になるとすれば、お前はまだまだこれから先のある身。あたしはいわばまぁ、お前と比べりゃあ、いつ何時やわからんこの身であるからして、達者な体のうちに今一度、あのにっくき浄瑠璃と立ち向かう』とおっしゃったんでございますが、みすみす負け戦とわかっている戦場にお母さんを送り出すわけにもいかず、『お母さん、わたくしが』とドーンと突きますと、お力のないお母さん、ひっくり返りになってでございましたが、助け起こすこともせずにこうして戦場へ出向いてまいりました。今時分、お母さん、私の身を案じられまして、『倅、あの浄瑠璃を聞いて脳は腐りはせんか、肺はとろけはせんか』とご心配かと思いますと、（泣きだして）とてものことにお浄瑠璃を聞かせていただいてるどころやございません……」

提「えらいことになりましたなぁー。もうここまで来ては黙ってられしませんで。皆さん、立ち上がりましょう、立ち上がりましょう。署名運動が一番ですよ。保健所へ訴えて出ましょう。この命取りの浄瑠璃を……」
甚「こんばんは、こんばんはー」
提「あー、こちらへ甚兵衛さん、どうぞ」
甚「あ、いや、今そこまでまいりましたらなんや、『命取りの』なんて耳に入りましたんで、穏やかならんと思とりましたが、いやいやほんまにねぇ、そら、もうそういうこともないことございま……。いえ、違いまんねや、もう十年ほど前になりまして、皆さん方もご承知のない方もあるし、ある方もある思いますけど、玉子屋さんね、越してまいりまして。あーた、五十五、六のデップリと肥《こ》えた、まことにお元気お元気お元気ぃー、ちゅう、お元気が着物を着てはるような人でしたけども、因果とこのお方がお浄瑠璃が好きでねぇ。『こういう催しがあります』ったら、『そうですか是非とも』ちゅうて、誰も座ったことのない一番前のあの真ん中のとこへこう……。人間、知らんということほど恐ろしいもんございませんなぁ。そこへ旦《だん》那さん出てこられて、わたしら『危ないなぁ』てみんなで言うとりましたんでございます。『危ないのになぁ、危ないのになぁ』て言うとりましたけど、ご本人が望んで座られたもんでございますから、つれ戻すわけにもいきませずね。見とりましたら、さぁ、旦那《だん》さんが出てこられまして、その場に誰かが座ってるもんでございますから、〝ニタッ〟とお笑いになりましたですよ。あたし、あの笑顔を見たときに〝ドキッ〟といたしました。旦《だ》那《ん》さん、それから例によって、『〽オガオガオガオガオガオガ…』始まりましたがなぁ。そのうちに何でございます、さすがにあの玉子屋さんの赤ら顔のところから一筋冷や汗が〝タラーッ〟と出ました頃に、例によってあの旦那《だん》さんのいつもの一声。『〽ンニャア』一声出ました。これがこの玉子屋さんの胸へ〝ドーン〟直撃でございます。『うわぁー』てひっくり返りました。『言わんこっちゃないがな、担架ァ持ってこーい』言うてみんな担架に乗せて『ワッショイワッショイワッショイワッショイ』。あーた、お医者五、六軒持って回りました。どこへ持っていっても、『何やねん、これ一体何？　どういう症状や？　何じゃ、見たことない、この症状は』って。『実はこうこうで浄瑠璃が当たりました』って、『あ、そらあかんあかん、そらあかん。こんなん連れてきても薬の盛りようがないがな。持っていってー』って言わはるんで、もう五、六軒持って回りました。どことも断られてねぇ。それでとうとうあれで、半年ほどして死んでしまいましたねぇ。あんまり不思議やっちゅうので、あんた、大学の病院で解剖してもらいましたら、玉子屋さんの胸から、こんな大きな浄瑠璃の固まりが出てまいりました」

提「あほなことをいう……」

わァわァわァわァ言うてますうちに、どんどんお酒が運ばれる。お寿司が運ばれる。折詰《おり》が運ばれる。用意万端整いましたところで、床にポッと灯が入ります。

もっとも御簾内《みすうち》ではございますが、デデーンデーン……と始まりましたんで。こらあ結構でございますね。こらほんまもんでございますよね。

大枚のお金をナニして、雇うてきてあるわけで、こらあもうほんまのお玄人でございます。結構でございますが、その横手で語りだした浄瑠璃というのが、今申しました人殺しの浄瑠璃でございます。豚が喘息患うたとも、オットセイが腸捻転を患うたとも、なんとも喩《たと》えがたい声で、オガオガオガオガオガ……。
○「始まりましたで。始まりましたー。(姿勢を低くして頭上を見ながら)飛んでまっせー。(さらに身をかわす)ほーら、色とりどりでございますね。赤いのやら黄色いのやら青いのやら……。いろんなもんが飛んでますが、(周囲を見渡し)皆よろしか?　いざと言うときのこれ(耳栓をする態)忘れてやしませんな」
□「お酒ちょうだいしてます。ええ、結構です。ちょうだいします。いやー、ありがたいこってす。ねー、このまた折詰の結構な、ねー(一杯のみ)クーッ、あー、いつもに変わらん結構なお酒。はぁ、この浄瑠璃さえなかったら……」

△「アホなこと言いなはんな。あー、ちょいと褒めなはれ、褒めなはれ。褒めなあきまへんで」

□「まぁ褒めないきまへんかな。うまい、うまい、うまいぞー、うーん、玉子焼き」

△「おいこれ、玉子焼き褒めなはんな。東京のほうでは、『どうするどうする』ちゅうんや。大阪では『後家殺し、後家殺し』。ちょっと一遍言うてみなはれ、喜びまっせぇ」

□「さよか、んな、よぉよぉ、後家殺し、後家殺し！　……人殺し！」

△「こ、これ人殺して、そんなん言いなはんな」

皆が、わァわァわァわァ言いながら、お酒を飲んではおしっこに行き、お寿司をつまんでは、お便所に行き……また廊下に出て一服し、何じゃかんじゃしておりまして、前がざわざわざわざわしてきますと、そのうちに腹が張ってくると、目の皮がたるんでくる。

あっちで一人ゴロッと倒れ、こっちで一人ゴロッと倒れ、ゴロゴロ倒れだしました。

旦《だん》那さんのほうは、お素人衆のこって、人が聞こうが聞こうまいが、オガオガオガオガオガと言うとりましたが、前がしーんといたしまするというと、「ははーん、皆が聞き入ってきたな」てなもんで、一調子声張り上げて、オガオガオガオガオガ……。もの十段も語りました時分に。
旦「(息をはずませて)ぶふっ、フッ、ハアーハアー。ちょっと待っとう。ちょっと待っとくなされ、いやー結構。今日はね、久しぶりに気持ちよう語らしてもらいました。前もこの通りししらしーんとしてる。皆聞き入ってるに違いない。どんな顔して」と、ひょいと御簾めくってみまするというと、さあ、聞き入っているどころの騒ぎやない。皆、河岸へ上がったマグロ同然。ゴロゴロ寝てます。
旦那《だん》さんが怒ったの怒らんの……。
旦「何じやこのざまは。番頭どん、起きなはらんかっ!」
番「はぁあー(あくびをしながら)あ、どうするどうする」
旦「何が『どうする』じゃ。どれもこれもほんまにもう……。(ふと気づいて)そこで泣いてんのは誰や? そこで泣いてんのは誰や?」
定「(泣きながら)定でございます。定でございます」
旦「定吉やないか。お師匠《つしょ》はん、聞いったとくなはれ、どうです、うちの年端もいかん定吉が泣いてくれてる。うれしいやおませんか。こっちぃ来い。こっちぃ来い。よう泣いてくれた。お前がな、一人前になったら、うちの一番番頭にしてやる。どこが悲しかった。どこが悲しかった？」

定「へえ……」

旦「初めのほうか？」

定「初めはさのみ悲しいことなかったんで」

旦「中ほどから悲しなってきたんか？」

定「中ほどからぼちぼち悲しなってきたんです」

旦「そらそうじゃ。浄瑠璃というのはそういうものじゃ。しまいのほうはどうじゃ？」

定「もう堪らんようになったんです」

旦「浄瑠璃というのはそういうもんじゃで、おいおいと聞きゃ聞くほど悲しなるもんじゃえ」

定「何もわたくし、浄瑠璃が悲して泣いているのやございません」

旦「浄瑠璃が悲しいて泣いているのやない？　そちゃ何が悲しいねん」

定「こうして皆が休んでおられますが、わたくしだけは寝ることがでけませんので……」

旦「なぜ、そちだけが寝ることがでけんねん？」

定「私の寝るところが、旦さん、ちょうど床《ゆか》になっとりまんねん」

解題

前名の小米から枝雀に変わる時期に完成させた記念碑的な噺です。枝雀さんは橘ノ円都師から教えてもらいました。枝雀さんが売り物にするまでは、あまり演じられていませんでしたが、現在では十指に余る人が持ちネタにしている人気ネタになっています。

初演は一九七二年の四月で、その時はごく普通の落語でしたが、その四カ月後、朝日放送の「上方落語を聞く会」で演じたときは、とてつもない爆笑ネタに仕上がっていて仰天したことをおぼえています。

それ以来、年々進化をとげて不動の十八番ネタになりました。京都の大きなホールでこの噺が上演された時、私は二階席の最前列で聞かせてもらっていたのですが、一階の客席に目をやると、枝雀さんの噺に合わせて、お客さんの頭が波のように動いて、爆笑の渦を作っているのを目撃しました。「笑い」のエネルギーを目で確認したという唯一の体験です。

一般に「浄瑠璃」というと義太夫、清元、常磐津、新内などの語り物の音曲全体のことを指しますが、関西で「浄瑠璃」というと義太夫節のことを指しました。そして、古い人は「じょうろり」と発音しておられました。義太夫を語る人のことを「太夫」と呼び、太夫と三味線弾きが並んで演奏する舞台のことを「床《ゆか》」と呼びます。太夫も三味線弾きも肩衣《かたぎぬ》を着け、太夫は漆塗りの見台の上に文句を書いた分厚い「床本」という本をのせて力一杯語ります。どのように語るかを体験なさりたい方は文楽の公演に行ってみてください。この噺や『軒付け』などという噺に登場する義太夫は「騒音」扱いされていいます。よく文楽協会から「名誉毀損」で訴えられないものだと心配になります。ほんものの義太夫はまことに結構なものですので決して誤解なさらないように……とフォローしておきましょう。

この噺の大切なところは、この旦那が「普段はまことに結構な常識人」であるという点です。その押さえがあるから、この傍若無人な浄瑠璃を語る旦那《だん》さんが、番頭の見え見えのおだてにのって「皆も好きじゃなぁ」などと嬉しそうに言ったとしても、聞き手は「カワイイ」と思えるのです。

ある時期から、サゲまで演じずに、「玉子屋さんの胸から、こんな大きな浄瑠璃の固まりが出てまいりました」というくだりで切るようになりました。

一番弟子の南光さんもサゲまでいかず「後家殺し！　人殺し！」というところで切っています。ここで切ると「寝床」というフレーズが出てこないので『素人浄瑠璃』というタイトルに変えています。

かぜうどん

「一声《ひとこえ》と三声《みこえ》は呼ばぬ玉子売り」。おもしろいことが言うてございますな。昔は皆ものを売りにまいりましたが、売り声でございます。あれは二声が多かったんだそうで、「一声と三声は呼ばぬ玉子売り」。玉子屋さん、「たーまごー、え、たまご」なんちゃなことを。「たーまーごー、え、たまご」。はじめの「たーまごー」で終わるかと思いますと決して終わりません。必ず「たまご」っていうのがつくんです。「たまごー、え、たまご」。…（もう一度『たまごー』と言いかけて）何遍やってもおんなしこってございますけど。なぜこれ二声かということです。一声と三声は具合が悪いんでしょう。一声で「たまごォォォォォ（サイレンのように語尾を伸ばす）……」、「パトカーの到着」……。ということに。三声も具合が悪い「たまご、たまご、たまごーー。たまご、たまご、たまごーー。たまご、たまご、たまご」。誰か後ろから追いかけてくるのかなと思いますからね。二声が収まりがええんでしょうね。

花屋さんもそうです。「はなーやー、はな。花の苗」。きれいなお商売でございます。大根屋さんで「だいこ、だいこォ。えー、だいこ、だいこ」え、これも二声でございますが、大根屋さん、不思議と「だいこん」とは申しません「だいこ、だいこ」と申します。「ん」の字がございません。どこ行ったかと申しますとごぼうのほうへ回ってます。ごぼうは「ごぼう」とは申しません「ごんぼ、ごんぼ、ごんぼー」。ごんぼ、ごんぼ」。ごぼうのほうはごんぼと申します。「ごんぼ」の〝ん〟の字は大根の〝ん〟の字なんですけどもね。なぜごぼうのほうへ、大根の〝ん〟の字がお手伝いに行くかちゅうことですが、ごぼうだけでは売り声になりにくい。「ごぼう、ごぼう、ゴボゴボゴボゴボ」。沈んでしまいます。「さーおーだーけーィー」。これは一声です。「竿竹、竿竹」とは申しません。別の流れなんだそうで、物のいわゆる形をあらわすほうの流儀なんだそうですな。竿竹というものは細長ぁいもんですから、細長ぁーく引っ張るわけです。「一町一声」てなことを申しますな。箭屋さんもこちらの型で。「たーけのこー、たーけのこー」。箭、下から（手で下から上に箭の型を作りながら）「たーけのこー、たーけのこー」。松茸屋さん「まーったけ」。上から（手で上から下に松茸の型を作りながら）「まーったけ」。嘘かほんまか知りませんけどもね。

こうもり傘の修繕にもやって参りました。売るんじゃあない、修繕をするんでございますな。昔は皆、修繕をして使ったもんでございますが、「かーさー、こーもり傘の張り替え」。まあ大体すぼまってる傘を一遍広げまして、傘のところから柄のところ、最後、柄の曲がったところまでを如実にあらわしたもんなんだそうでございます。(両手で傘の形を柄の曲がりまで表現しながら)「かーさー、こーもり傘の張り替え」。

四季によってもこれが違うんだそうでございますな。春には春の、夏には夏の、秋には秋の、冬には冬の趣というものがあったんだそうでございます。夏の売り声というものは何とのう、ぼんやりといたしまして、聞いている者の眠気をもよおす。大体、夏の昼下がりというものは、それでのうても眠たいもんでございます。お腹も大きい、生暖かい、涼しい風が吹いてくるというあんばいでございますからな。そこへ家《いえ》ん中におりますと表を商人《あきんど》さんがお通りになる。その売り声を聞いておりますというと、「よーしやー、すだーれは要りまへーん……」。「ござやー、ねーごー…ざ」なんてことをいうて寝てしまいます。代表的なものはと申しますと、金魚屋さんでございますね。前と後ろのたらいにたーくさんに金魚を入れます。夏の炎天下でございます。上からお日ィさんがカーーッ、照りつけております。最前も申しましたように、家ん中はそれでのうても眠とうなってますところへ、「きんぎょーえ、きんぎょーー。きんぎょーえ、きんぎょー」。前と後ろのたらいの水が同《おんな》じように、(両手で前後のたらいの水を押さえる型をして)……。中で金魚が(金魚が泳いでいる身振り)…。

反対に冬の売り声の代表的なものは何かと申しますというと、うどん屋さんでござい

中で、金魚が……。

ます。真冬、真夜中、北風がヒュー…吹いておりますようなさぶーい、冷たーい晩に、遠くのほうからこのうどん屋さんの声が聞こえてまいりますというと、寂しいような悲しいような、そしてどっかあったかーな、何とも言えぬ風情でございます。

う「(扇で火を起すしぐさ)うどーん、えー、そーやーうー。(下座　鐘の音)こない冷えるとは思わなんだな。ちめたー。もぉ皆さんぬくぬくとお布団の中でお休みになってんねやろな。(指先を息で暖めながら空を見上げる)ウッー。おぉ、星さん高いなあ。ウッ、ブゥ、明日《あした》の朝も冷えるでぇこらあ。うどーん、えー、そーやーうー。(手をあぶりながら)ウーッ、誰か通《とお》ってくれんかいな。うどん屋はな、さぶいときはよく売れるちゅうねけどな、とにかく通ってもらわんとなあ。犬や猫はあんまりうどん食わんさかいなあ。ひょっと食いよってもうどん代払いよらんよって、どんならせんね。誰かどうぞ、どなたでも結構でござい…、(顔を上げ)おっ来た。ありがとうございます。えーお客さん…。酔うてるがな。だいぶに酔うてるでぇ。真っ直ぐ歩かれへんねんや。あっちぃフラフラ、こっちぃフラフラ、あんなん九人歩きちゅうそうななぁ。えー、あっちぃよったり、こっちぃよったり、よったりとよったりで八人、己《おのれ》を入れて九人歩きというんやそうなけど。おぉら、だいぶに大きな声で歌、歌《うと》てるでぇ」

酔「(都々逸の節まわしで)〽チャチャーンチャーンチャーンチャンかー、いろはにーほへとーか、エ、ちりぬるー、エ、をわか、よたれーそつねーならむうゐのーおくやまけふこえてー、あさーきーゆめみーしーゑひもせーすー、ンッ」

う「けったいな歌、歌うて来はったなあ。よっぽど酔うてるわ。相手ンならんほうがええわ」

酔「うどん屋さん」

う「(首をすくめ)見つかってもたがな。大将、えらいご機嫌で結構で……」

酔「だ、だれがええご機嫌……ああ、もうだいぶ夜更《よふ》かや、あんまり大きな声出したらいかん。アハハハ、いやぁちが…よ、よ、よ、酔っていても、それぐらい、それぐらいのことね、いや、気、気ィ、気ィはつくのよ。ハハハハハ。おい、ちょっとすまんけど、一杯くれるか」

う「ありがとうさんでございます。おうどんでございますか」

酔「いやいや、湯《ゆう》、湯、湯」

う「え、おうどんでございますか」

酔「いや、湯や、湯や、湯」

う「え、おうどんでございますね」

酔「いや、湯、湯や。しっかりした耳持ってんか。湯、湯、湯。うどんや言うてへん、湯や」

う「お湯、お湯、お湯、お湯でございますかい。お湯、どうなさる？」

酔「アッ、ワッ、アリャ、『お湯、どうなさる？』鋭い質問ですね。実ね、今そこをフラーフラ歩いていたらですね、何ともいえんええあんばい。そいでね、ふっとね、目の端にね、どぶ泥がこう盛り上がっているの見えたですよ。こりゃいけないよってい うと、あんなところへ近寄ってはいけないよと思っていたらです、私はそのつもりで歩いていたのですけど、卑怯にもどぶ泥のほうからシュ－ッとこちらへ。ニュ、ニュ、ニュッと。プーンと臭いしてるでしょ。このままとても家《いえ》へ帰れませんよ。このまま帰宅すれば、うちの嫁さんにどのようなお仕置きを受けるかわかりません。一遍湯できれいにしてもらえますか。きれいにね」

う「…ああ、さよか。へえ、ちょっと待っとくれやす、ええ。(独言) どんならんな。どういう事情があったんか知らんけど、どぶ泥で汚れた足洗うために沸かしてる湯やあれへんがな。一所懸命ちょっとでもお客さんに熱いうどん食べてもらおうと思て、高い高い炭、一所懸命いこしてナニしてる湯やないかいな。それをどういう事情があったんか知らんけども、どぶ泥ンなったやつをきれいにするやなんて、んなバカなことあれへんけど、これ、うどん屋だけになあ、お湯がございませんということが言われへんねがな。湯なしでうどん屋がでけんのんかいって、ガーッと、この荷でもひっくり返されたら、元も子もあらへんがな。この際、涙を飲んで何とかこうあげといたらな、『なかなか親切なうどん屋やな。よしっ、今日は俺一人やけど、明日から十人からの友達連れてうどん食いにくるでぇ』ちゃなこと、ならんとも限らん」

酔「何をごじゃごじゃ言うて…」

う「いえいえ、こっちのことです。どうぞこっちィ来ておくれやす。あっ、屋台に手ェかけんようにしたっとくれやす。弱《やわ》いもんだっさかい、えらいすまんこったす。どうぞこちらへ。お湯でございます。へぇ。もうちょっとこっち来とくれやす。手ェが届きまへんので、へぇ。ちょっと熱いかもわかりまへんので、気ィつけておくれやっしゃ。いえ、うどんのために沸かしてる湯ですよって。もうちょっとこっち来とくれやす。(扇をひしゃくの形にして)熱いかもわかりまへんので。(あわてて手を引き)ウワッ、ウー、……やっぱ、熱うございました? 熱かったですか。『アツッ』ちゅうて足引かはりましたね。この湯が熱いということがわかるくらいにはまだしっかりしてはりまんねんな。な、慣れます、慣れます、慣れます、それは。ほれほれ、もう慣れました。物事何でも慣れというものがございます。へぇ、あ、ちょっと待ちなはれ、まだまだ汚れてます。同じきれいにすんねやったらちゃんときれいにしたほうがよろしい。熱いぐらいのこと辛抱しなはれ。……どうです?」
酔「あっ、ほんに、こら、こらァすまん。いや、これはお前の言うとおりや。どこからどこまできれいになった。ハハハハハ。やー、これで安心して帰宅ができますんで、ダハハハハ。よしっ、一杯もらおう」
う「ありがとうさんでございます。おうどんでございますね」
酔「違う、違う、水、水」
う「え…おうどんでございますね」
酔「いや、水、水、水」
う「お冷やでございますか」
酔「いや、水や」
う「お冷やでしょう」
酔「水《びず》、水《びず》。しっかり聞いてもらわんとどんならん。大体どんな耳してるの、えー。お、
お、水《びず》、びず、びーず」
う「水もお冷やも同《おんな》しこっちゃございませんかいな。『水』とおっしゃって、『お冷やでございますか』。『そうや水やで』。これ同《おんな》しもんでございますさかいな、同《おんな》じものが

水、水。しっかり聞いてもらわんとどんならん。大体どんな耳してるの、えー。お、お、水、びず、びーず。

そちらへ手廻りますのでな。別に『お冷やと違う、水や』というようなことはおっしゃらんほうがええように思いますのでございますけどな」

酔「な、ちょ、ちょっと待ちなさい。え－、なに、わたい、お、お、お、お、おうどん屋さんに叱られているのですか。水とお冷やと同じものだとおっしゃるのですね。ああそう。どうもこれはすみませんでした。そうですか。ほな、ちょっとつかぬこと尋ねますけど、『淀の川瀬の水車、くるくるくると』てな粋な歌ありますけど、あんなん『淀の川瀬のお冷や車』ちゅうんですか？『お冷や車くるくるくる』というようなに。え－、ね－、えらい、おい何やで、このナニをグァ－と風吹いて雨降って、『わぁえらいこっちゃ、向この家、二階の屋根まで、み、水漬っかかってるでぇ』いうけど、『えらいこっちゃい、向この家、二階の屋根までお冷や漬っかかってるでぇ』。『お－えらいことですよ。子どもがお冷やで溺れてるねん』て。ようようお冷やを出させなければならないねんね。イヒッ、『まあ待ちなさい、この話は水に流しましょう』いうけど、『待ちなさい、この話はお冷やに流しましょう』。みず、『見ず知らずの人』ちゃなこというけども、お、『お冷や知らずの……』いやこらぁまたちょっと違うけど、違うけどや、ハハハハハ、いやそらぁ、そらぁお冷やと言わんことない。ない、ない、ないんですけどね、それ、お冷やという場合、時と場合ということです。

流の料亭、ウイーッ、この屋台のうどん屋さんじゃないの。一流の料亭で、よしあしじゃないよ、時と場合ていうことですよ。床柱背にして山海の珍味を前へ並べて、上等のお酒ちょうだいしたようなときに、友達と一緒ですよ、『ちょっと喉渇きました、ちょっと待ちなはれ。姉さん、姉さーん』、私が呼びますと白魚を五本並べたような手を前へつかえて、し、下からこう見上げて、『旦那《だん》さん、何か御用で』『すまんけど水持てきてくれたまえ』『ああ、あのお冷やどすかーん』。このようにね、お冷やには、『どすかーん』が付かなければならないよ。白魚を五本並べてもらわないかんわい。ゴンボ五本並べたような手ェブラブラさせて、何がお冷やであるか、この無礼者。ハハハハハ。ごめんなさいね。スビバセンね。(湯呑を受け取り)無理難題を言いかけましてスビバセンね。お腹の中ではおそらくむかついているのでしょうね。そいでも、こうして汲んでくれるだけが嬉しい。ありがたい。ねー、それ、商売人、商売人。(水を飲む)ンンンンンンー……プァー、うまい。なんぼ？　ただ？　もう一杯くれ、もう一杯くれ。ただ？　こーらぁしゃ、洒落たるわいおおきありがと。クーッおおきありがとう。(湯呑を受け取り水を飲む)ンンンンンンー……フッ。あっ、なんぼ？　ただ？　けどもういらん。もういらん、もういらん。そない水ばっかり飲んでられへん。フワーッ、えーあんばいなった。おおきにありがとう。うどん屋、ご苦労さん。いやー、親切にしてもろてありがたい。初めて出会たうどん屋さんに、こんなに親切にしてもらえるとは思わなんだよ。ほんとですよ。いやー、日本の夜明けはもうすぐそこだ。まだまだ、す、捨てたもんじゃありませんよ。うどん屋さんの明日に幸せ多からんことを願いつつ、お別れを告げたく思うものであります。〽うど〜ん屋さんの明日《あす》に幸せーあーれー。うどん屋さんの明日に幸せーあーれー」

う「何者《なにもん》や、あれ。場所がいかんねんなあ。場所変えよ。(荷を担ぎ)ヨイトショッと。ここへ荷下ろしたん今日が初めてやよってんなあ。うどーんやオォ…、そーやーうー」

○「おいっ、行け行け。隣がいたら己《おのれ》の番やちゅうことぐらいわかるやないかいな。早いこと行かんかいな。えー、どの札や、どの札や。それか? えー、そいだけしか行けへんのんかい。何遍やったかておんなじこっちゃないかい。やったり取ったりやないかい。せめて倍、倍、倍張りに。そう、よっしゃ、よっしゃ。おい隣がいたら隣が行かんかい。人のことやと思て聞いてたらあかんがな。すべては己のことやと思て聞か…。おい、ちょっと待てぇ、やかまし言いな。何やあれ、あ、うどん屋や。ちょうらこんなことして遊んでんねんやないかい。えっ、芳《よし》っ」
どええやないかい、おい。腹減ってへんか。減ってるやろ、当たり前やないか。宵か
芳「へい」
○「おう、うどん食おう、うどん食おう。おい、あの、何人おんねん？　俺はいらんね
ん。俺はちょっと宵に油もん食ったんで俺はいらんねん。俺退《の》けて何人おんねん。ち
ょっと数えてみぃな。そこらでゴロゴロしてんのも入れて、ちょうど十人？　十杯。
芳《よし》ィ、おい、行てうどん十杯注文してこい。えー、いや言うとくでぇ、大きな声出し
たらあかんで、『うどん十杯おくなはれ』て聞こえたら、小窓からこう見よるがな、
えー、十杯うどん注文したちゅうことは十人もの人間がこの夜更かまで、勉学に勤《いそ》し
んでんな、とは誰も思わへんねん、そやろ。どっちゃみち（花札を配る手つき）こん
なことして遊んでるなっちゃなもんや。まあ痛《いと》もない腹探られるのもかなわんよって
にな。いや、してんねやけども、してんねやけどもやで。けったいに思われてもしか
んので、うどん十杯注文したちゅうことがどうぞわからんように、そーっとうどん十
杯注文してこい。わかったな」
芳「へい」
う「うどーん、えー、そーやーうー」

芳「……（呼ぼうとして）大きな声出したらいかんねん。（声をひそめて）ウドンヤァー、ウドンヤァ」

う「なんじゃ、今、ヘシェホセヘシェホセちゅうたな。いやあ、聞いてんねや。『向こう通る時は気ィつけや。このごろ、タヌキが出て来て、相撲とろ、相撲とろちゅいよんねん』て。タヌキと相撲とるのんいややがな。負けたら格好つかんがな。うどーん」

芳「（声をひそめて）ウドンヤァー。ウドンヤァー」

う「ヒェー。ウワァッ…」

芳「（声をひそめ）シ、シーッ。大きな声出しな。うどん十杯持ってきてんか。この路地《ろおじ》の奥や。明かりついたるやろ。違うねん、ちょっと世間憚るようなことして遊んでんねや。どうぞ世間にうどん十杯がわからんように、そーっと持ってきて。わかったな」

う「ハァー。あ、あびっくりした。心細いなと思て。歩いてるときに、後ろから『ヘシェホシェヘシェホシェ、ヘシェホシェヘシェホシェ』。タヌキが出て来たんかしらと思てびっくりしたやないかいな。…タヌキが出て来たら…キツネこしらえたろと思てたんや。うどんが十杯一遍に売れるやなんて、ありがたいでぇ。一所《ひとところ》で十杯か。何や知らんけど、『世間憚ってる』ちゅうたはった。気ぃつけて持っていかないかん」
○「おっこれでもう皆いたんやな。よーし、あとはお前と俺と残ったあるだけや。どっちかの札がお前で、残った札が俺やちゅうことわかったるが、ま……。おい、ちょっと、ちょ、気色《きしょ》……おい、妙な声出すな、おい。ご互いが、何、えー、だれも何も言うてません？　ちょっとおい、芳っ」
芳「へい」
○「そこ開けてみぃな。…おう、だれや、おい。あっ、うどん屋かい、どうしたぃ。（風が吹き込んでくる）おっちょっと待て、おーえらい風やな、おい。閉め、閉め、閉め。どしたい？　えー、あっ、うどんの注文がでけて持ってきてんけど、あっ、この男が『世間憚ってるさかい大きな声出さんように』言うてたんで、聞こえもせんのに戸の外から（声をひそめ）『おうどんがでけましてございます。おうどんのご注文がでけてございます』。今のお前の声かい？　おら、どっからともなく『ヘシェホシェヘホシェへシェ、ヘシェホシェヘシェホシェ』て、びっくりしたやないかい。俺、どっちかいうと怖がりやで、お前。岡持置けぇ。お、よし。これはこのままにしといたらええ。おい、ぼやぼやしてんねやないがな、おい。お大尽やあらへんねから、それ皆持っていって、箸忘れるな。食えるもんから食えぃ。オォ、ォ、うどん屋、オォォ、すきま風が寒《さぶ》いことは寒《さぶ》いでぇ。しかし、今そこ開けて、シューッ。表はたまらんやろな、おい。えー。今日こっちィ回ってくるの初めてか？　そうか。どこ回らんならんことないねやろ。よっしゃっ、明日から毎晩回っといで。俺らこんなことして遊んでんねや。えー、いや、大した何やあらへんが。ほんの遊びやけどな。えー、大抵これぐらいの人間はおんねん。十杯近くのうどんは売れるちゅうねん。えー、子どもおんのんかい、なー。へぇー、六つ頭《かしら》に五人おんのん。わー、年子、年子、年子、空いて年子。ほーらぎょうさんおんねんな、おい、え。ほかにすることなかったんかい、何考えとんねん、ほんまにもう。しかしなあ、子どもは子宝ちゅうぐらいやでぇ。ナァ、お前ら何とも思てないやろけど、子どもはなあ、父親の背中見て育ちよんねん。一所懸命頑張ってやったってくれ。（皆にむかって）うまいのんかい？　えー、うまいの？『うまいのんか』ちゅうて尋ねてんねんやないかい。うまいのんかい？　うまかったらもうちょっとうまそうな顔して食え。不足たらしい顔して食いやがって、どんならん。おお、食たらナニ揃えて岡持ん中入れてやれや。それぐらいの事せぇ。ドアホやで、ほんまにもう不足たらしい顔…。ハハハ、こんなんばっかりや。テへへ、なんぼや。（財布から金を出すしぐさ）違うがな、みんなでなんぼや。おい、わかった、大きな声出すな。夜更《よふ》かや。よっ、エー、よっしゃ、えっ何？『お釣りがございます』？　バカなこと言うな。わずかの釣りや取っといてくれ。礼言うな、わずかな釣りで礼言われたら、お尻《いど》こそばいやないかい。最前も言うたけどな、どこ回らんならんことないねやろ。お前のその気性が気に入った。大きな声出したらいかんちゅうたんで、聞こえもせんのに、戸の外から（声をひそめ）『おうどんの注文がでけましてございます。おうどんの注文がでけましてございます』て、気に入ったやないかい。明日から毎晩回っといで、わかったな」

う「（声をひそめ）おおけ、ありがとうございます。（荷を担ぎ）…ありがたいなあ。明日から毎晩来い言うてはった。えー、十杯近くのうどんが売れるて。世間憚ってる言うたはったんで、『（声をひそめて）おうどんの注文がでけましてございます』。おうどんの注文がでけましてございます』。ただそれだけのこっちゃのに、えらい喜んでくれはった。お客さんに喜んでもらわないかんわい。いやー……ええお客さんや。（しばらく歩いて後ろをふりかえり、ペコリとおじぎをして）……町内離れたやろ。もう大丈夫やろう。（声をはりあげ）うどーんや、そウオォォー。（風で荷が大きく揺れる）大通りィ出ると風がきいつなあ。もう一遍路地入ろう。ブルブルブル、ハッハッ、フー、フー、フー、うどーん、えー、そうぃーやーうー」

△「(かすれた声で) おい、うどん屋、うどん屋」
う「プーッ、また『(かすれ声で) うどん屋、うどん屋』…。クッ、コレもんや。十杯近いうどんが売れるちゅうねん。今度は向こうから言われるまでもございません、ちゅうやっちゃ。ケへへ、世間憚ってます、承知のうえ。あっ、ここや。(声をひそめ) こんばんは。おうどんですか」
△「(かすれ声で) そや」
う「(声をひそめ) 何杯いたします?」
△「(かすれ声で) 一杯でええ」
う「(声をひそめ) 一杯ですか?」
△「(かすれ声で) 一杯や」
う「(声をひそめ) しばらくお待ちぃ。(独言) …ウン、おかしいなあ、十杯には限らんけど、七、八杯でもええけど、五、六杯でもええけど、十杯には限らんけど、十杯近く……一杯とは。ああ、兄貴分や、『待て待てぇ、初めてのうどん屋やでぇ、あの声聞かんかい、もみない※うどん食たらあとでムカムカせんならんやないかい。まず一杯食てみて味見で、うまかったらお前らもそれから食たらええねん。慌てるなぁ』ちゃなもんや。くーっ、あとでぎょうさん売れんねん。気ィつけて持っていこう。…(う

どんの鉢を持ち、声をひそめ）お待ちどうさま」
△「（受けとりながらかすれ声で）でけたんか。よっしゃ。その間《あわい》さから、ああ、おおきありがと。お、ブルルル、オォォー、あ、おおきありがとう。いや開けといたらええ、開けといたらええ。いや風入らんことないけどな、ここあれやで、通り抜けんよってにそないきつい風入れへん。第一、閉めたら寂しやろ。よっしゃ、じき食うよって。（どんぶりを持ち）フーフーフー。ちょっと待ってて、じき食うよって。フフフフー、フー、……（出汁を飲んで）エーッ。ええ出汁使うてるわ。フフフフー、……（うどんを食う）あーたまらんわー。……（うまそうにうどんを食う）。うーたまらんなあ。フフー、フーフーフッフー、……、（ほんとうにおいしそうに熱いうどんを食い、出汁をズズズーッと飲み干して）フーッ。ハッ、ハッ、ハァー、（かすれ声で）おおけ、ごっつぉはん」
う「（声をひそめ）お粗末さまで」
△「（かすれ声で）なんぼや。（懐から財布を出すしぐさ）そうかちょっと待ってや。あると思うけど、ああ、数えて」
う「（金を受け取りながら小声で）えっ、ですか、ちょうだいいしたします。へぇ、へぇ、
※　まずい。

ちょっと。えっ、ですか。へぇ、へぇ確かにございます。おおきありがとうございます」

△「(かすれ声で)うどん屋、よかったら明日もまたおいでや。うまかった」

う「(声をひそめ)おおきありがとさんでございます」

△「(かすれ声で)うどん屋」

う「(声をひそめ)おうどんお代わりですか」

△「(かすれ声で)うどんは今食たけどな、ブホッ、ウホッ、お前もやっぱり風邪引いてんのんか」

お前もやっぱり風邪引いてんのんか。

解題

枝雀さんは「先代森乃福郎師より譲り受けたネタです」とおっしゃっていました。英語落語のレパートリーにもなっています。

福郎型では、最初に店の前を通りかかったところ、丁稚さんが出て来て、注文するかと思っていたら、溝でおしっこをしてしまうと、さっさと店に戻って行くという場面があり、枝雀さんも最初のころは演じておられましたが、後に省略して演じるようになりました。

マクラの『物売りの声』で、「かさーこーもりがさのはりかえ」という声に合わせて、傘を開くところから、柄の曲がっているところまで体全体を使ってコミカルに描く動きや、金魚がたらいの中でフワーフワーと泳ぐ姿。そして、「お日ィさんがカーーッ」という言葉に合わせて、右手のひらを太陽の光にして、ご自分の丸いおつむにカーッと照りつける様子を表現する鮮やかさとおもしろさは、強く印象に残っています。

そう長い噺ではないのですが、はっきりと世界が見えるネタです。

冒頭、うどん屋が団扇《うちわ》で火をおこしながら「うどーん、えー、そーやーうー」という、建て前の声を聞かせたあと、鐘の音がボーンと入ります。いつ聞いても、この鐘の音がすると、枝雀さんのまわりの空気がスーッと暗くなったように思いました。

裏通りから表通りに出た瞬間、強風で担いでいた荷が大きく揺れる描写をして「大通りへ出ると風がきついなあ」とポツリと言うと、今度は暗い夜道をフラフラと揺れているうどん屋の荷の灯りが見えました。落語というのは、米朝師のおっしゃるとおり、ある種の催眠術ですから、私はこの噺を聞くたびに、みごとに術にかかっていたわけです。

そして、最後のお客の前でうどんを作るシーンでは、克明に調理の手順を再現してみせてくれました。丁寧に描写することで、噺に「もっともらしさ」をプラスして、お客さまが催眠術にかかりやすくしていたのでしょう。爆笑ネタの中に、こうしたキュッと締める緊張の場面を入れることで、お善哉《ぜんざい》に塩を入れると甘みが増すように、より爆笑度が増すわけですね。

枝雀さんは、ほんとにおいしそうにあつあつのうどんを食べてみせてくれましたが、文字ではどこまで正確にお伝えすることができるでしょうか？　多分、この噺が演じられた日の、落語会会場付近のうどん屋さんは大繁盛したことだと思います。

南光さんがべかこといっていた内弟子時代、枝雀さんと二人でうどんとそばとラーメンを食べわける演技の研究をしたことがあるそうです。テープレコーダーを前に置いて三つの麺類を食べ、その音を聞き比べてみたのだそうです。その結果は……、

「みないっしょでした。音だけでは区別つきまへんなあ。アーッハッハッハ」

ほんとに研究熱心なお人でした。

解説　前田兄弟の頃

澤田隆治

桂枝雀と最初に会ったのは『漫才教室』の予選会場で、私はまだ新人のプロデューサーで、桂枝雀は高校生だった。

『漫才教室』というラジオの人気番組があったことを、いま、どれだけの人が覚えていてくれるだろうか。昭和三十二年七月から朝日放送で毎週火曜日の夕方、七時から三十分番組として放送されたラジオの聴取者参加番組で、初めての素人の漫才コンクール番組として昭和三十二年度の民放祭の聴取者参加番組部門で優勝した番組だった。私にとっては入社二年目で初めて自分で企画して制作を担当し、短期間に朝日放送の人気番組の一つに育てあげた番組だったから、忘れられない番組なのである。

四年続いた『漫才教室』で私が担当していたのは一年足らずで、翌年三月には大阪に誕生して間もない民間放送テレビへ異動を命ぜられて番組から離れてしまったから、担当した本数は三十本ばかり、毎回三組の素人の漫才コンビが出場して、まずは初等科から挑戦し、合格すれば中等科、高等科、卒業試験の四段階に進むというルールだから、私がかかわったコンビは四十組ぐらいなのだが、その中には、後にルーキー新一になった直井新一、桂枝雀になった前田達、横山やすしになった木村雄二がいて、五十年近くたったいまでもその思い出を語る機会が多く、そのたびに『漫才教室』時代のことを思い出してしまうことになる。

『漫才教室』は司会が、漫才の名コンビといわれた松鶴家光晴・浮世亭夢若、審査員長は漫才の大先生秋田實、予選で選ばれ私と一緒にネタを練り直し猛練習を重ねた出場者は、まず初等科から挑戦し、鐘を鳴らすと昇級、二千円の賞金がもらえる。卒業試験に合格すると一万円の賞金だった。当時私の月給が九千円だったからかなりの賞金をこの番組で稼げることになっていた。

後に桂米朝の門を叩き落語家となり桂小米から桂枝雀になった前田達少年が、弟の武司とコンビを組んで私の前に現われたのは昭和三十二年の暮れで、高校生と中学生の兄弟コンビとして初等科に挑戦する。前田兄弟の漫才は図抜けていて、トントン拍子に合格を重ね、一度の失敗もなく卒業試験にこぎつけた。そのころの聴取率調査をみると、『漫才教室』はベストテンの上位の常連で、一位になったことすらある人気番組だったから、そこでスイスイと難関を突破していく前田兄弟コンビの人気たるや大変なものであった。

いよいよ卒業試験の本番の日、大阪・森之宮にあった労働会館は朝早くから公開放送を見る客がとりまいていた。リハーサルが終った時、兄の達君が真剣な顔をして私に「先生、お願いがあります」と言った。その願いは、〝卒業させないでほしい〟というものだった。

卒業めざして作りあげたネタは卒業試験にふさわしい堂々としたもので、審査員長の秋田實先生とその日のゲスト審査員夢路いとし・喜味こいしの名コンビをうならしてやろうというプロデューサーとしての楽しみもあったから、あわてて「どうして？」ときくと、「卒業してしまうと賞金をもらえなくなるので……」と消え入るような声で答えた。私は前田兄弟がどんな家庭の子供か知らなかったが、その一言でなんとなくわかってしまい、秋田實先生に「前田兄弟は卒業させてしまうのはおしいから落として下さい」と、そっと頼んだ。

いよいよ本番、前田兄弟に不合格のブザーを鳴らすと、客席は騒然となり、ヤジがとび舞台につめよる客もいた。はじめての経験でなすすべを知らない私を秋田先生が救ってくれた。「漫才には文句のつけようがありません。だが卒業してしまえば社会人です。スクスク伸びた前田君兄弟をこのまま社会へ出すよりはもっと勉強させた方がいいと思います。だから落としたのです」。場内は一転して拍手のあらし、残念賞をもらってうれしそうに前田兄弟は帰っていった。

桂枝雀になってからこのことを話したら、「そんなことおましたかいな」と覚えていなかったが、でも「澤田さん、あのころ、うちの一家はあの賞金で食べてたんですよ」と笑い顔で言い、「ありがたいことです」と頭をさげた。

あの時からもう五十年近くたち、奇術の松旭斎晃洋の弟子になりマジカルたけしとなった弟の武司君も病いをえて早くこの世を去り、兄の桂枝雀が亡くなってからでも久しいが、『漫才教室』の時の前田兄弟の笑顔はいまでも私の思い出の中で生きている。

『漫才教室』に出演した前田達（右）・武司兄弟

本書はちくま文庫オリジナルです。テキストについては、東芝EMI株式会社『枝雀落語大全』CD版付録のブックレットをもとに、加筆訂正しました。『枝雀落語大全』の、それぞれの演目の音源は以下のものです。

くしゃみ講釈　昭和56年10月2日大阪サンケイホールにおける口演
ちしゃ医者　昭和60年9月30日大阪サンケイホールにおける口演
うなぎや　昭和63年12月26日鈴本演芸場における口演
米揚げ笊　昭和58年5月8日放送　MBS『笑いころげてたっぷり枝雀（MBSミリカホール）』における口演
舟弁慶　昭和60年10月1日大阪サンケイホールにおける口演
植木屋娘　昭和57年10月6日大阪サンケイホールにおける口演
口入屋　昭和63年3月2日東大阪市民会館における口演
不動坊　昭和59年10月3日大阪サンケイホールにおける口演
あくびの稽古　昭和59年1月5日京都府立文化芸術会館における口演
替り目　昭和59年2月21日鹿児島県医師会館における口演
寝床　平成元年4月27日歌舞伎座における口演。但しサゲ部分のみ、『枝雀落語大全』DVD版（昭和61年10月13日放送TBS「落語特選会」東京国立劇場にて収録）よりおこしました。
かぜうどん　平成9年9月22日姫路市民会館における口演

掲載写真のデータは以下のとおりです。

くしゃみ講釈　一二頁　昭和60年6月30日　東京・鈴本演芸場における口演
二一頁　同右
三三頁　昭和63年10月2日　大阪・サンケイホールにおける口演

ちしゃ医者　五七頁　昭和60年8月20日　尼崎・ピッコロシアターにおける口演
うなぎや　八〇頁　昭和59年10月3日　大阪・サンケイホールにおける口演
九三頁　同右　一〇四頁　同右
米揚げ笊　一二三頁　昭和58年10月6日　大阪・サンケイホールにおける口演
一三三頁　同右
舟弁慶　一六三頁　平成4年7月16日　大阪・サンケイホールにおける口演
一七七頁　昭和60年6月25日　兵庫・神戸文化ホールにおける口演
植木屋娘　一九五頁　昭和60年6月30日　東京・鈴本演芸場における口演
二〇一頁　同右　二〇八頁　同右
口入屋　二二八頁　平成7年9月30日　大阪・サンケイホールにおける口演
二四六頁　同右
不動坊　二六三頁　昭和59年10月3日　大阪・サンケイホールにおける口演
二七八頁　同右
あくびの稽古　二九六頁　昭和59年1月6日　京都・京都府立文化芸術会館における口演
三〇七頁　同右
替り目　三一七頁　昭和59年6月30日　東京・鈴本演芸場における口演
三二九頁　同右
寝床　三六一頁　昭和59年9月25日　京都・京都府立文化芸術会館における口演
三六四頁　平成2年4月22日　京都・京都府立文化芸術会館における口演
かぜうどん　三八七頁　昭和60年10月4日　大阪・サンケイホールにおける口演
三九三頁　同右
四〇五頁　平成元年3月10日　大阪・サンケイホールにおける口演

読者の皆様へ

本書に収録した上方落語の多くは江戸から明治期に完成し、今日まで伝承されてきた古典芸能です。内容の一部には今日の人権意識に照らして、特定の職業や身分、疾病、障害に対する差別ととられかねない表現があります。しかしながら、長く伝えられてきた日本固有の伝統文化を記録し継承するという観点から、表現の削除、言い換えなどは行っておりません。読者の皆様にはその点をご留意のうえお読みくださるようお願いいたします。また、すべての差別を撤廃し、誰もが人間としての尊厳を認められる社会を実現するため、差別の現状についても認識を深めていただくようお願いいたします。

筑摩書房　ちくま文庫編集部

ちくま文庫

上方落語《かみがたらくご》　桂《かつら》　枝雀《しじやく》爆笑《ばくしよう》コレクション1
スビバセンね（全5巻）

二〇〇五年十二月十日　第一刷発行

著　者　桂　枝雀（かつら・しじゃく）
発行者　菊池明郎
発行所　株式会社　筑摩書房
東京都台東区蔵前二―五―三　〒一一一―八七五五
振替〇〇一六〇―八―四一二三
装幀者　安野光雅
印刷所　三松堂印刷株式会社
製本所　株式会社積信堂
乱丁・落丁本の場合は、左記宛に御送付下さい。
送料小社負担でお取り替えいたします。
ご注文・お問い合わせも左記へお願いします。
筑摩書房サービスセンター
埼玉県さいたま市北区櫛引町二―六〇四　〒三三一―八五〇七
電話番号　〇四八―六五一―〇〇五三

ISBN4-480-42171-8　C0176